比较文学与世界文学研究丛书

主编 曹顺庆

三编 第17册

《闽川闺秀诗话》系列与明清福建女性诗歌（下）

黄晋卿 著

花木兰文化事业有限公司

国家图书馆出版品预行编目资料

《闽川闺秀诗话》系列与明清福建女性诗歌（下）／黄晋卿 著 -- 初版 -- 新北市：花木兰文化事业有限公司，2024〔民113〕
目 4+176 面；19×26 公分
（比较文学与世界文学研究丛书 三编 第 17 册）
ISBN 978-626-344-816-2（精装）
1.CST：明清文学 2.CST：女性文学 3.CST：诗歌 4.CST：诗评
810.8　　113009373

ISBN-978-626-344-816-2
9786263448162

比较文学与世界文学研究丛书
三编　第十七册　　ISBN：978-626-344-816-2

《闽川闺秀诗话》系列与明清福建女性诗歌（下）

作　　者 黄晋卿
主　　编 曹顺庆
企　　划 四川大学双一流学科暨比较文学研究基地
总 编 辑 杜洁祥
副总编辑 杨嘉乐
编辑主任 许郁翎
编　　辑 潘玟静、蔡正宣　美术编辑 陈逸婷
出　　版 花木兰文化事业有限公司
发 行 人 高小娟
联络地址 台湾 235 新北市中和区中安街七二号十三楼
　　　　 电话：02-2923-1455 ／传真：02-2923-1452
网　　址 http://www.huamulan.tw 信箱 service@huamulans.com
印　　刷 普罗文化出版广告事业
初　　版 2024 年 9 月
定　　价 三编 26 册（精装）新台币 70,000 元　

《闽川闺秀诗话》系列与明清福建女性诗歌（下）

黄晋卿 著

目次

上 册

中编　地域家族视角下的明清福建女诗人

在这一编中我们主要以梁章钜家族、郑方坤家族，以及黄任家族的女性作为代表来探讨其诗歌的风格特点。梁章钜家族的女性诗人代表梁蓉函、杨渼皋等具有比较鲜明的才气、学问入诗的表现。郑方坤家族的女诗人郑咏谢长于咏物，具有很高的诗歌创作技巧。黄任的两位女儿黄淑畹、黄淑窕，她们融性情之正与俗趣之谐为一体的风格值得关注。值得一提的是，郭柏荫的女儿郭仲年试帖诗为其特色，这种应试性强的诗体的创作体现了郭仲年的家学渊源、也体现了其教育儿辈的具体实践能力。

第四章　闺秀诗人的家学承传与名士风范

《闽川闺秀诗话》中贯穿着梁章钜强烈的家族意识，黄任家族、郑方坤家族和梁章钜家族的闺秀构成了《闽川闺秀诗话》的主体。这些闺秀们的身上留有很深的家族印迹，无论是黄氏家族的名士风范，还是郑氏家族的力学精思，都体现于闺秀诗人的诗学趣味与艺术个性中。可以说由男性主导的名士家风对闺秀诗人的创作、传播及艺术风格的生成有着深刻的影响。

第一节　闺秀诗人的家学传承

家族性的闺秀群体，以江浙地区最为突出。如晚明时期江苏吴江著名的叶氏家族，以沈宜修母女为代表，通过姻亲形成以沈氏和叶氏家族为核心的闺秀创作群体。由血缘关系和婚姻关系相交织而形成的家族性闺秀群体在清代更加突出。比较著名的如江苏华亭的章有淑、章有湘、章有渭、章有闲、章有澄、章有泓六姐妹，江苏阳湖的张缙英、张绷英、张纶英、张纨英四姐妹，祖籍山西寓居江苏的张学雅、张学鲁、张学仪、张学典、张学象、张学圣、张学贤七姐妹，浙江山阴的商景兰、商景徽姐妹，浙江秀水的黄媛贞、黄媛介姐妹，浙江山阴的王静淑、王端淑姐妹，浙江钱塘的孙云凤、孙云鹤、孙云鹇、孙云鸾、孙云鸿、孙云鹄六姐妹等。再如浙江钱塘的袁氏家族、浙江归安的叶氏家族、湖南湘阴的左氏家族也都有不少闺秀有诗文创作，并有文集问世。这些家族性闺秀群体，往往相互影响，随着师承关系和姻亲关系将创作风气延伸开来。如江苏阳湖四姐妹中的张纨英的女儿王采蘋、王采蘩、王采藻、王采蓝，张英的弟子左锡璇、左锡嘉姐妹，以及左锡嘉的女儿曾懿、曾彦、曾鸾芷[1]。福建紧邻江浙，文化风教深受江浙影响。官宦家族和文化世家虽不及江浙繁盛，但也形成了一定的家族势力。《闽川闺秀诗话》收录的闺秀诗人以黄任家族、郑方坤家族、梁章钜家族为主，就是闺秀诗人家族性特征的体现。这些官宦家族和文化世家一般来说经济实力雄厚，家庭文化氛围浓厚，注重女子的教育。女性文化程度的提高，一者增加了家族在地方的文化声望，二者文化程度高的母亲在子女的教育上能更好地进行文化承传。

一、闺秀写作的家族背景

闺秀写作的养成与传播，离不开男性成员的支撑，特别是有社会影响力的名士家族的女性，其片言只语，借助名士的影响力易于为流传。《闽川闺秀诗话》中贯穿着对于名士的景仰。卷首以林古度、余怀家族的女性开头编排闺秀诗人，表现出梁章钜对闽地名士的敬仰，“余抄国朝吾乡先辈诗，以林茂之、余澹心二家冠集。今抄闺秀诗，复得林余二家眷属遗篇，仍以弁诸卷端，亦佳话也”[2]。这里所言的“余抄国朝吾乡先辈诗”即是梁章钜当时正在着手编纂的《闽川诗钞》，林古度和余怀都是闽地著名的遗民诗人。林古度“与兄君迁，皆好为诗。与曹学佺友善。少赋《挝鼓行》，为东海屠隆所知，遂有名。甲申后，徙真珠桥南陋巷掘门，蓬蒿蒙翳，弹琴赋诗弗辍也。”[3]《闽川闺秀诗话》卷首就是其妹林玉衡其早年时所赋名句：“梅花雪月本三清，雪白梅香月更明。夜半忽登楼上望，不知何处是琼京”，其飘逸超迈的诗风颇有大家气象，将精致的技巧和飘逸之风完美地结合起来，立为全书之首也是有着作者的深心和用意所在。余怀，一字澹心，一字无怀，明末清初的著名遗民诗人，暮年诗赋多有故国之思。《清史列传》云：“（余怀）与杜浚，白梦鼎齐名，时号‘余杜白’。金陵市语转为‘鱼肚白’。词藻艳轻俊，为吴伟业、龚鼎孳所赏”[4]。陆眷西即为余怀侧室。陆眷西仅存《忆西湖》绝句一首，轻倩流丽，别具特色。

---

1 参见王萌：《明清女性创作群体的地理分布及其成因》，《中州学刊》2005 年第 6 期。
2 （清）梁章钜：《闽川闺秀诗话》卷 1，见《续修四库全书》第 1705 册，第 624 页。
3 钱仲联主编：《清诗纪事》，凤凰出版社，2004 年版，第 3 页。
4 王钟翰点校：《清史列传》第 18 册，卷 70，中华书局，1987 年版，第 5697-5698 页。

在《闽川闺秀诗话》中，真正显现出家族特色的名士闺秀群体，要数黄任和郑方坤家族。黄任和郑方坤都是当时著名的诗人和学者，其诗歌创作形成了各自的艺术特色。整个家族诗文创作氛围浓厚，身处其中的闺秀深受父兄、丈夫的影响，在这样的创作环境中自然容易提高诗艺以及形成自己的诗歌风格。《闽川闺秀诗话》收录黄任身边的女性亲属有五位，即夫人庄氏，长女黄淑窕，次女黄淑畹，外孙女游合珍，林琼玉；卷三有郑方坤家族的女性十一位，即郑方坤其姊郑徽柔，其侄女郑翰莼，长女郑镜蓉，次女郑云荫，三女郑青蘋，四女郑金銮，六女郑咏谢，七女郑玉贺，八女郑风调，九女郑冰纨。

名士的女性亲属构成了清代福建闺秀诗人群体的主要部分，也表现出了该书对于这个群体所具有的精神气格和美学品质的看重。首先，由于这两位名士具有相近的精神品格，为人正直，不同流合污，有自己独立的士人操守，并且思想文化观念相对开放，注重女子的教育，把很多的精力投入到后辈的教育中，因此，后辈往往在继承父辈的诗法及精神之外，也逐渐形成了自己的特色。这两人家族的家学家风不同，其精神气格有着明显的差异。前者由于黄任的影响，任情天真，注重超脱的精神气度，诗歌风格飘逸，又不乏诙谐的意趣。而郑方坤家族更趋向于诗歌之高境，绝去凡语，体现出高拔之气象。这是二人在人生处世与诗歌美学之间的差异。

在明清时期，以八股为中心的一套科举制度，影响到了整个文化生态，“围绕八股文而形成的一整套科举文化体系，构成一种文化环境，文学写作在它的巨大压力下扭曲变形”[5]。由于科举体制之故，教育的功利性、目的性很强，读书往往与登科做官直接联系起来，男性士子读书往往强调直接的功利和效用。诗歌不在考试的范围之内，因此，很多人并不究习。如清初著名诗人施闰章所言：“今人束发受举子业，父师之所督，侪友之所切磨，胥是焉在，犹患不工。及壮长通籍，或中年放废，始涉笔于诗，稍顺声律，便登简帙。以不专之业，兼欲速之心，戈无涯之名，怀难割之爱，固宜出古人之下也。”[6]梁章钜在《闽川闺秀诗话》中亦有提及，其子梁恭辰就并不注重诗歌的学习，而是注重举子业，“恭儿方习举子业，亦不暇言诗”[7]。而女性并不参加科举考试，因

5　蒋寅：《科举阴影中的明清文学生态》，见蒋寅：《清代文学论稿》，第22-23页。
6　（清）施闰章：《天延阁诗序》，《施愚山集》第1册，黄山书社，1993年版，第141页。
7　（清）梁章钜：《闽川闺秀诗话》卷3，见《续修四库全书》第1705册，第648页。

此作诗具有非功利性。特别是名士教女，往往是作为官余之暇的余事，甚至是宦途失意之后的心灵寄托，也为女性读书习诗的非功利性带来了空间，使她们能够以更超脱和余裕的心境进行诗歌的写作，能够抒写真情实感。

黄任为康熙四十一年（1702 年）举人，考进士未中。雍正二年（1724 年）四十二岁时，才被铨选为广东四会令，兼摄高要。但为官仅三载，就以“纵情诗酒，不理民事”[8]为由被弹劾，罢官后，返回福州，定居于外祖父许友在光禄坊早题巷的墨庵，庭植兰花，更名为香草斋。莳兰玩砚，纵情诗酒，穷居以老。黄任家族本身是诗书世家，其曾祖黄焕文，为明天启年间进士，因黄道周案而牵连入狱，黄焕文著述丰富，是晚明闽地著名学者；其伯祖黄堪，喜任侠，倜傥不羁，为诗纵横有法度，与黄任外祖父许友齐名。黄任外祖父许友一族也是以诗文出名。许友是闽地著名的遗民诗人，崇祯中诸生，入清不仕。资性颖悟，疏旷不羁，日娱山水，工诗书画。钱谦益、朱彝尊、王士禛赏其诗。许友子许遇，岁贡生，少学诗于王士禛，尤擅七绝。黄任私淑许遇，诗歌深受其舅影响。许遇子许均、许鼎俱能诗，均为康熙间进士，鼎为雍正间举人。许鼎孙女许琛是闽地著名的闺秀诗人。黄任侄黄惠，乾隆间举人，与其子黄度、女黄淑窕、黄淑畹时有酬唱之作。再加上黄任夫人庄氏、外孙女游合珍，林琼玉皆能诗。可以看出，由黄任家族和许氏家族因姻亲而构成了一个庞大的诗歌创作群体。这一群体的诗歌盛况最充分的体现，就是黄任八十岁鹿鸣宴时的集体唱和。黄淑窕和黄淑畹之所以能成为清初福建著名的闺秀诗人，就是得益于这个家族中浓厚的诗文创作氛围。

黄任在仕途上很不得意，但诗文取得了很高的成就。他作为一个浮沉下僚的正直官吏，平生写过不少切实反映民生疾苦、讽刺世俗风气的优秀诗篇。如《筑基行》《赈粥行》诸作，陈衍认为可与清初以反映民生疾苦著称的施闰章的作品相媲美。《戏示寮友》对那些士大夫内心热衷仕宦，而表面却满口说归隐的虚假、庸俗习气进行了辛辣的嘲讽：“常参班里说归休，都作寒暄好话头。恰似朱门歌舞地，屏风偏画白蘋洲。”[9]在黄任的诗歌中，也存在着不少狭邪艳情之作，颇能反映这位诗人的复杂心态。在艺术上，黄任的诗歌取径晚唐，尤其接近李商隐、温庭筠一路，大抵思致镵刻，辞采佚丽，尤以七言绝句为工。其早年的成名作《杨花》一绝写道：“到底不知离别苦，

8 （清）黄任等撰：《黄任集》（外四种），陈名实，黄曦点校，第 490 页。
9 （清）黄任等撰：《黄任集》（外四种），陈名实，黄曦点校，第 528 页。

后身还去作浮萍。”[10]构想十分奇妙，出人意表，当时人因此呼之为“黄杨花”。许廷嵘序其诗，称其七绝“有妙思，有新色；有跌宕之致，有虚响之音”。时人对他评价很高，重其诗、重其节、重其风度，如黄任诗集的三篇序，作序者普遍称说其风度气质，抒发对黄任的景仰之情，摘录两则序言以见时人眼中黄任的名士气度：

> 闽中故多诗人，作者代出。至今日而论诗，则舍吾莘田谁归哉？莘田弱冠登贤书，高步翰墨场，宦粤之四会，有惠政。罢官归，贫不能自存，而独耽于诗，清词丽句，错落于弓衣罗帕间。莘田负异才，终日闭门手一编，自经史子集以及稗官百家，无所不窥。采其菁华，朝涵夕咀，浸灌酝酿于胸中。而于诗，日事参会源流正变间，皎然如辨渑淄矣。性亢直，介然独立，不能随俗为委蛇。遇四方才俊，为声势气力者所激赏，一时名籍甚。更或挟其一家言，岸然负重望，当世靡不翕然推服，以为宗范者，视之蔑如，略不一当其意也。[11]

> 一日，瞥见壁间越王台诗，磊磊块块，如山镇纸，益以书法疏秀，称其文章。不觉失声诧曰：“是所谓建大将旗鼓，八面受敌者。惜乎阻于地，卒不可得见其人。”众笑曰：“公欲见之乎？旦暮且来，是籍永福而家会城，诗人黄二者也。”余闻大喜，就枕不能瞑。鸡三号，即披衣起，步至光禄坊访之。莘田方沐，遣僮奴报客，且坚坐以待。少选，曳革履而出，则见其须眉如戟，瞳子如点漆，面白皙，口若悬河，适称向者间壁所见、意中所拟之人，遂与订交。[12]

可以看出黄任在闽地有非常大的影响力，当地的官员多赏其才，在黄任周围形成了一个名士聚集的诗歌圈。他们纵酒论诗，寄情书画，一派名士气度。闽地诗派在经历了明代“闽中十才子”宗尚唐诗的风气后，到了清代则转而宗宋诗，以郑方坤为代表的闽地诗人极力攻击严羽诗非关学之非。但黄任的诗并不以学问见长，而是以其磊落洒脱的性情见长。袁枚在《随园诗话》卷九中这样评论黄任的诗：

> 诗有音节清脆，如雪竹冰丝，非人间凡响，皆由天性使然，非

10 （清）黄任等撰：《黄任集》（外四种），陈名实，黄曦点校，第 20 页。

11 （清）许廷嵘：《秋江集·序》，见《黄任集》（外四种），陈名实，黄曦点校，第 2 页。

12 （清）陈兆崙：《秋江集·序》，见《黄任集》（外四种），陈名实，黄曦点校，第 4 页。

关学问。在唐李青莲一人，而温飞卿继之。宋有杨诚斋，元有萨天锡，明有高青邱，本朝继之者，其惟黄莘田乎？[13]

袁枚看重的正是黄任诗歌所呈现出的天性自然的一面。

黄任是不为世俗礼法所拘束的名士。罢官回家，除了和名士唱和，更多就是教女儿写诗。陈兆崙在黄淑畹的《绮窗余事》序言中曾提到黄任课女作诗的情景。陈兆崙一次和闽中名士谢古梅到黄任香草斋饮酒论诗时："时谢二古梅促席语余曰：'莘田二女皆能诗。'余索其近作。值其日家课，乃出《梅花》各数绝，墨渖犹湿。有句云：'风定月斜霜满地，西廊人静一声钟。'询之，知为莘田次女淑畹所作，余与古梅皆击节叹赏。于其着相题，不着色相，大难。又何有于谢女之'柳花'乎。古梅笑曰：'黄二《秋江集》中有谢家亭馆'之句，固早以道韫命其女矣。复再索其作，莘田辞以闺女不必以文采见。余曰：'是不然。葩经多女子妇人之言，但得其性情之正，何伤乎？'旋拉杂出数十纸，中有涂窜似未脱稿者，阅之皆工，可嘉也。今天下称诗人多矣，吾以为在吴当推子逊，在闽当推莘田。许有女孟昭，黄有女淑窕、淑畹，岂非濡染之亲且久而善承受耶？"[14]从这段话中，我们可以看出黄任是相当重视子女的诗教，亲自教子女作诗，且对两个女儿寄予厚望，以"谢家亭观"自命。

黄任在女儿出嫁所写的诗中，很真挚地表达了既希望女儿坚持诗歌写作，又担心影响其妇职的心情："吟哦惯学乃翁痴，专学琴书亦未宜。井臼余闲女红暇，不妨遥寄一篇诗。"[15]可以看到，黄任一方面希望读到女儿的新作，但女儿已经出嫁，不能如在自己家里那样自由，但即使如此，还是希望女儿能在家务繁忙的间隙不忘写几首诗寄来以慰父情。可以看出黄任对女儿的深情以及对于其诗歌创作的看重。

相对黄任一任性情的诗风不同，郑方坤则是以诗学和学问著称。郑方坤家族同样出现众多闺秀诗人，也受到了郑方坤诗学观点的影响。加之郑方坤本人对诗学的重视，其家族文化氛围对子女诗学观的形成有重要影响。

郑方坤，字则厚，建安人。雍正元年进士。为令邯郸，屡擢至山东兖州知府。时禁人口出海，抵奉天而未入籍者，悉勒还本土。

13 参见《黄任集·附录》，见《黄任集》（外四种），陈名实，黄曦点校，第528页。

14 （清）陈兆崙：《绮窗余事》序，《黄任集》（外四种），陈名实，黄曦点校，第352页。

15 （清）黄任：《送女归永阳》，《黄任集》（外四种），陈名实，黄曦点校，第360页。

> 方坤适知登州，以为司牧者但当严奸宄之防，不得闭其谋生之路，为白大吏，弛其禁。调武定，能尽心赈务。兖州饥，复移治之。方坤记诵博，诗才凌厉，与兄方城齐名。有《蔗尾集》，又著《经稗》《五代诗话》《全闽诗话》《国朝诗人小传》。[16]

郑方坤身中进士，地方为官多年，官至知府，卓有政绩。著作丰富，且多为诗话著作。关于郑方坤的诗歌风格，《四库全书总目》云：

> 其诗下笔不休，有凌厉一切之意……于涩字险韵，恒数十叠，虽闻见层出，波澜不穷，要亦不免炫博。[17]

郑方坤家族和黄任家族一样，亦是闽地诗书世家。父郑善述为康熙二十九年（1690年）举人，其母黄昙生亦能诗文：

> 黄夫人名昙生，字护花，蕉溪郑先生妻也。父处安公，闽县诸生，沉酣六籍，有志当世，明末李自成破郡屠县，当事庸懦无能，感激上书，言平寇方略，召授中书舍人，迁工部营缮司主事，愤不得施行，弃去，游吴越间，时归郁郁无所试，寄情书史，时夫人幼，日侍几案，听说忠孝事，受经学作诗文，温纯大雅，不为闺阁香艳之句，处安公喜曰："是伏生女、曹大家流，苏若兰岂足方哉。"尝曰："必择快婿。"[18]

郑方坤的外祖父处安公即明末工部主事黄晋良。母亲深受外祖父影响，有大家风范，知经学，诗文温纯大雅。郑氏兄弟及其姐妹受母亲黄氏影响很大，"佐蕉溪公，劳逸教子，琴堂赋诗，帷中答之，故先生兄弟绩学半由母训，女子，子皆知诗。"[19]郑方坤在闲暇之时，常与家人吟诗唱酬，"退食余暇，日有诗课，拈毫分韵，相互酬唱，有《垂露斋联吟集》"[20]。和黄任的名士聚会不同，郑家的诗歌酬唱不是以个人气度与性情吸引人，而是注重以才学相尚，这和郑方坤本人的诗学观密切相关，郑方坤重宋诗，注重以学为诗，且多以江西诗派的语言险怪一路求胜。在这些酬唱活动中，女性亦参加，在其母和其兄的

16　（清）赵尔巽等撰，中华书局编辑部点校：《清史稿》，中华书局，1977版，第13356页。

17　（清）永瑢等撰：《四库全书总目》，中华书局，1965年版，第1675页。

18　（清）郑方坤：《全闽诗话》卷10，见《续修四库全书》第1702册，第350-351页。

19　（清）郑方坤：《全闽诗话》卷10，见《续修四库全书》第1702册，第351页。

20　（清）梁章钜：《闽川闺秀诗话》卷2，见《续修四库全书》第1705册，第634页。

传中，多次提及其家诗歌酬唱的盛况：

> 令固安，期年政平，招戚友滞畿下者至署作竟岁欢，拈韵赋诗，觥政具举，夫人在阃内亦与群从子婿、通家子倡和，除日夫人剪绢成梅花插胆瓶奉客，偶作小诗，诸子竞次其韵，为夫人寿，夫人喜谓郑先生曰："迩来落拓一官，独此耳。"[21]

> 初，先生从侍固安，署多嘉宾，为筑雪泥居，觞咏其间，春秋胜日，洁肴肃容，酒数巡，蕉溪公当席赋诗，黄太夫人自帷中应之，先生兄弟及宾从赓和，极一时之盛。至是与廖公耨田，族侄参亭，唱消寒会，倦柝声断，残月影微，活火欲烬，侍者尽散，而吟兴愈高，或故构难题，或连拈险韵，旗鼓相当，金石交戛然，视先生兄弟，诗皆谢弗如，退自裂其稿，先是壬寅癸卯，先生昆季，结社里中，常主骚坛后，荔乡牧景州，歌咏尤多，合付剞劂，曰《唱和集》，艺林贵之，拟之"二陆"。[22]

可以看出，郑家诗词酬唱会参与的人数众多，几乎是全家都参与。唱酬活动中，或故构难题，或连拈险韵，深夜不散，乐趣无穷。而且郑氏兄弟结社乡里，为诗坛盟主，其酬唱诗歌集多刊刻行世，足见其影响力之大。

郑方坤本人也非常注重其女儿的诗歌创作教育："郑青蘋，字花汀，荔乡先生第三女，归国学生翁振纲，为举人基子妇。有《夏日诗》云：'学飞乳燕绕回廊，出水芙蓉冉冉香。曲院花凝晨露润，小窗人耐晚风凉。蝉声不隔千条柳，蛙吹时生半亩塘。隐几横斜书数卷，了将清课日初长。'余少时承有美明经（原注：荔香先生子）以残书相示，曰'此尚是吾先君课女旧稿也。中密圈小窗七字，评云'蕴藉'，今此纸不知落谁手矣。"[23]可见郑方坤以诗课女。其家族闺秀自然在这样浓厚的诗文创作氛围中深受影响，故而能形成"荔乡先生一门群从，风雅蝉联，膝前九女，皆工吟咏"的闺秀创作盛事。

这种诗词酬唱活动，在当时来说并不限于名士群体。大家族的闺秀群体也有自己类似的活动，只不过不可能像名士的雅集那样声势浩大。游光绎在给黄淑窕的诗集《墨庵楼试草》序言中，就提到了黄任家族与郑方坤家族闺秀们诗词酬唱的盛况：

---

21 （清）郑方坤：《全闽诗话》卷 10，见《续修四库全书》第 1702 册，第 351 页。
22 （清）郑方坤：《全闽诗话》卷 10，见《续修四库全书》第 1702 册，第 333 页。
23 （清）梁章钜：《闽川闺秀诗话》卷 2，见《续修四库全书》第 1705 册，第 635 页。

是时，闺秀有廖淑筹、郑徽柔、翰莼、镜蓉、云荫、青蘋、金銮，庄九畹、许德瑗，与姒洲皆中外姻连，衡宇相望。每花辰月夕，必擘采笺，染柔翰，刻烛赋诗，往来赠答，一时称韵事焉。[24]

正是在这样的家族背景中，闺秀们既有师法学习的对象，也有相互借鉴和激发创作兴趣的群体，从而形成了良好的闺秀诗文创作氛围。

二、酬唱互答与诗艺琢磨

中国传统诗词本身就是形式性非常强的文本存在，具有成为游戏化文本的性质，而在日常人们的诗歌酬赠中也多具有游戏性。而在清代福建诗坛也不例外，不论名士组织的诗词酬唱，还是闺秀们之间的往来赠答，也注重诗歌写作的形式性和游戏性。当然，在游戏之中，诗艺逐渐精熟，为进一步创作好的作品打下良好的基础。比如分韵、同题，都是常见的形式。这在小说《红楼梦》中也可见一斑，如大观园众人咏菊：

宝钗道："起首是'忆菊'；忆之不得，故访，第二是'访菊'；访之既得，便种，第三是'种菊'；种既盛开，故相对而赏，第四是'对菊'；相对而兴有余，故折来供瓶为玩，第五是'供菊'；既供而不吟，亦觉菊无彩色，第六便是'咏菊'；既入词章，不可以不供笔墨，第七便是'画菊'；既为画菊，如是碌碌，究竟不知菊有何妙处，不禁有所问，第八便是'问菊'；菊如何解语，使人狂喜不禁，第九便是'簪菊'；如此人事虽尽，犹有菊之可咏者，'菊影''菊梦'二首，续在第十、第十一；末卷便以'残菊'总收前题之感。这便是三秋的妙景妙事都有了。"[25]

大家族闺秀之间的诗文聚会与酬唱，多半和《红楼梦》所绘场景相近。在这种游戏性质的限韵诗、分韵诗中，往往以咏物居多。咏物诗是诗歌的重要基础，锻炼思维，抓住事物的具体特征，练习观察力，并且锤炼调动词汇以及辞藻的能力。翻阅闺秀别集，可以看到很多咏物诗和步韵诗。如黄淑畹的《首春八日微雪，家大人限韵》《梅花八首，同姒洲姊妹、心庵弟分韵》《新月和韵》《春日随家大人、姒洲姊游凤山堂和韵》《家慈大人命作，岭南

24 （清）游光绎：《墨庵楼试草》序 2，《黄任集》，陈名实、黄曦点校，第 325 页。
25 （清）曹雪芹、高鹗著，启功主持，张俊等校注：《红楼梦》上，中华书局，2014 年版，第 503 页。

龚夫人赴任南陵》《夏夜同姒洲姊、心庵、千波二弟看残月分韵》《秋月同姊姒洲、弟千波限韵》《西湖和韵》《新柳和秋羹表姊林夫人（得“秋”字）》。其中不少都是父亲主动组织和发起的诗课活动，由此可见对于女儿诗歌艺术训练的主动性。当然，不仅仅是父亲，母亲也会参与其中，如在上面所引材料中所看到的，黄任妻庄氏，郑方坤母亲黄氏也会加入这种诗词活动来。另外也有朋友亲眷组织的酬唱活动。这种诗艺训练既富有趣味性，同时也是对闺秀们诗歌艺术的严格训练，如黄淑畹《寒食日雅集，家大人偶成二句，属儿女辈足之》：

其一

寒食春城日暮天，东风吹柳更吹烟。香车宝马前门入，时有游人拾翠钿。

其二

寒食春城日暮天，东风吹柳更吹烟。五陵年少归鞍疾，何恨飞花上玉鞭。

其三

寒食春城日暮天，东风吹柳更吹烟。垂垂细叶千门迥，尽在曚暝夕照边。[26]

首二句为父亲起，后二句由其他人完成，也就是说一首诗是由两个人完成的，但又要有如出一人的浑融，这就很有难度。首二句为“寒食春城日暮天，东风吹柳更吹烟”，节令为寒食天，时间是日暮，此外，东风吹柳，也暗寓缠绵意绪，下文无论是从事理，还是从气格、意境来讲都要符合这一情境设定。因此，黄淑畹的三首诗从衔接来讲，都是无误的，日暮暗寓归程，另外，香车宝马已还，草地上还有丢落的翠钿，游人捡起，有幽深之趣，似乎还有对美人之怀想、失落及怅然，表现地极有情韵。第二首亦扣一“归”，后二句呈现潇洒俊逸的少年人扬策马鞭，而飞花萦绕其鞭梢，整个情境刚健潇洒而又不乏精美，可称佳句，有点类似于“探花归去马蹄香”，而这里形象性更为鲜明。第三首夕阳西下，一派平静壮阔之景，而文辞清新。此外，同题所作，更可看出二人才性之不同。黄淑窕作了《瓶花》（乙卯春日，家大人偶作命题。余与纫佩妹各成五首，三姑月鹿夫人精绘事，因画事图，嘱录其诗上）：

---

26 （清）黄淑畹：《寒食日雅集，家大人偶成二句，属儿女辈足之》，《绮窗余事》，见《黄任集》（外四种），陈名实、黄曦点校，第 353 页。

其一

绿杨风暖喜初晴，媚紫嫣红更有情。欲摘一枝还住手，忽闻深巷卖花声。

其二

名园折去嘶金勒，绮阁攀来上玉钗。争似哥窑瓶里插，色香沾染读书斋。

其三

枝枝低亚自然工，向背参差又不同。长养玉瓶深浅色，与君描样上屏风。

其四

新泉手汲养群芳，爱傍湘帘冉冉香。时有窗风吹动叶，却忆妃子舞霓裳。

其五

案头篆袅浑无迹，字里香归更觉宜。添得雅人丰致好，胆瓶斜插两三枝。[27]

黄淑畹作了《瓶花五首，家大人命题》：

其一

笔床茶臼夕阳天，媚紫嫣红浸更鲜。花气炉烟浑不辨，多时懒出药栏前。

其二

一叶嫣红落砚池，为他珍重短长枝。但贪金谷园中植，谁惜东风委地时。

其三

粽篮小贮出奁台，滴粉搓酥半未开。好供维摩居士榻，不烦天女散将来。

其四

带露含烟养旧磁，风微香袅梦回时。纱窗月落烧灯看，纸壁离离写折纸。

27 （清）黄淑窕：《瓶花》，《墨庵楼试草》，《黄任集》（外四种），陈名实、黄曦点校，第341页。

其五

插来研北胜阑东，位置偏饶点缀工。多谢案头能驻景，不须愁雨与愁风。[28]

这两组作品都通过瓶花展现书斋气息，而且巧妙运用比喻和典故，如以花喻美人，包括用杨贵妃霓裳羽衣舞，以及天女散花的典故来加以比拟。所不同的是黄淑窕擅长铺叙，黄淑畹更注重炼字炼境，语言每能生新。

这种诗歌的游戏性也体现在其他家族女性的诗歌中，如许琛《和石林叔春日江行韵（用雨丝风片，烟波画船八字盖头，限溪西鸡齐啼韵）》：

雨柳毵毵映隔溪，丝丝斜拂小桥西。风帆江阁晴飞鸟，片刻潮生午听鸡。烟树迷茫青嶂里，波光远近夕阳齐。画帘一枕邯郸梦，船过山坳杜宇啼。[29]

这首诗很明显是游戏性质的诗歌，属于文人雅戏，用“雨丝风片、烟波画船”八字盖头，限“溪西鸡齐啼韵”，“雨丝风片，烟波画船”[30]来自于汤显祖的《牡丹亭》，从内容上限定了在闲情的范围内。另外，韵脚也是限定好了的，这样，这首诗的限定性就很强了。也就是说一首七律 56 个字中，有 12 个字是限定好了的，体现了在严格限定性中的游戏性。

此类诗歌还有许琛的《和秋闺词》（用“云敛晴空，冰轮乍涌”八字冠首限“楼头休忧愁”韵）：

云鬟不整倚西楼，敛恨慵梳旧日头。晴雨无聊何处是，空蒙极目几时休。冰壶玉露难消虑，轮影金风尽属忧。乍见簟纹清似水，涌来心绪倍生愁[31]。

其中，诗歌中的“云敛晴空，冰轮乍涌”出自西厢记[32]。可见同样是限韵并且限八句中的首字。此诗写闺情，从整体而言基本浑融一体，确实可以体现出古典格律诗带着镣铐跳舞的典型特色。

另外，许琛还有《和闺词（用八音冠首）》：

---

28 （清）黄淑畹：《瓶花五首，家大人命题》，《绮窗余事》，《黄任集》（外四种），陈名实、黄曦点校，第 361 页。

29 （清）许琛：《疏影楼稿》，清道光十四年刻本，1b-2a 页，福建省图书馆藏。

30 （明）汤显祖著，蔺文锐评注：《牡丹亭》，中华书局，2016 年版，第 78 页。

31 （清）许琛：《和秋闺词》，《疏影楼稿》，清道光十四年刻本，6a 页，福建省图书馆藏。

32 （元）王实甫撰，王春晓评注：《西厢记》，中华书局，2016 年版，第 143 页。

> 金乌乍坠到窗西，石径清幽碧草萋。丝管谁家风细细，竹林深院月低低。匏樽灯下三更酒，土鼓声敲半夜鸡。革得尘心无一事，木棉花底听鹃啼[33]。

题目中所谓“八音”指的是金、石、丝、竹、匏、土、革、木八音。这种限定首字方式亦颇有趣，当然也有着很大难度。

还有一种联珠体，如花月联珠，灯月联珠，在女性诗歌中也较为多见，即一首七律中，每句都必须有花月二字。这种形式如运用得当会显错综繁复之美，也体现出作者高妙的辗转腾挪手段，但运用如果不当，则显内容单薄，语言单调。如林琼玉《花月和韵》《元宵旅怀和韵（以“灯”、“月”二字联珠）》：

> 良宵花月两相嘉，风引花香月未斜。酒满花前杯底月，琴调月下线中花。溶溶月色窥花貌，淡淡花容映月华。半醉欲眠花下月，月移花影画窗纱。[34]

> 灯月交辉客思加，灯光月影为人家。长街踏月看灯树，旅馆孤灯对月华。灯照阶前连月色，月明窗下映灯花。挑灯坐月怀乡远，把酒移灯醉月斜。[35]

此外，还有何玉瑛的《赋花月联珠体》：

> 花香月白两相宜，惜月怜花睡每迟。月上恰为花写照，花残还喜月催诗。隔花窥月饶清影，待月看花有别姿。携伴花前兼月下，一杯酹月醉花枝[36]。

这种联珠体难度在于绝句中空间有限，反复使用某字压缩了表意空间，当然，这类诗歌也有独特的优势和审美效果，有回环往复之美。

三、诗缔人伦与润渥亲友

家庭中的诗词生活是非常纯粹美好的，在其中，诗思的迸发，交流的欢欣，

---

33 （清）许琛：《和秋闺词》，《疏影楼稿》，清道光十四年刻本，6a 页，福建省图书馆藏。

34 （清）林琼玉：《花月和韵》，《黄任集》（外四种），陈名实，黄曦点校，第 386 页。

35 （清）林琼玉：《元宵旅怀和韵（以“灯”“月”二字联珠）》，《黄任集》（外四种），陈名实，黄曦点校，第 386-387 页。

36 （清）何玉瑛：《赋花月联珠体》《疏影轩遗草》卷下，清嘉庆十七年刻本，36b 页，福建省图书馆藏。

天伦之乐的回荡，是诗书之家独有的人伦之情兼诗歌趣味为一体的最美生命记忆，每一首诗都饱含曾经的欢乐和幸福。随着女子的出嫁，原有生活必然要结束的。正如黄任在长女黄淑窕出嫁的时候所写的一组七绝《送女归永阳》:

其一

廿年婉娈足承欢，今日辞家事伯鸾。看汝和鸣齐比翼，一双飞上汰王滩。

其二

一官牵累汝归迟，贞吉临岐莫泪挥。带去女儿香一片，蛮烟曾为我熏衣。

其三

吟哦惯学乃翁痴，专事琴书亦未宜。井臼余闲女红暇，不妨遥寄一篇诗。

其四

似汝王郎亦自佳，珊瑚翡翠两堪夸。独怜羯末封胡辈，不共闲庭咏柳花。

其五

山城此去正春寒，到即缄书报我安。愁汝又因愁汝母，汝能眠食我加餐。

其六

中年容易伤哀乐，儿女牵襟剧可怜。汝更生成贤且慧，争教别泪不涟涟。[37]

这六首诗歌深刻真切地表现了身兼诗人及父亲身份的黄任的情感，首先，女儿与得意之婿比翼双飞，内心十分欢喜和慰藉；另外，由于受到自己官祸牵累女儿出嫁受阻，黄任十分内疚；另外，女儿嫁为人妇，有持家之责，吟诗奏琴往往不得不暂置一旁，但他还是希望女儿在闲暇时写诗寄父，这一方面是父女之间的诗艺切磋交流，其次也可对父亲心灵有所安慰。这几首诗把嫁女之父的心情表现得真挚且深切。

深深携带家族记忆的诗词写作，是闺秀们具体生活的见证，也是她们最美和最深亲情的储藏地。诗词写作伴随她们的一生，从一些具有连续性的写作中，我们能看到姊妹之间、亲戚之间通过诗歌传达出的丰富且复杂的情感

37 （清）黄任：《送女归永阳》，《黄任集》（外四种），陈名实，黄曦点校，第 90 页。

记忆。如黄氏姐妹之间的诗词就见证了两姐妹在家学诗、兄弟姐妹间的酬唱、出嫁后的送别、思念，姐姐去世后的刻骨思念等内容。可以说正是诗词的写作，将最珍贵的伦理亲情保存在了文字当中。黄淑窕出嫁时，妹妹黄淑畹以诗相送："离情脉脉草芊芊，树底喧禽欲暝天。细雨触人花有泪，春风牵恨柳如烟。对床共雨添红炭，剪烛分题劈彩笺。明夜太原滩上月，可能无梦谢庭前。"[38]中间二联写姊妹的诗书之乐，以及彼此知心的亲密之情，读来十分感人。

结婚之后，姊妹以诗歌传达彼此的思念之情，如黄淑畹写给姐姐的诗歌："一缕炉烟不上帘，小窗独自响牙签。楝花风里春寒重，好把吴棉半臂添。"[39]春寒时节，妹妹嘱咐姐姐记着添衣，一个细微的嘱托，见出姊妹情深。"一阳初动日沉沉，节序匆匆忽到心。续了五丝添五线，经年强半是停针。"[40]在做针线的时候，黄淑畹忽然停针，也许是忽然想到姊妹昔日同做女红时的欢欣，"经年强半时停针"一语非常自然，不经意间可以看出妹妹思念姐姐的孤独心情。姐姐去世后，其想念之情更深，也更让人悲伤："去岁同君采菊香，平分秋色上衣裳。今年人去秋仍在，独对西风哭一场。"[41]去年还和姐姐一道采菊赏菊，但今年已经是物是人非，姐妹阴阳两隔，"独对西风哭一场"，这独对西风的一哭，包含着多少姐妹情深！

正是这种良好的家风以及醇厚的人伦亲情，以诗歌的方式在一代又一代人之间默默传递。黄淑畹也有对姐姐的女儿游合珍及其夫婿以诗歌形式所表达的祝愿及牵挂："别来未半载，镇日苦相离。冷淡花前月，消沉酒后诗。贫穷添疲累，衰老减心思。莫作他乡想，梅香即见期"；"且喜随夫婿，长途慰别离。可怜香草地，无复柳花诗。极目遥相隔，愁心寄所思。羡君双翡翠，闲逐数花期"[42]，自己虽然为离别所苦，但对晚辈依然给予美好祝愿，叮嘱他们以

38　（清）黄淑畹：《送姒洲姊归永阳》，《绮窗余事》，《黄任集》（外四种），陈名实，黄曦点校，第360页。
39　（清）黄淑畹：《春寒一首寄姒洲姊氏》，《绮窗余事》，《黄任集》（外四种），陈名实，黄曦点校，第360页。
40　（清）黄淑畹：《冬至日偶占寄姒洲姊氏》，《绮窗余事》，《黄任集》（外四种），陈名实，黄曦点校，第367页。
41　（清）黄淑畹：《忆亡姐姒洲》，《绮窗余事》，《黄任集》（外四种），陈名实，黄曦点校，第372页。
42　（清）黄淑畹：《合珍甥女随婿丹诏书院掌教，寄诗一首索和，依韵答之》，《绮窗余事》，《黄任集》（外四种），陈名实，黄曦点校，第370页。

夫妻的和美相伴消除深处异乡的孤独。

黄淑畹的女儿林琼玉亦有送表姐游合珍的诗:"作客何多日,归家各自忙。欢娱嫌夜短,谈笑觉情长。剪烛灰含泪,敲诗字带香。盘桓犹未畅,斜月落西墙。"[43]可以看出,两个同辈人之间的送别又是另一番景象,她们之间觉得相处的欢乐太少,临别时还在回味着两人昨夜谈诗的兴奋与快乐。也许黄淑畹在游合珍和林琼玉的身上看到了她和姐姐黄淑窕昔日的影子。因此,当她看到后辈诗情勃发,人才济济的景象时,不禁喜不胜收:"才情我老弃如遗,重见诸郎谢氏时。记共外家旧行辈,山堂烛影夜催诗。"[44]诗书传家的外祖家风并没有中断,而是在后辈身上继续延续,让黄淑畹感到无比的慰藉。

如果说家族内部的生活情感记忆通过诗歌的方式得以保存,那么在闺秀们向家族外部拓展人际交往时,诗歌更是承担了应有的职能。一些生活不如意甚至困顿的女性,正是在和朋友的诗歌酬唱中找到了情感的慰藉,并丰富自己的精神世界。黄淑畹和甥女许琛的诗歌交往正是这种见证。黄氏家族和许氏家族有姻亲关系。关于许琛的家世,梁章钜是这样介绍的:"素心名琛,字德瑗,瓯香先生友曾孙女,月溪先生遇孙女,澳门郡丞良臣之女也。"[45]瓯香先生即许友,许友是黄任的外祖父。月溪先生即许遇,许友子,黄任舅父。二人具有诗名。黄任和舅舅关系甚笃,诗歌深受其影响。而许琛父亲许良臣是许遇的长孙,故而关于许琛在家族内的辈分梁章钜所记有误。许琛应该是许友的玄孙女、许遇的曾孙女。因此在黄淑畹的《绮窗余事》中,称许琛为甥女。许琛一生非常不幸,晚年更是凄凉,多靠亲友帮助才能维持生计。黄淑畹和这位外甥女关系特别好。许琛在广东夫亡之后返回福建守节。黄淑畹对许琛多有关怀。在《绮窗余事》中,黄淑畹有多首诗记录了自己和许琛的交往,以诗安慰,如《素心甥女归自粤东,尝道与采斋骆夫人篇章酬和,余不胜羡慕。聚晤间,素心便有今昔之感,余屡慰之。适余婿松根又复北上,聊作数篇,寄采斋也》《秋日寄怀素心甥女》。黄淑畹对许琛的关心已超越于长辈对晚辈的亲情关怀,两位在写诗论文中更是成为了精神知己。"频过疏影小楼前,感旧追今忆夙缘。

43 (清)林琼玉:《合珍表姊随倩芝山书院掌教归,口占一律》,《黄任集》(外四种),陈名实,黄曦点校,第386页。

44 (清)黄淑畹:《疏影楼小集》其二,《绮窗余事》,《黄任集》(外四种),陈名实,黄曦点校,第381页。

45 (清)梁章钜:《闽川闺秀诗话》卷1,见《续修四库全书》第1705册,第630页。

粉本共描浓淡笔，乌丝同写短衣篇。除依风月吟新句，便对诗书悟昔贤。每喜与君联袂好，心思衰老减当年。”[46]两人一起吟诗画画，谈论古今，欣喜时忘记了悲伤。可以看出两人有很深的精神共鸣。两位精神相契合的闺秀时有互答，彼此留宿对方家里，品文论诗，获得了极大的精神满足。“穿松隔竹半飞花，尽日巡檐索笑赊。多谢伴君香觉后，离离疏影一帘斜。”[47]黄淑畹多次给许琛的绘画题诗，可以看出她不仅仅关爱许琛，更是深深懂得这位以诗书画闻名当时的节妇内心。许琛爱梅竹，晚年所画梅竹更笔笔见精神，“乃专写梅竹，及寒菊，数枝具苍辣疏古之致。诗亦直摅胸臆，不藻饰规杌以为工”[48]。黄淑畹题写其所画梅花图，认为“君心本如此，不尽雪霜情”[49]。可以看出她对许琛为人之精神根柢有很深的理解。黄淑畹曾对许琛的一生以诗歌形式做了高度的概括：

> 古来闺秀相流传，列女传中多名媛。或以美德或辞娴，怀清智井肇其缘。其余才调成巨观，扬葩摛藻落云端。璇玑纵横苏若兰，刘氏三姊妙同根。湘山湘水竹斑痕，抄韵续史文思妍。左芬鲍妹亦并肩，归来堂上何足论。嗟予女甥许德瑶，继世名士称厉门。诗才画学笔力坚，品高行芳节操完。关心珠玉计疲殚，葬翁葬夫贫且艰。一朝心事了生前，冷月凄风度岁残。蕙兰摧折形影单，阡表伤心负土全。山环水绕碧光联，如此孝节迈昔贤。石人有知亦相怜，疏影楼中志皎然。三十年来处其间，布裙椎髻霜雪颜。此心此节经岁寒，寒梅瘦竹伴余年。不是看书便看山，连袂时登诗酒筵。分题拈韵寄瑶篇，焚膏继晷夜盘桓。坐谈亹亹有兰言，仿佛艳宋与香班。……[50]

黄淑畹对许琛强调其守节坚贞的同时，更是对其艰难的处境有深刻的同

46 （清）黄淑畹：《素心甥女过小斋阻雨累日，见赠即和原韵》，《绮窗余事》，《黄任集》（外四种），陈名实，黄曦点校，第 373 页。

47 （清）黄淑畹：《首春，同素心甥女水槛看梅，宿疏影楼，并和原韵》，《绮窗余事》，《黄任集》（外四种），陈名实，黄曦点校，第 374 页。

48 （清）梁章钜：《闽川闺秀诗话》卷 1，见《续修四库全书》第 1705 册，第 631 页。

49 （清）黄淑畹：《题素心甥女帐帷上画梅》，《绮窗余事》，《黄任集》（外四种），陈名实，黄曦点校，第 382 页。

50 （清）黄淑畹：《镇闽将军魁公以素心画册属题，即次魁公原韵》，《绮窗余事》，《黄任集》（外四种），陈名实，黄曦点校，第 385 页。

情，而在困境中许琛以诗书画所寄托的精神及意趣成为她生活的最大慰藉，对这一点，黄淑畹颇赞赏。和以往节妇不同，许琛的精神及生活世界并不干枯乏味，而是非常丰富多彩，或与人论诗，或往来唱和，或读书，或观山，或作画，其有"红云烂漫飞九天"的精神气象。

在当时的闺秀群体中，她们通过诗歌结成了相对具有自足精神的团体，时人称之为"光禄派"。"福州城南有巷曰光禄坊，宋法祥院旧地。中有小丘曰玉尺山。熙宁时知州事程师孟以光禄卿游其地，并书'光禄吟台'四字刻于石。明末为邑绅许豸宅。清初，豸子友仍居之，著《许有介集》。其家妇女皆能诗，多与戚属女眷相赠答，诗筒往返，婢媪相接于道。轻薄子弟恒赂而窃之，称'光禄派'"[51]。这一群体以许琛为中心，将黄氏家族、郑氏家族和许氏家族的女眷联合起来，甚至延伸到江浙的一些名媛，如和许琛交好的方芳佩、胡慎蓉、胡慎仪姐妹等。"家益落，饔食不继。会李夫人筠心、方夫人芳佩、福恭人宜鸾闻其名，结为文字知。"[52]如前面提到的黄淑畹所作的《素心甥女归自粤东，尝道与采斋骆夫人篇章酬和，余不胜羡慕。聚晤间，素心便有今昔之感，余屡慰之。适余婿松根又复北上，聊作数篇，寄采斋也》中提到的采斋，即胡慎仪，和其妹胡慎蓉都是江浙著名的闺秀诗人。而方芳佩在随夫人闽时，即和许琛订交为同好。方芳佩是浙江钱塘人，是浙江著名的闺秀诗人。由此可见，闺秀通过诗歌的酬唱已经突破了家族的局限，而在更为广泛的地域中产生影响力。在黄淑畹和许琛的诗集中，屡次提到和方芳佩的交游唱和。如黄淑畹的《汪学使夫人芷斋招饮试院，归而志感》"一从相见便心倾，相见虽新有故情"[53]，表达了认识新朋友的欣喜之情；《甲午冬初，同松斋侄女、素心甥女至洪山桥送芷斋汪夫人入都》："从兹风月谁为主，肠断诗声蕉雨轩"表达了诗社缺少一位好友的惆怅，"万一天随人意愿，碧霄依旧再相逢"[54]，表达了对再次相聚的期盼。而许琛更是和方芳佩多有唱和，两人私谊更为深厚。

---

51 （清）陈芸：《小黛轩论诗诗》，清宣统三年刻本。

52 （清）完颜恽珠：《国朝闺秀正始集》卷十，清道光十一年刻本。

53 （清）黄淑畹：《汪学使夫人芷斋招饮试院，归而志感》，《绮窗余事》，《黄任集》（外四种），陈名实，黄曦点校，第 374 页。

54 （清）黄淑畹：《绮窗余事》，《黄任集》（外四种），陈名实，黄曦点校，第 377 页。

第二节　黄氏家族闺秀诗人的名士风范

前面我们在分析黄氏家族的创作背景时，谈到了黄任的名士气度。黄淑窕和黄淑畹的诗歌风格深受其父名士气度的影响。名士气度有深远的文化渊源，应该是上推魏晋时期的竹林名士，讲求纵情任性，不为礼法所拘束，讲求自我的内心感受，以阮籍、嵇康为代表。而其后，苏轼、白居易等人的名士之风更多表现为内省化、生活趣味化的特点。随着时代发展，更有着时代性、个性化和地域性的特点。到了明清之际，受中晚明心学思想的影响，名士之风重张声势，不过概而言之，明代和清代仍有不同。从生活和日常行为来讲，中晚明时期更重人的基本欲求，以及对文化、制度的批判性。而清代理学兴盛且政治的集权性加强，其名士性更多体现在日常生活审美化上。时下的研究中，关于名士个案的研究较多，但是，此种人格美学背后社会因素的探讨尚缺理论与文化的深度[55]。黄氏姊妹的诗歌继承了其父亲的名士之风，也打上了自身女性化的痕迹。

关于黄任的诗歌风格，清代学者有这样的概括："闽中近时诗，当以莘田先生为冠。先生诗各体俱工，而七言律绝尤为擅场，清丽芊绵，直入唐人之室"[56]；"诗有音节，清脆如雪竹、冰丝，非人间凡响，皆有天性使然，非关学问。在唐则青莲一人，而温飞卿继之，宋有杨诚斋，元有萨天锡，明有高青邱，本朝继之者，其惟黄莘田乎！"[57]。

黄任性格诙谐、喜好交往，"好宾客，诙谐谈笑，一座尽倾"[58]。诙谐性格亦表现在他的诗歌中，如"江鸥拍浪好风标，飞过船头不可招。我岂不如卿格调，一群相见莫相骄。"（《归舟杂诗》）[59]。他的名士之风更多表现为庄谐不

55 顾敏琪：《文空四海唯余我，魂到重泉更付书——清代常州名士黄仲则、洪亮吉交谊论述》，《常州工学院学报》（社科版）2006 年第 6 期；郭权：《台湾内渡士绅施士洁研究》，福建师范大学 2013 年博士学位论文；杨琳，邬晓东：《清代名士邵齐焘生年籍贯之考辩》，《黑龙江教育学院学报》2012 年第 8 期；张杰：《清代沈阳名士张又龄与朝鲜望族李晚秀兄弟——兼论盛京地区与中韩文化交流》，《沈阳故宫博物院刊》2014 年第 1 期；朱红华：《品无罅隙议，文有琳琅篇》，《玉溪师范学院学报》2014 年第 11 期；张杰：《清代盛京满族名士缪公恩考论》，《满语研究》2015 年第 6 期。

56 （清）徐祚永：《闽游诗话》，《黄任集》（外四种），第 525-526 页。

57 （清）袁枚：《随园诗话》卷 9，《黄任集》（外四种），第 528 页。

58 （清）杭世骏：《榕城诗话》卷中，《黄任集》（外四种），第 527 页。

59 （清）黄任：《黄任集》（外四种），第 76 页。

拘，情真意深。其妻庄氏诗歌也有谐谑之特点，“永福黄莘田妻庄氏，能诗，莘田下第，游汴三载未归，庄氏除夕寄外，‘万里寒更三逐客，七年除夜五离家’，见《永福县志》”[60]。当然，戏谑中又有对丈夫的关切。父母的这一特点自然也会影响到了其女儿。

黄氏姊妹的诗具有别具一格的风貌，既体现了生机勃勃的世俗趣味，如自然乐景、节日趣俗、语言诙谐幽默，灵动流转。当然也体现了儒家诗教下对闺秀性情的普遍要求，诗歌情感注重“性情之正”的修持，礼教之下二者结合形成了既端雅又活泼的饶有趣味的审美品格。在以愁绪文学为主流的女性诗歌、及江南女性偏重雅正的审美风格之外[61]，黄氏姊妹呈现了自身独特的风貌。而她们周围的闺秀诗人也通常具有此种类似的风格。此节主要以黄氏姊妹为主，参以周围有交往的其他女性，来看清代前期福建闺秀诗人的风格。

一、俗趣之谐

俗趣即世俗的趣味。世俗趣味是经验与现象世界感知方式在文艺审美中的体现。而诗歌中的世俗趣味主要表现为内容的世俗情趣和语言的趣味性、喜剧性、以及创作状态的众声性。下面就黄淑窕、黄淑畹诗歌的俗趣之谐来加以分析：

（一）节令欢趣

中国传统世俗心态特点之一是去神圣化，即戏谑、不敬的精神和趣味[62]。而明清诗歌，由于社会鼎革，传统观念被挑战等因素，士人行为有着种种悖离传统精神的行为，如明末清初士人的“弃诸生”行为。表现在诗歌中也出现了不少戏谑式因素，或者说诗人们以戏谑幽默作为一种缓解文化断裂造成的压力感和分裂感，强调去价值化。因此，伤春悲秋等传统诗歌的生命悲剧感代之以及时行乐、享受现实趣味的情调。

---

60 （清）梁章钜：《闽川闺秀诗话》卷 1，见《续修四库全书》第 1705 册，第 630 页。

61 关于清代女性诗歌，段继红认为：清代女性诗人中虽不乏杰出者，但因其生命格局的狭窄和由此形成的深层文化心理结构，影响了她们的创作，大多数作品流于清丽单薄，主要表现在抒情的私人化，如伤春悲秋、思夫怀远、感物伤情等。……这与她们深受压抑的生存处境有关，居于深宅大院的闺秀们，从小受着严格的儒教熏陶，养成了“笑莫高声”“动莫掀群”的循规蹈矩的习惯。见段继红：《清代女诗人研究》，苏州大学 2005 年博士学位论文。

62 侯杰等：《世俗与神圣：中国民众宗教意识》，天津人民出版社，2001 年版，第 73 页。

试以此类情结最为浓重的岁时节令诗为例加以分析。以文人诗歌通俗化代表人物白居易诗歌来看，岁时节假诗中的孤独感、萧瑟感是很强的，笔者根据《白居易诗集校注》统计白居易的除夕诗凡 9 首，其中有 8 首叹老嗟衰的情绪色彩非常鲜明，表现年命流逝的紧迫感，身体衰弱的衰飒感，特别是年龄的具体数字的一再出现，更突出了年华流逝的强烈焦灼感，如“病眼少眠非守岁，老心多感又临春。火销灯尽天明后，便是平头六十人”（《除夜》）[63]，“老校于君合先退，明年半百又加三”（《除夜寄微之》）[64]；“三百六旬今夜尽，六十四年明日催”（《除夜言怀，兼赠张常侍》）[65]。而反观黄淑窕、黄淑畹此类诗歌，亦有年华流逝之叹，但更多的是民俗节日的欢聚氛围，以及对于民俗趣味性的好奇体验。据笔者统计，二人的节令诗或者与节令有关的诗歌情况如下：淑窕：元日 2 首，人日 1 首，端午 2 首，七夕 4 首，中秋 1 首，除夕 1 首，清明 1 首，共 12 首；淑畹：寒食 3 首，七夕 4 首，元日 1 首，冬至日 1 首，立秋 1 首，清明 1，共 11 首。检阅其内容，除了黄淑畹的“续了五丝添五线，经年强半是停针”[66]表达了因思念姐姐而显得伤感，其余几乎都是描述岁时节日的热闹气氛。如果以上面所举除夕诗歌作为对比，黄淑窕的《除夕》中，则表现了一家团圆的喜庆气氛：“开樽此夜家家乐，银烛光中笑语闻。爆竹喧时锣鼓闹，梅花绽处腊春分。高堂共饮屠苏酒，小阁联吟送岁文。回首碧纱窗渐白，来年炉火尚氤氲”[67]，全诗除了尾联有淡淡惆怅外，前三联均是表现除夕的热闹气氛，诗人运用了鲜明的有节日特色的物象和情境来对气氛来加以渲染，一家团聚，笑语声声，爆竹锣鼓，小窗梅花，畅饮美酒，共读美文。气氛何等欢乐，读来很有感染力。除夕尚如此，元日就更显万象更新了：“一声爆竹报新年，桃杏偏于此日妍。最是开元时节好，春椒彩笔颂花笺”（《元日》其一）[68]，显得十分热闹欢快。此外，其他岁时民俗诗

---

63 （唐）白居易撰，谢思炜校注：《除夜》，《白居易诗集校注》，中华书局，2006 年版，第 2220 页。

64 （唐）白居易撰，谢思炜校注：《除夜寄微之》，《白居易诗集校注》，第 1806-1807 页。

65 （唐）白居易撰，谢思炜校注：《除夜言怀，兼赠张常侍》，《白居易诗集校注》，第 2858 页。

66 （清）黄淑畹：《绮窗余事》，《黄任集》（外四种），陈名实，黄曦点校，第 367 页。

67 （清）黄淑窕：《墨庵楼试草》，《黄任集》（外四种），陈名实、黄曦点校，第 336 页。

68 （清）黄淑窕：《墨庵楼试草》，《黄任集》（外四种），陈名实、黄曦点校，第 329 页。

歌中更是表现了一种欢欣的气氛。其中，若以女性色彩浓厚的七夕诗来分析，更可看到此种特色。“刚逢乞巧礼仙坛，剪烛深宵荐玉盘。银汉迢迢牛女渡，鹊桥知己驾云端”（黄淑窕《七夕》）[69]，“天河遥接饮牛津，月桂斜枝隐半轮。此夕家家争乞巧，不知谁是巧中人”[70]，“青鸟依稀下玉台，氤氲香气绣帘开。年年拜乞天孙巧，自笑何曾得巧来”（黄淑畹《七夕》）[71]，她们或是沉浸在民间传说的神奇想象、牛女爱情的喜剧感，或是女伴们一同乞巧、彼此逗趣欢谑，诗歌将青年女子所独有的活泼俏皮表现的淋漓尽致。如果七月是闰月，那么牛女可多相会一次，更是妙趣横生，“多谢今年两度秋，重教乞巧上针楼。推窗望断南飞鹊，又是填桥度女牛”（黄淑窕《闰七夕》）[72]。此外，在伤感萧瑟的清明、寒食诗歌，她们亦在其中注入了清新的春天气息，“绿杨墙外草含烟，又值清明二月天。雨扫落花堆径艳，风飘飞絮扑帘妍。空梁燕咽添音韵，小院莺吟和管弦。缓步踏青开语笑，遥知深巷有秋千”（黄淑窕《清明同二妹纫佩用一先韵寄二弟成迪》）[73]，从诗歌中可以看到清明时节，落花艳丽，飞絮飘舞，燕莺吟唱，少女们笑语盈盈，相约踏青、荡秋千，十分的畅快。“香车宝马千门过，时有游人拾翠钿”、“五陵年少归鞍疾，何恨飞花上玉鞭”（《寒食日雅集，家大人偶成二句，属儿女辈足之》）[74]，黄淑畹的寒食诗更是有着清丽婉美之感。

（二）语言错位性及诙谐语趣

笑是人心理期待的转移。一般来讲，产生诙谐幽默效果的语言是将属于不同文化系统中的语词、句子打破原有的逻辑性、关联性，重加组合、拼接，将属于不同文化圈层的语言效果进行对比以产生了陌生化和错位感，从而使得诗歌表达具有新鲜的语言趣味。这种例子在中国传统谐趣诗词中也是有大量的运用，如辛弃疾的《沁园春·将止酒，戒酒杯使勿近》一词中，此种特点极为鲜明，首先将戏剧化的对话手法入词，其次，饮酒者和酒之间的关系，似乎

69 （清）黄淑窕：《墨庵楼试草》，《黄任集》（外四种），陈名实、黄曦点校，第 329 页。

70 （清）黄淑畹：《绮窗余事》，《黄任集》（外四种），陈名实，黄曦点校，第 337 页。

71 （清）黄淑畹：《绮窗余事》，《黄任集》（外四种），陈名实，黄曦点校，第 356 页。

72 （清）黄淑窕：《墨庵楼试草》，《黄任集》（外四种），陈名实，黄曦点校，第 330 页。

73 （清）黄淑窕：《墨庵楼试草》，《黄任集》（外四种），陈名实，黄曦点校，第 336 页。

74 （清）黄淑畹：《绮窗余事》，《黄任集》，陈名实、黄曦点校，第 353 页。

是一主一仆，其戏谑对答形成趣味横生的效果。

黄氏姊妹的诗歌中亦有此种特点。首先，可以看到通俗词曲与正统五七言格律诗的文化趣味的对撞。如黄淑窕的组诗《游小西湖》：

其一

山色湖光里，长天满落霞。三秋飘桂子，十里艳荷花。牧笛村前犊，菱歌水面槎。不知秋思日，风景落谁家。

其二

闻道晴时好，谁知雨亦佳。风涛卷霜雪，云树绕堤沙。岛屿平桥隐，亭台翠幕遮。登临频盼睐，烟水渺无涯。

其三

西北竞繁华，参差几百家。碧波飞短棹，绿树荫香车。箫鼓趁时听，风光到处赊。伊人今宛在，秋水亦蒹葭。[75]

很明显，这三首作品檃栝了柳永写杭州的《望海潮》，柳词是以通俗性著称，而将柳词语言的清新明快植入文人化格调很强的五律中，由此而形成轻快明丽与庄重典雅的对比，趣味便通过潜在文体的对照而形成。“登临频盼睐，烟水渺无涯”、“伊人今宛在，秋水亦蒹葭”等结句又有着含蓄不尽的余味。

值得注意的是，黄淑窕的诗歌中有这样一组《烧香词》：

其一

湘波千迭耀蟾光，纤手亲调百和香。十二小鬟初解事，开奁检取旧明珰。

其二

结束罗衣理翠钿，香楠文几院东偏。绛台双立金荷小，细细秋风袅篆烟。

其三

莲花小垫制初成，衬出多罗软更平。低首玉阶重致祝，双鬟悄立不闻声。[76]

此组诗可以看到《西厢记》焚香、待月的情节模式的影响。诗歌情境性强，

75 （清）黄淑窕：《游小西湖》，《墨庵楼试草》，《黄任集》，陈名实、黄曦点校，第347页。

76 （清）黄淑窕：《烧香词》，《墨庵楼试草》，《黄任集》，陈名实、黄曦点校，第326页。

通俗艳丽之中也不乏蕴藉之美。明清以来，戏曲小说等通俗文艺发达，女性亦受影响。《红楼梦》中贵族女子薛林等便喜欢观看《西厢记》《牡丹亭》，甚至林黛玉酒席行令时，《西厢记》中的经典句子都会脱口而出。而福建戏曲也十分兴盛，女性诗歌受影响，也是具备外在条件的。正如黄淑窕有《西沙观女剧》一诗：

两岸花飞一水流，西江唱彻古凉州。凤山堂外人如织，月上高台不肯休。

隐隐新声渡碧波，玉箫檀板醉仙娥。广寒旧谱霓裳调，散作人间一曲歌。[77]

戏曲小说等来自民间的文化更给女性的诗歌带来了活泼生动、神采飞扬的特色。

此外，她们还把属于女性的生活经验带入了日常审美中：如黄淑窕《春日偕成波四弟同诸姊妹香草斋看紫藤》（其一）：

嫩叶柔枝小院扶，一庭繁密锦如铺。多因燕剪蜂针力，绣出纵横紫凤凰。[78]

诗歌展现了紫藤如锦缎般，且有燕尾如剪，蜂喙如针在其上刺绣。诗思巧妙又具有闺秀的生活特色。

另外，还有一些语词的活用，如拟人用法等引入了诗歌中，"盈阶新草连朝霁，莺正乔迁弄巧声"（黄淑窕《春晴》）[79]，"乔迁"二字拟人之法，用于春莺，诙谐有趣。"一团红日上阑干"（黄淑窕《春晓》）[80]其中，"一团"属量词的活用，令人不免将红日联想成绣球或其他；"银烛高烧偎槛看，满庭枯木有花开"（黄淑畹《雪花》）[81]，雪花虽非花，然亦可作花看，表达别有趣味。

此外，女诗人还运用传统民歌的重迭复沓的手法带来新鲜的语趣，如"水晶帘下凌波立，知是湘妃是洛妃"（黄淑畹《戏赠》）[82]。当然如果将二姊妹的谐趣风格略作对比，还是有一定差异，淑窕生动朴素中暗寓新奇，而淑畹更在雅致和婉中见巧妙构思。

77 （清）黄淑窕：《墨庵楼试草》，《黄任集》，陈名实、黄曦点校，第 332 页。
78 （清）黄淑窕：《墨庵楼试草》，《黄任集》，陈名实、黄曦点校，第 343 页。
79 （清）黄淑窕：《墨庵楼试草》，《黄任集》，陈名实、黄曦点校，第 327 页。
80 （清）黄淑窕：《墨庵楼试草》，《黄任集》，陈名实、黄曦点校，第 327 页。
81 （清）黄淑畹：《绮窗余事》，《黄任集》，陈名实、黄曦点校，第 357 页。
82 （清）黄淑畹：《绮窗余事》，《黄任集》，陈名实、黄曦点校，第 366 页。

（三）童趣真心、质朴憨拙

童趣是以儿童般的心灵来观察事物，事物鲜活直呈，少功利性。尽管明代诗文理论中，有李贽的“童心”说，但更多是为了批判虚伪陈腐的礼教，影响之下的如公安派诗歌，虽平易谐俗，但有时不免愤世与油滑。即如其父黄任亦不免如此：“常参班里说归休，都作寒暄好话头。恰似朱门歌舞地，屏风偏画白蘋州”（《戏示寮友》）[83]。这便是与女性诗歌童趣性的最大差别。在黄氏姊妹笔下，特别是早期的一些诗歌中，很多习以为常的景物，如自然界的变化，哪怕是很微小的，亦感觉到好奇、惊喜、兴奋、兴致盎然。如雪花的瞬间飘落和融化，“峭寒忽见絮轻飘，犹未成花到已消”（黄淑畹《首春八日微雪，家大人限韵》）[84]，把雪花空中飞舞之后瞬间消失的状态表现得很细腻，这是一种常见之景，只有童心未泯之人才会为之兴趣盎然。女诗人来到了田家，都觉得生活和风俗新鲜有趣，甚至急于效仿，“因爱邨家风味好，春衫归制水田衣”（黄淑畹《春日绥江随家大人、姒州姊游凤山堂和韵》）[85]。此外，诗歌中还有流萤点点，忽明忽灭，“何处流萤飞不定，乍明还灭碧江边”（黄淑窕《渔火》）[86]，雨后乍现的月光都令人感到惊喜，如“烟云初散漏沉沉，一片蟾光出树林。最是小园新霁好，粉墙西畔绿杨阴。”（黄淑窕《雨后见月》）[87]中国传统诗教的重要内容是“美刺”“比兴”，承担严肃的社会责任，传统社会男女分工不同，男性的诗歌过于讲求家国之感，即便咏物写景，往往也要强调深有寄托。而女性此类诗歌中，则有一种难得的轻松和纯净。诸如黄淑窕《午日》：

> 读罢离骚心不平，至今犹觉可怜生。三间魂魄归何处，爱听渊渊伐鼓声。[88]

屈原是爱国忠君的典型代表，历代文人的歌咏中，总要表达家国之感、身世之悲，而淑畹此诗内容要朴素单纯得多，读其遭遇，只是觉得诗人遭际“可怜”，除此之外，在端午之日，似乎没有更多深沉的忧思，反而欣赏龙舟之上的铿锵鼓点。无独有偶，另外一位福建女诗人周仲姬也有类似诗歌：“日影翻波动，

83 （清）黄任：《黄任集》，陈名实、黄曦点校，第 68 页。
84 （清）黄淑畹：《绮窗余事》，《黄任集》，陈名实、黄曦点校，第 353 页。
85 （清）黄淑畹：《绮窗余事》，《黄任集》，陈名实、黄曦点校，第 355 页。
86 （清）黄淑窕：《墨庵楼试草》，《黄任集》，陈名实、黄曦点校，第 333 页。
87 （清）黄淑窕：《墨庵楼试草》，《黄任集》，陈名实、黄曦点校，方志出版社，2011 年版，第 328 页。
88 （清）黄淑窕：《墨庵楼试草》，《黄任集》，陈名实、黄曦点校，第 329 页。

轻风入席幽。蒲香浮绿蚁，鼓吹沸清流。云敛丹霞屿，江回白鹭洲。三闾虽寂寞，千载泛轻舟。”这首诗虽然写到了三间之寂寞，但更多表现端午之时的美好的自然风光和当时的风俗。

（四）众声之乐

黄淑畹、黄淑窕呈现出一种众声性。所谓的众声性，就是与个体性相对。个体性诗歌多指诗歌中的抒情主人公是追求个体内在的自我超越，抒情主人公多是孤独者的形象，塑造的境界或高旷、或广漠、或出尘、或萧瑟等等。如“上下而求索”的屈原，“前不见古人，后不见来者”的陈子昂，“登高壮观天地间”的李白，“独自莫凭栏”的李煜，往往这类诗歌更能使人体认宇宙人生的终极悲剧感。而众声性诗歌往往多呈现一种群体性的状态，比如诗人们的唱和、交游、游赏、包括应酬等。更能表现出人际交往的特点。这从唐代元白唱和诗开始，到宋代，随着文人社群的大量增多，此种功能越发加强。而宗法社会中的女性，也处在交错复杂的血缘关系网络中。因此，她们的诗歌也具有众声性的特点。所谓群体性创作状况，可划分两类，其一是家庭性、家族性的文学艺术活动；其二是社会性交际为背景的诗歌活动在作品中的反映（两类诗歌中，家庭性、家族性的文艺活动，主要指的直系及旁系亲属，即父女，母女，姊妹，姑伯姊妹等之间的；社交性诗歌，侧重家族之外社会名流交往的诗歌。二者之间有差异，前者内容较为轻松平等，而后者应酬性、揄扬性较强。后类诗歌，由于二人境遇不同，黄淑窕几乎没有，而黄淑畹则较多）。此类诗歌的众生性的特点是集体性的表述话语为多，如：“大家齐上木兰舟”[89]、“大家齐上曝衣楼”[90]、“同心诸姊妹，约共唱新歌”、“泥人深巷唤同游”[91]等等。此外，黄淑畹还有很多社交性诗歌，此类诗歌酬酢意味更浓。诗歌的艺术性也是为了此目的而服务的，如《儿子昂霄在道山书院肄业，观察吴公以“池中白莲花”赋诗属诸生和韵，予代作二首》，在母亲为儿子代作的和韵诗中，更多的是表达对知遇之恩的感谢，以及相关科举典故的凑趣性运用，以此来沟通和加强彼此的感情。其二的“恰如风月南宫夜，千朵西廊正吐华”（自注：唐举子题号

---

89 （清）黄淑窕：《春日同诸姊妹游小西湖》，《墨庵楼试草》，《黄任集》，陈名实、黄曦点校，第 324 页。

90 （清）黄淑畹：《七夕》，《绮窗余事》，《黄任集》，陈名实、黄曦点校，第 356 页。

91 （清）黄淑窕：《寄岭南龚七姊、九姊》，《墨庵楼试草》，《黄任集》，陈名实、黄曦点校，第 337 页。

舍云："白莲千朵照廊明，一片生平雅颂声。报到第三条烛尽，南宫风月写难成"）[92]。

除此之外，若遇喜庆之事等，诗歌更是会表现出这类特色。如给黄任祝贺重宴鹿鸣兼祝八十大寿的贺诗中，有不少是这个交际圈子的闺秀诗人所写。一般贺诗容易流于陈腐呆板、过度溢美，然而她们以灵心巧思出之，形成诙谐效果。黄淑窕女儿游合珍《贺外祖重宴鹿鸣》："松筠标格鹤精神，白发簪花作瑞人。六十年来典型在，新嘉宾拜旧嘉宾"[93]，其中，白发簪花，表现了老名士的疏狂潇洒，虽老亦有童趣的精神面貌，此外，新嘉宾拜旧嘉宾造语亦有趣巧妙。如林氏的《贺黄莘田先生重宴鹿鸣》："丹桂花开六十秋，振衣又到广寒游。嫦娥细认曾相识，前度人来竟白头"[94]，此诗妙在设计了一个有趣的场景，妙用折桂典故，写老名士重游广寒，再见嫦娥，而嫦娥仔细端详，似曾相识。场面颇为有趣，并不是一派庄严，令人难以接近。在亦庄亦谐的诗歌中，大家对名士黄任既敬重又亲切的形象刻画得相当逼真，而且具有浓厚的现场气氛感。

二、性情之正

应该如何理解俗趣之谐与性情之正之间的关系？并且性情之正在女性中是何以体现的？性情之正，是儒家所希望达到的一种人性的理想状态，不激烈、不过度，哀而不伤。在女性修养中亦是如此，此类提法比比皆是，"淑人绍其家学，非若荜门蓬户抒写羁愁，以自托于漱涤万物，牢笼百态，而性情之正，六义之工，不啻戛金玉而穆清风"[95]；"盖得性情之正，不以富丽为工"[96]；"古之称女士者，岂徒为是工书翰、耽吟咏云尔哉！其必操行鲜明、四德具备，而又能诵《关雎》诸篇什，凡一吟一咏，悱恻缠绵，哀乐得性情之正，所谓古之女有士行者非耶？"[97]前面所提到的陈兆崙为黄淑畹所作的《绮窗余事》序中，认为只要闺秀创作持守了性情之正，就应该鼓励闺秀大胆创作，"莘田辞以闺女不必以文采见。余曰：'是不然，葩经多女子妇人之言，但得其性情

92 （清）黄淑畹：《绮窗余事》，《黄任集》，陈名实、黄曦点校，第 362 页。
93 （清）游合珍：见（清）梁章钜《闽川闺秀诗话》卷 1，第 631 页。
94 （清）林氏：《贺黄莘田先生重宴鹿鸣诗》，见（清）梁章钜《闽川闺秀诗话》卷 2，第 633 页。
95 （清）刘绍攽：《浣青诗草》序，《江南女性别集》初编上册，第 224 页。
96 （清）周绮：《缦华楼诗钞》跋，《江南女性别集》初编下册，第 1268 页。
97 （清）曹鎔：《华蕊楼遗稿》序，《江南女性别集》初编下册，第 1538 页。

之正，何伤乎。'"[98]

但问题是，如何维持性情之正？因为到了明清之际，妇德绝对化，给女性带来了很多困扰，一、聚族而居，几世同堂的居住模式下，女性随时需要调整好平稳的心态来面对纷繁的家庭关系和琐碎的家庭事务；二、还有一类遭遇婚姻变故或不幸的女性，在人性人情无法正常满足的情况之下，依然要求其性情之正。在超人性的道德之下，一些女性特别是节妇这个阶层的生活状态、内心世界是很值得研究的，她们是如何自我调节，兼顾正统道德和自我内心世界的？应该说，除却一部分转向宗教的之外，此类女性需要有着文学艺术等作为精神寄托，有的以教育子女为精神寄托，或者在与其他的好友同伴中的交往寻求慰藉，或者以俗世之趣佐性情之正。当然，一部分女性生活压力过大，两者无法统一，或者情绪过于悲伤，"哀毁过甚"早早过世，成为生命早逝的悲剧。

（一）"才遇兼丰"的创作、境遇双重评判标准

对于知识女性（即当时语境中的才媛、名媛、才女等）的评判有一个很有趣且值得深入探究的现象，这种现象直至当下依然存在。即，时人关注的并不完全是才女们文艺创作的质量和水平，更关注才女们其人的命运、生活境遇、道德品行（妇德）、特别是婚姻状况。这就是当时反复提及的所谓"福"与"慧"，"才"与"遇"的问题。"慧"和"才"，指其来自秉性的颖悟资质、创作成就、艺术水平等，而"遇"及"福"则指年命修短、家庭生活和谐圆满与否等人的生命、命运等问题。年命修短有着命运的不可知因素，而后者，从《诗经》以来儒家观念中，就已将"宜室宜家"即良好的持家、协调家庭关系作为女性主体的不可或缺的职能。能否很好地履行此种职能，是评判一个女性的重要标准，甚至超过了其文学创作的能力。"今天下世教之衰久矣，家庭中纵无诟谇勃溪之习，而为妇者于事舅姑、相夫子、教卑幼之道，概乎其未有闻。而大家世族，又往往耽于逸乐，学管弦、绘画诸事。读数寸书，稍知文墨者，又或吟风弄月，自以为闺人高致，而妇德妇功俱视为迂疏不足道。一旦生变仓猝，戎马在郊，则张惶失措，流离潦倒而不可收拾者，所在多有"[99]。当然，二者可兼自然为人称道，"家之事悉倚姊，祭祀、宾客、庖

98 （清）陈兆崙：《绮窗余事》序，《黄任集》，陈名实、黄曦点校，第 362 页。
99 （清）马承昭：《绣佛楼诗钞》序，《江南女性别集》初编下册，第 1165 页。

厨、酒浆、米盐，琐琐杂然前陈。姊之居，简册、笔墨与刀尺、升斗、筹算、簿籍同列，姊理之秩然。终日无废事，亦终岁无废学”[100]，这正是人们所称的“福慧双修”或“才遇（或福）兼丰”。“夫是才人子名上，有谁福慧胜平生”[101]；“读书万卷行万里，巾帼远胜奇男子。亥算灵长甲第崇，福慧双修有如此”[102]；“夫人文与福齐，才兼德茂”[103]。可见，当时人们对于“福慧双修”这一生命状态的追求。

而对于有才华，但命运不佳的才女，人们又作何评价？正如“余友半客之淑配碧岑，工诗而不永年，有生之日又多与病俱，得无丰于才而啬于福者与？且夫物之偏胜也各有故，禄受独薄，几不足以自存，造物者仁之，乃别丰予焉，而以为补救。穷嫠贫媪持家立孤幼，古所称健妇者，造物健以补之，因其缺而有所予也……谪则不能腴其遇，福之啬由于才之丰……故福不必与才具，而才即其福”[104]，这里以多病早过的江珠为例，进行对人生的才华、生活、命运等问题的思考，认为出众的才华和福寿安宁的命运很难兼得。

反观黄氏姊妹，大致可称才遇兼丰者。黄淑窕六十八岁卒，“至老，子妇辈侍奉不怠”[105]，黄淑窕亦有诗赠媳：“忆汝家来恰十春（原注：乾隆癸未至壬辰），大家风范最堪珍（媳父晟，乾隆甲子孝廉，试用县尹，借补泰宁司训。伯父晃，乾隆丁卯副车）。俭勤不怠称佳妇，甘旨无忘慰此身。手作羹汤常日事，口尝药物病时因。而今我好长归去，莫漫悲啼一老人”（《病笃，口占示翁氏媳》）[106]，诗中对媳妇的赞扬、感念，以及老人内心的宽慰表现得很贴切。黄淑畹早年虽有一子（名峻）八岁夭折，但另一子为贡生。且晚年与子侄辈、以及当地名流等依然多有交游，老年生活丰富充实，在与家族人聚会时，表现出老人所独有的情趣：“才情我老弃如遗，重见诸郎谢氏时。记共外家旧行辈，山堂烛影夜催诗”（《疏影楼小集》）[107]，自嘲中有着对于少年辈蒸蒸日上的欣

100（清）张曜孙：《绿槐书屋诗稿》序，《江南女性别集》初编下册，第 1081 页。
101（清）刘汝霖：《冷香阁遗稿》题词，《江南女性别集》初编下册，第 1051 页。
102（清）凌祉媛：《灯窗展诵方芷斋夫人在璞堂诗集即题简末》，《江南女性别集》初编下册，第 888 页。
103（清）林以宁：《绿净轩诗钞》序，《江南女性别集》初编上册，第 4 页。
104（清）徐煜：《小维摩诗稿》序，《江南女性别集》二编下册，第 864 页。
105（清）黄惠：《墨庵楼试草》序，《黄任集》（外四种），陈名实、黄曦点校，第 324 页。
106（清）黄淑窕：《墨庵楼试草》，《黄任集》，陈名实、黄曦点校，第 349 页。
107（清）黄淑畹：《绮窗余事》，《黄任集》，陈名实、黄曦点校，第 381 页。

喜，也可见老人诙谐宽厚之性情。另外，从晚年的交游活动亦可见她在当地是较有声望的[108]。性格决定命运，较为圆满的生平境遇与二人的家庭教育、持家能力、宽厚平和、随遇而安的性情是有关的。“第一家风征母教”（黄淑畹《挽松斋表侄女》）[109]，其父亲亦称：“家风勤教子，夫婿喜为儒”（《饮兰女斋头》）[110]。因此，二人的母教诗歌亦可见诸诗集。“乖聪稚女牵襟立，教念唐诗又几篇。”（黄淑窕《示稚女合珍》）[111]

（二）中和节制性情之表现

中和是儒家的道德及心性的理想状态，影响到了诗论标准，“乐而不淫，哀而不伤”（《论语·八佾》）[112]，也体现在女性诗歌批评中，“其情怨，怨而不戾于雅；其音哀，哀而不悖于义”[113]，因此这种观念影响下的诗歌中多呈现一种淡泊观念、以及节制理性之态度。

因此，传统的落花、惜春的生命流逝感，到了她们笔下，更多以理性的方式加以开解，如“珊珊小立画栏东，春去春来岁岁同。莫惜满庭深浅色，明年依旧笑东风”（黄淑畹《送春词》）[114]；“能向生绡留国色，不须惆怅怨将离”（黄淑畹《题画牡丹和韵》）[115]；“胭脂匀透晕微红，浓淡丹青点缀工。莫谓残丛无处觅，便图没骨待秋风”（黄淑窕《题画海棠》）[116]，自然界之落花终不可留，不妨以画幅尺素留之；“莫道精神瘁，生根便有芽。庭前春意满，次第返香魂”（黄淑窕《悼兰和韵》）[117]，则以神话传说来消解普遍性的悲剧感。

但二人还是有不同，人秉七情，喜怒哀乐爱恶欲，一味强调性情的节制和中

108 在《绮窗余事》中，有多首诗记录了黄淑畹的交游，诸如《汪学使夫人芷斋招饮试院，归而志感》《祝吴学使任老夫人寿，并绘〈梅竹图〉》《夏杪，芷斋汪夫人招同松斋侄女、素心甥女游鼓山，分韵》《题吴学使顾夫人诗卷》《吴学使何夫人送水仙花，系之以诗》《镇闽将军魁公以素心画册属题，即次魁公原韵》。

109 （清）黄淑畹：《绮窗余事》，《黄任集》，陈名实、黄曦点校，第 381 页。

110 （清）黄任：《秋江集》卷 6，《黄任集》，陈名实、黄曦点校，第 180 页。

111 （清）黄淑窕：《墨庵楼试草》，《黄任集》，陈名实、黄曦点校，第 340 页。

112 程树德：《论语集释》，程俊英，蒋见元点校，中华书局，1990 年版，第 198 页。

113 （清）孙原湘：《问月楼遗集》序，《江南女性别集》二编下册，第 1109 页。

114 （清）黄淑畹：《绮窗余事》，《黄任集》，陈名实、黄曦点校，第 355 页。

115 （清）黄淑畹：《题画牡丹和韵》，《绮窗余事》，《黄任集》，陈名实、黄曦点校，第 357 页。

116 （清）黄淑窕：《墨庵楼试草》，《黄任集》，陈名实、黄曦点校，第 330 页。

117 （清）黄淑窕：《墨庵楼试草》，《黄任集》，陈名实、黄曦点校，第 336 页。

和、处事的随缘任运往往也会带来生命的淡漠感，甚至枯寂感。当然，这也是由于宗法社会女性被约束的状况而决定的，诗道性情，诗亦激发性情，甚至一些闺秀诗人守寡多年连诗都不写了。淑畹后期一些诗歌即是此种情味："年年画图中，不较春多少"（黄淑畹《陶瓶表弟妇以帐帷属题，乃素心甥女所绘画，以应之》）[118]，"应运随缘何不乐，此生欢怨莫分明"（黄淑畹《素心甥女归自粤东，尝道与采斋骆夫人篇章酬和，余不胜羡慕。聚晤间，素心便有今昔之感，余屡慰之。适余婿松根又复北上，聊作数篇，寄采斋也》）[119]，"凝神亦莫费推寻，随分随缘且称心"（黄淑畹《寄远》（自注：时在心庵二弟高安任署））[120]。

但黄淑窕诗歌不同，困厄清贫中，有通脱与开朗之气寓之："风雨潇潇至，编篱曲沼东。漫言寒士苦，喜得古人风。隐逸天然趣。襟怀孰与同。朱门画戟者，笑指草庐中"（黄淑窕《编篱，次夫子韵》）[121]，在贫寒生活中，也能真切地体会到乐趣。另外，一些诗歌表达手法是很独到的："蓬门静掩苦吟身，壁立谁怜处士贫。却喜冬来寒尚浅，典衣聊以饷今晨"（黄淑窕《典衣以应待哺之急，并勖儿子鹏程读书》）[122]，辛酸之意却以喜道来，格外令人感慨，颇有黑色幽默的意味。

第三节　郑氏家族闺秀诗人之精巧诗思

相对于黄氏家族重性情，诗风洒脱的名士气度，郑氏家族女诗人受郑方坤和郑方诚兄弟的影响，则更注重以学为诗，诗歌语言奇崛精巧，展现出不同于黄氏家族的闺秀诗风。

郑氏家族闺秀中有别集流传下来的有两位，一位是郑方城的女儿郑翰莼，有《舟中吟草》；另一位是郑方坤的女儿郑咏谢的《簪花轩诗钞》。郑咏谢《簪花轩诗钞》福建省图书馆有其原件，国家图书馆有缩微胶片。钞本精致，书法端秀，共三卷，二百三十余首作品。各体兼有，尤其五七律为多。诗钞共分三部分，首为"簪花轩诗钞"，精选的咏物诗居多，其二为"断鸿编"，多写亲友离合之情，三卷为"砚耕偶存"，多为担任塾师时教育女弟子的内容

118 （清）黄淑畹：《绮窗余事》，《黄任集》，陈名实、黄曦点校，第 382 页。
119 （清）黄淑畹：《绮窗余事》，《黄任集》，陈名实、黄曦点校，第 371 页。
120 （清）黄淑畹：《绮窗余事》，《黄任集》，陈名实、黄曦点校，第 366 页。
121 （清）黄淑窕：《墨庵楼试草》，《黄任集》，陈名实、黄曦点校，第 347 页。
122 （清）黄淑窕：《墨庵楼试草》，《黄任集》，陈名实、黄曦点校，第 348 页。

以及与相关女性亲属的酬唱应制之作。如果将郑氏姐妹和黄氏姐妹诗歌进行对照，最明显的差异就在于郑氏姐妹的诗歌更注重诗法。以郑咏谢诗歌为例，其诗集中讲求技巧的咏物诗占了多一半。而黄氏姐妹的诗集中类型化的咏物诗很少，更多的是随情随境而创作的诗作。这一点可以看出两个家族女性明显的诗歌风格差异。如果从清代诗歌的整体性来审视这两个家族闺秀诗歌的风格，则黄氏姐妹的个人性风格更加突出，而郑咏谢的诗歌在诗歌题材的拓展和写作的精细化方面更为突出。

郑咏谢为郑方坤的六女，出生于郑方坤在山东的任职期间。在她的抒怀诗中，明确地说“我生癸丑冬，于地日景色”[123]，雍正癸丑年，即 1733 年，出生后随父母到山东，“忆予初生日，乃在邹鲁乡。阿父时作守，嬉戏趋黄堂”[124]。郑方坤是于乾隆四年（1739 年）起任职于山东，在山东先后任登州、武定州、兖州知府，长达十六年。[125]因此郑咏谢应是在山东长大。在《郑芥舟伯兄归建安》中提到堂兄郑天锦对她的启蒙教育，“学古关心切，非君孰启予”。[126]郑天锦为郑咏谢堂兄，生于康熙五十五年（1716 年），乾隆十七年（1752 年）进士[127]，郑天锦“工诗古文，著书甚富”[128]。

郑咏谢早年生活悠游自得，在父兄的影响下，受到良好的诗学训练，“绣余缀吟咏，优游翰墨场。封胡与遏末，弟妹随肩行。阿父博一粲，盐絮分颉颃”。[129]姊妹之间也多有唱和，“菊黄枫老叹离披，秋气萧疏宋玉悲。忆得衙斋拈韵日，分题叉手咏新词”（《和伯姊见寄诗元韵》）[130]从这些自述中，可以看出郑咏谢未出嫁时和父兄姐妹们一起吟咏唱和，兄妹之间斗诗比高下，其乐融融。及其出嫁，郑咏谢和丈夫举案齐眉，生活幸福，“殷勤为择配，

123 （清）郑咏谢：《凄凄》，《簪花轩诗钞》卷 2，清拾穗山房抄本，福建省图书馆藏。

124 （清）郑咏谢：《纪事抒怀》，见王英志主编：《清代闺秀诗话丛刊》第 1 册，第 216 页。

125 袁世硕先生认为郑方坤在山东任职的时间为乾隆四年（1739 年）到乾隆二十年（1756 年）间，参见袁世硕：《谈〈聊斋志异〉黄炎熙抄本》，《福州大学学报》（哲学社会科学版）2002 年第 3 期。

126 （清）郑咏谢：《纪事抒怀》，见王英志主编：《清代闺秀诗话丛刊》第 1 册，第 216 页。

127 江庆柏：《清代人物生卒年表》，人民文学出版社，2005 年版，第 522 页。

128 《清史列传》第 19 册，王钟翰点校，中华书局，1987 年版，第 6139 页。

129 （清）郑咏谢：《簪花轩诗钞》，清拾穗山房钞本，福建省图书馆藏。

130 （清）郑咏谢：《簪花轩诗钞》，清拾穗山房钞本，福建省图书馆藏。

言侍君子旁。廿载事中馈，鸿案相与庄”。[131]后生活遭到变故，丈夫去世，她辛苦守节抚养儿子成人。郑咏谢曾做过福州太守苏泰（按：苏泰，江阴人，贡生，清代福州知府，就职于乾隆四十四年）[132]的家庭女教师，受到福州太守福夫人的礼遇，收太守小妾沈筠田为女弟子。[133]郑咏谢诗歌可以分为前后期。前期生活闲适，诗歌精巧，多类型化的咏物诗；后期诗歌人生感受加深，表达遭遇人生变故后的苍凉深邃感。

郑咏谢典型地体现出官宦家族闺秀的特点。未出嫁前在自己家族受到良好的文学启蒙教育，在诗歌技艺上有很高的水准。并有较为广泛的交游。就其诗歌而言，郑咏谢的诗歌不是留连于浮泛光景，或灵感突至、兴会而来之作，而是有章可循，以思力为诗，强调作诗的技巧性，调动各种作诗手法和修辞技巧，如白描、铺叙、用典等等。特别是从这些精工的咏物诗中，可以看出闺秀诗人严格的诗艺训练，包括咏物诗所包含的丰富典故及文化知识。这种技法的精巧与运思的精微，既体现出了女性特有的巧思，也反映出清代福建闺秀非常高的文化涵养和诗歌素养。

一、著意咏物与精巧入微

郑咏谢的诗集编排是非常精心的，把技巧性强以及咏物细致的诗歌放在第一卷。并且，相关诗歌按照类别排列，如咏物诗各有区分，如把节令诗歌依次放置在卷首，分咏元旦、清明、七夕、重九。在歌咏当中，十分注重对象特征。如《元旦》：

> 雪晴东阁满庭芳，渐觉迟迟旭日长。蓂荚偏当今夕艳，梅花更比去年香。历须正朔千门晓，酒进公堂万寿觞。爆竹声中风景好，符书处处乐春王。[134]

这里的元旦指的是传统农历的元日。诗中对元旦的特征描述得十分鲜明。如元旦时气温尚寒，雪后初晴，这在首句中即加以点明，而旭日长，指的是在元日后，白日更长这个特点。而蓂荚是传说中的一种瑞草，《竹书纪年·帝尧陶唐氏》称：“又有草夹阶而生，月朔始生一荚，月半而生十五荚，十六日以后，日落一荚，及晦而尽，月小则一荚焦而不落，名曰‘蓂荚’，一曰‘历荚’。”

131 （清）郑咏谢：《簪花轩诗钞》，清拾穗山房钞本，福建省图书馆藏。
132 （清）郑咏谢：《簪花轩诗钞》，清拾穗山房钞本，福建省图书馆藏。
133 （清）郑咏谢：《簪花轩诗钞》，清拾穗山房钞本，福建省图书馆藏。
134 （清）郑咏谢：《重九》，《簪花轩诗钞》，清拾穗山房抄本，福建省图书馆藏。

[135]再如葛洪《抱朴子·对俗》："唐尧观蓂荚以知月。"[136]

此外，郑咏谢的诗集中还有对天象的吟咏，如分咏雾、霞、霜、雪等。

其次，郑咏谢的咏物诗吟咏对象更趋于具体化，从题目措辞而言，要加上具体的限定词，如写月、柳、燕、梅，前分置一新字，分别是新月、新柳、新燕、新梅。可见不满足于笼统地吟咏某事物，而是吟咏某种状态、情境下的物，这样一来对于吟咏的切题性要求更为严格。如《新月和韵》：

> 夕阳高树影离披，又挹微光照竹篱。半插梳形疑水漾，何方弓势傍云移。似闻亚父频持玦，为倩张郎好画眉。破镜上天还普照，山之巅与水之湄。[137]

此首诗为吟咏新月，而新月特征在这首诗中体现地极为鲜明，如微光、梳形、弓势、玉玦、眉形等，调动了白描、比喻、用典等不同的写作技巧，共同强化对新月特征的营造。

再如《新柳和韵》：

> 先占东园烂漫春，嫩金带露色初匀。条垂青琐偏饶态，汁染宫袍信有神。可奈章台惆怅句，不禁灞水别离情。最怜三月隋堤路，一任莺梭织锦茵。[138]

此诗吟咏对象为新柳。在中国传统诗歌史上，柳是离别这一普遍性情绪的投射对象，在诗歌中也积累了丰富的表达方式，这首诗歌则调动了多种关于柳的表达方式，仅典故便使用了章台、灞水、隋堤等，另外，为了强调"新"这一物象特征，诗人善于使用虚词，如占春之"先"、色匀之"初"等。这些都把"新柳"的特征表达得丝丝入扣。

郑咏谢交好的许琛也有这类诗歌。许琛有这样一组诗歌十分有趣，即吟咏十类身份的人，《和松涛五弟十家元韵》[139]

> 儒家
>
> 穷搜诸子及名家，藜火文光斗物华。何日马蹄芳草地，春风看遍上林花。

135（清）郝懿行著，李念孔点校：《竹书纪年校证》，齐鲁书社，2010年版，第3823页。

136（晋）葛洪著，王明校释：《抱朴子内篇校释》，中华书局，1985年版，第49页。

137（清）郑咏谢：《簪花轩诗钞》，清拾穗山房抄本，福建省图书馆藏。

138（清）郑咏谢：《新梅和韵》，《簪花轩诗钞》，清拾穗山房抄本，福建省图书馆藏。

139（清）许琛：《疏影楼稿》，道光十四年刻本，3a页，福建省图书馆藏。

道家

素服黄冠到处家，不知人世有繁华。金丹炼就长生诀，坛上香清落杏花。

农家

茅檐矮矮两三家，斜倚柴门两鬓华。布谷声喧春稻绿，残红数片落山花。

樵家

陟岭登山老惯家，不知柯烂易年华。一肩山下高歌去，竹笠欹斜插野花。

渔家

扁舟一叶便为家，数尺纶竿度岁华。雁齿桥横秋水冷，半钩霜月隐芦花。

商家

苦恋江湖不忆家，秋风秋雨逐韶华。年年浪说回乡信，辜负深闺怨落花。

酒家

知是樊楼第几家，十千沽酒斗繁华。隔江隐隐歌声起，不唱当年玉树花。

僧家

名山佳处便为家，绀宇钟声晓露华。坐对瓣香无色相，生成几朵妙莲花。

尼家

黄金买地白云家，洗尽铅华诵法华。隔断红尘心似水，一声清磬散天花。

妓家

艳色潜藏苏小家，娇红嫩绿斗秾华。门前寂寂无车马，落尽棠梨一树花。

十家，即十种身份的人，诗人依据特征，运用典型化的物象分而咏之。技巧性十分高超，而且很有趣味性。

蒋寅在论述清代诗歌的特点时，认为歌咏题材的广泛是清诗的一大特点，放眼整个清人别集，“几无物无事不可入诗，写日常生活，有咏鸡蛋、大头菜、醋、咏煤球，咏裹脚，咏痔；写新奇事物，有咏眼镜，咏淡巴菰，咏摄影，咏显微镜”[140]。对于闺秀诗人而言，她们受制于阅历和思想的限制，在题材的广阔性上较难取胜，但在精巧的咏物诗上，闺秀诗人则把自身特有的体悟细腻，表达精巧的特点充分发挥出来。

综上所述，可以看到出身于名士之家的闺秀，她们成长于具有良好的诗词氛围，受到严格扎实的技巧训练。她们依此锻炼打磨诗词，不但对于涵养自身良好的心性有益，并且以此和睦家庭氛围，教育子嗣，将一个时代特有的诗学体系一代代传承下去。

二、述写身世与诗以自传

在整个中国诗歌史中，西方意义上的自传体诗歌非常少，“对人生的整体、或人生主要经历的回顾才能算作自传，那么完全合格的中国自传就极为罕见”[141]。在中国诗歌中，更多的是带有自传性的诗歌。带有自传性的诗歌最早当属蔡文姬的五言体《悲愤诗》（当然，这首诗的真伪在学界尚有争议。这里不赘述）。在以男性为主导的诗歌书写中，女性以诗歌来对自我进行观照是非常少的。男性有仕途经历，有广泛的社会参与，因此男性作家的自传诗，诸如经典的杜甫的《自京赴奉先县咏怀五百字》《壮游》《北征》，李纲的《建炎行》等都表现出开阔的社会视野，以个人命运的沉浮反映一个时代的历史信息。女性的自传诗和男性有很大的分别，女性没有男性丰富的社会经历，即使经历动荡的时代，能以诗歌记录自己身世变化的女诗人更是凤毛麟角，毕竟女子所受教育有限，能达到蔡文姬那样诗才的女性更是少之又少。

清代的闺秀诗人创作长篇自传性的诗歌比较多，特别是节妇群体。之所以在清代能有数量不少的女性自传诗，原因在两个方面：一者明清时期已经有了个性解放的思想萌芽，特别是清代中期以袁枚为代表的性灵派，在江浙地区影响很大，女性也受到影响，她们受时代风气的影响，有了朦胧的自我意识；二是闺秀群体的文化教育水平普遍比较高，女性也开始以诗歌对自我进行观照。特别是节妇群体，生活的变故让她们用诗歌抒发内心郁结的情感。清代节妇所创作的自传诗非常珍贵，通过节妇自传性的诗歌，能让我们对这一群体的内心

140 蒋寅：《清代文学论稿》，凤凰出版社，2009 年版，第 18 页。
141 （日）川合康三：《中国的自传文学》，蔡毅译，中央编译出版社，1999 年版，第 7 页。

世界有更为深入的了解。相比男性以自身经历来反映时代，女性更多的聚焦于自我经历和内心情感。

郑咏谢出嫁后，与丈夫琴瑟和谐，生活美满，可惜幸福时光并不长久，只有八年的时间，丈夫撒手而去，这对郑咏谢是巨大的打击。她的诗歌风格的改变，即始于家庭生活的变故。在有两百多首诗的《簪花轩诗钞》中，除了前面所分析的精工的咏物诗外，最可注意的就是她的自传诗，诸如《悼亡诗十首》《岁暮对雨感赋二十韵》《凄凄》《纪事述怀》《郑芥舟伯兄归建安》等。这些诗长短不一，形式各异，有七言律诗和古诗，最长有五言古诗《凄凄》长达六百多言。这些自传诗，有独语式的自我沉思，有倾诉式的倾诉告白，有忆旧式的深情回望，从这些诗歌中可以看出一位饱经风霜的女性丰富的内心世界。

在《悼亡十首》及序言中，郑咏谢表达了面对丈夫的猝然离世，内心经受的极大悲痛。在宗法社会中，丈夫就是天，丈夫的离世，意味着女性的天已塌陷，"愁对孤鸾之影，破镜长埋；漫传单鹄之音，碎琴莫鼓。团圞出日，不照东南；离恨名天，偏倾西北。真百身之莫赎，即九死以奚辞"，在贞洁观念强烈的明清社会。女性难以有自我意识。所以丈夫死后，将自己称作"未亡人"，而之所以活下来，就是要完成丈夫未完成的人生任务。"惟是上有七旬老母，已迫桑榆；俯怜三岁孤儿，未离襁褓。欲殁宁于地下，且视息于人间。忍泣吞声，敢废晨昏定省；去辛就蓼，不辞抚育勤劳。呜呼，树异合欢，徒然独活；草虽不死，亦是寄生"[142]。从此不再有妻子的身份，"高堂疾病当哀晚，稚子呢喃更弱羸。视死如归归不得，母须兼父妇兼儿"（《悼亡诗》(四)）。这种自我表白，对女性而言是必须的，意味着对自我身份的重新确认。但是当我们从名节角度来审视女性对自我身份的确认时，并不能将此仅仅看作对女性的束缚和以宗法道德所规约的角色，其实不乏与丈夫之间美好的情感记忆。如郑咏谢的悼亡诗就提及和丈夫非常好的生活记忆。"昔年东郡缔丝萝，八载光阴一刹那。蚁磨纷纷成底事，梦中不忍说南柯"。(《悼亡诗》(五)) 两人曾经幸福的生活太短了，如南柯一梦；"深宵琅琅读书声，补缀常分一角檠。才喜锦囊存赋草，又传天上玉楼成。"[143]（《悼亡诗》(七)）丈夫深夜读书，妻子分檠补缀，如此美好温馨的生活记忆，转眼成梦。因此在名节之下包含着更为丰富的个人情感记忆。

142 （清）郑咏谢：《悼亡诗·序》，《簪花轩诗钞》，清拾穗山房抄本，福建省图书馆藏。

143 （清）郑咏谢：《簪花轩诗钞》，清拾穗山房抄本，福建省图书馆藏。

图六：《簪花轩诗钞》书影

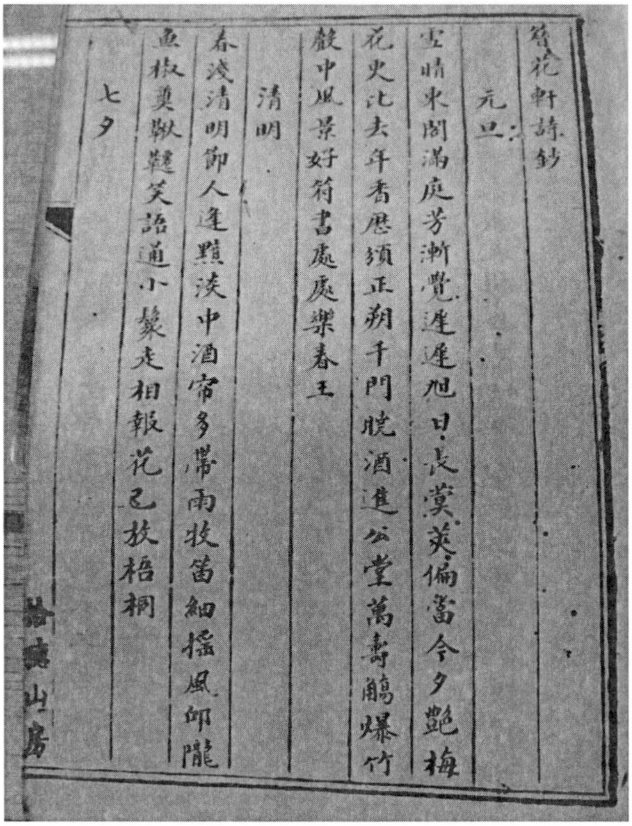
簪花軒詩鈔

元旦

雪晴東閣滿庭芳漸覺遲遲旭日長蓂莢偏當今夕艷梅花史比去年香歷頒正朔千門曉酒進公堂萬壽觴爆竹聲中風景好符書處處樂春王

清明

春淺清明節人逢黯淡中酒常多帶雨妝笛細搖風卯朧畫檻真歡鬟笑語道小鬟走相報花已放梧桐

七夕

拾穗山房

遭受生活的打击的节妇，一般都会长距离地审视自己的人生经历，特别容易将早年幸福的生活和眼前悲伤的生活进行对照。郑咏谢所写的三首比较长的自传诗中，屡次提及自己早年在娘家的幸福生活，在《岁暮对雨感赋二十韵》中，提及在山东和父母姐妹们围炉吟诗的快乐生活，“忆昔稚龄日，当兹卒岁时。围炉争剪彩，绕膝学吟诗。瑞雪烹松火，官梅照玉卮。天伦多乐事，人世极觞禧”。在这四联之前是描写眼前岁暮寒雨的凄凉景象，之后则是表达人世急剧变化的沧桑之感，“事已浮云散，舟惊大壑移”[144]。郑咏谢反复在诗歌中将自己前后生活进行对照，在某种程度上表现出诗人对命运的思索，而这一点在她的长篇自传诗《凄凄》中表现得非常真切而深沉。这首诗应该是写于其父郑方坤的忌日，在回望自己的人生经历的过程中表达对父亲及其死去家人的刻骨思念：

144（清）郑咏谢：《岁暮对雨感赋二十韵》，《簪花轩诗钞》，清拾穗山房抄本，福建省图书馆藏。

> 凄凄复凄凄，戚戚复戚戚。四座且勿喧，听我歌当泣。我生癸丑冬，于地日景色。少小学吟哦，夜半犹唧唧。堂上不谴诃，反为加怜惜。谓虽非女宜，要亦□之癖。日月不我居，迅速如一掷。回忆儿嬉时，頟忽成畴昔。壬申秋七月，百两门前适。弱质愧蓬茅，夫婿真圭璧。官阁吁复喁，唱随永朝夕。游子忽思归，我敢不接淅。辞辞拜高堂，血泪连珠滴。再与姐妹别，牵衣手不释。阿兄独我怜，远送台庄驿。何必阳关曲，何必离亭笛。骨肉自关情，柔肠寸寸磔。舟行两月余，始得抵里宅。不解操井臼，不解持刀尺。不解动问视，自知非妇职。姑老绝怜儿，待妇复如客。谓妇长官闺，诸事非素识。晏起或早眠，不妨自将息。感诸护惜恩，不欢庭□隔。孰知乙亥冬，老父痛已革。归家才逾旬，使返玉京魄。我母哀痛深，亦遂归长寂。方至脱服期，嫡母复气塞。呜呼碧翁□，降祸何太刻。夫子睹凌夷，每与我悲恻。本是羸弱躯，渐觉废饮食。空有参与苓，根朽难培植。满拟可回大，竟复遭不测。呜呼痛矣哉，心血倾狼籍。东南天已倾，西北地又坼。何处可安身，托足无片席。膝下有乳黄，堂前有发白。偷生生何为，求死死不得。……何时得长归，与夫子同域。或遇风月晨，过我父母侧。重寻地下欢，再追生前迹。一任人间世，东海扬沙石。自父弃儿后，尤觉事日非。父灵如感动，梦里为筹维。任儿反复问，父不置一词。任儿委曲劝，父不一展眉。从兹风月夕，不得膝下随。从兹咿唔夜，不得案头喜。无从索艳服，无从啼苦饥。呜呼痛已哉，父死俄及期。生刍献一束，白酒进一卮。父灵其歆格，幸勿异生时。[145]

诗歌以向人倾诉的形式讲述了自己的生平，回忆自己的出生，成长，嫁人，家庭变故等一系列人生经历。从中我们可以看出，郑氏家族对女儿的呵护，对女儿学诗并不加以阻止而是多有鼓励：“堂上不谴诃，反为加怜惜。谓虽非女宜，要亦□之癖。”出嫁后，作为娇生惯养的官宦女儿，在夫家多受宽待，并不是以严苛的妇德要求：“不解动问视，自知非妇职。姑老绝怜儿，待妇复如客。谓妇长官闺，诸事非素识。晏起或早眠，不妨自将息。感诸护惜恩，不欢庭□隔。”可以说，郑咏谢无论是在娘家还是在夫家，都生活在宽松自由的氛围中。所以家庭一旦变故，让她备受打击，父母、丈夫的相继离世，让她感受到命运

145 （清）郑咏谢：《簪花轩诗钞》，清拾穗山房抄本，福建省图书馆藏。此抄本有数处残损，不清楚的字以□代替。

不可揣测的恐惧。所以在她的诗歌中，反复从过去寻找安慰，以过去的幸福生活的记忆来抵御眼前的困顿，特别是父亲曾经对女儿的庇护，成为她念念不忘的心理安慰。自传诗通过对自我困境的真切展示，读来非常感人，我们从中可以听到一位遭受命运打击的弱女子的呼喊声。无论生活如何打击，诗人终究是独立站起来承担生活的重任，所以在经历了生活的磨难之后，诗人独立负担起生活的重担之后，晚年再来回忆自己的生平时，已经没有早年那种呼天怆地的悲伤，而是能更平静的心态面对生活中的一切，这在诗人晚年的自传诗《纪事述怀》中表现得更加鲜明：

> 人生固有命，遇合亦靡常。忆予初生日，乃在邹鲁乡。阿父时作守，嬉戏趋黄堂。稍长肄女训，纫佩荃芷芳。绣余缀吟咏，优游翰墨场。封胡与遏末，弟妹随肩行。阿父博一粲，盐絮分颉颃。殷勤为择配，言侍君子旁。廿载事中馈，鸿案相与庄。岂期丁薄祜，鸾鹄不两翔。所天既沦没，惨毒摧心肠。下顾黄口儿，呱呱牵衣裳。抚孤圣之教，忍死称未亡。迩来十数年，旧庐日芜荒。拮据劳手口，十指营衣粮。差喜鞠育遂，有妇奉烝尝。其如家益落，栖栖常弗遑。如彼乌失巢，而复谋稻粱。意外值知己，相招启东厢。夫人实天人，尺五近彼苍。世家信鼎贵，德宇尤温良。鹿车莅海国，六珈耀煌煌。冲怀习静懿，世俗邈莫量。掌上双明珠，窈窕鸣珩璜。居然女博士，执经待论商。愧吾非曹姑，古义聊与详。感君拂拭意，期尽袜线长。彤史述贤媛，庶几慰所望。俯仰怀身世，中夜恒旁徨。长言写情绪，永念志不忘。[146]

在这首自传诗中，诗人经历了人生的磨难，心境已经非常平和，在平静的叙述语调中，可以看出诗人已经能坦然地面对命运所给予的一切，“人生固有命，遇合亦靡常”，已经能看开一切。诗中也回忆了早年的生活，不同的是，在晚年的自传诗中，诗人不再从过去的幸福生活中寻找安慰，而是以羸弱之躯负起了生活的重担，“拮据劳手口，十指营衣粮”。所以诗人非常感谢延请自己担任闺塾师的太守夫人，并以自己的努力养家并抚育儿子成人。我们从这首诗当中读出了一个坚强而心境通达的女闺塾师形象。

从郑咏谢的《悼亡诗》到晚年的《纪事述怀》，我们可以清楚地看到一位节妇形象的变化过程。从被悲伤与慌乱击倒，到从过去寻找心理安慰，再到独

146 （清）郑咏谢：《簪花轩诗钞》，清拾穗山房抄本，福建省图书馆藏。

立面对生活困境，以自己的努力养家，成为一位令人尊敬的女闺塾师。郑咏谢的经历应该说在节妇中具有一定的代表性，她的自传诗为我们深入理解清代节妇群体的生存境遇与心历路程提供了很好的资料。

节妇写作长篇的自传诗比较普遍，和郑咏谢年纪相仿的许琛也有长篇自传诗，她以七古写成的长篇自传诗《记事珠歌》，长达七百五十多言。也是在回望身世中将自我经历做了完整的叙述。

可以看出，从精工的咏物诗到长篇自传诗，福建清代闺秀诗歌无论是从表达技巧方面，还是在人生体验的深度和广度方面，都达到了很高的水平。这些名士家族中成长起来的闺秀，在自己的人生历程中，诗歌已经是她们表达自我生命体验的重要文学形式。

综上所述，闺秀诗人大多在其家族内大多受到过严格的诗艺训练，这种训练一方面是掌握诗歌的写作技巧，另一方面也是对其家学的传承。就家学承传而言，黄氏家族的闺秀继承了其父黄任的名士风范，在诗歌中能将俗趣之谐与性情之正很好地统一起来；郑氏家族受郑方坤的影响，更重才学，在精工的咏物诗中可以看出在诗艺训练上的严谨。而一些闺秀遭遇身世之变后所创作的长篇自传诗，更是为后来的读者认识闺秀的人生经历、体会闺秀的内心世界留下了难得的自传材料。这也进一步证明，在清代中晚期，闺秀诗人在诗艺训练和文化教育上相比以前有了很大的提高，诗歌创作已经是女性寄寓人生情感的重要方式。

第五章　梁氏家族闺秀诗人的风格融萃与诗意拓展

从黄氏家族和郑氏家族的闺秀创作风格可以看出，一个家族闺秀创作风格的形成，和作为这个家族核心的男性成员的诗学取向密切相关。梁氏家族自然以梁章钜为核心，他的诗歌取向对其家族的闺秀诗歌风格的形成有很大影响。梁章钜在学术思想上调和汉宋，而诗歌则偏重于宋诗，特别是受翁方纲影响，推崇苏轼，在其家族内，形成了浓厚的崇苏之风。梁氏家族中梁章钜和其叔父梁上国仕宦经历丰富，家族闺秀有着十分广阔的游历经历，一改人们对闺秀足不出户的印象，其笔力雄健的游历诗让我们窥见闺秀别样的生活天地与精神世界。

第一节　梁章钜之“东坡崇拜”与梁氏闺秀诗人之风格融萃

在黄、郑、梁三大家族的闺秀中，黄氏姐妹生于康熙朝，郑氏闺秀生于雍正乾隆朝，梁氏闺秀生于嘉庆朝。梁章钜对家族闺秀作品的编纂，先后有两次：第一次在道光十二年（1832 年），梁章钜由护理江苏巡抚任上因病奏请开缺回乡养病，家居福州黄巷，在此期间，编纂了《江田梁氏诗存》。“养疴引归，里居多暇日，以搜访闽诗为事，因辑录吾宗古近体诗，自前明中叶迄今三百余年列祖暨诸父遗编，旁逮群从，附及闺媛诸作，凡得诗五百八十余首，厘为九卷，用藏家塾，以备采风寻奉”[1]。这部家集共九卷，第八、第九卷收录闺秀创作，其收录情况为：卷八有王太夫人淑卿诗 12 首，许太淑人鸾案诗 43 首，郑夫人齐卿诗 28 首；卷九有梁蓉函（九山公次女）诗 49 首，附梁筠如诗 12 首，附杨渼皋诗 12 首，梁秀芸（九山公三女）诗九首。第二次则是在温州编纂《闽川闺秀诗话》时，卷三共收录梁氏家族 15 位闺秀的诗作。在女性别集散佚严重的情况下，诗话、总集、家集就是保存闺秀创作的重要途径，我们通过梁氏家集和《闽川闺秀诗话》，基本能窥见其家族闺秀创作的风貌。

图七：《江田梁氏诗存》书影

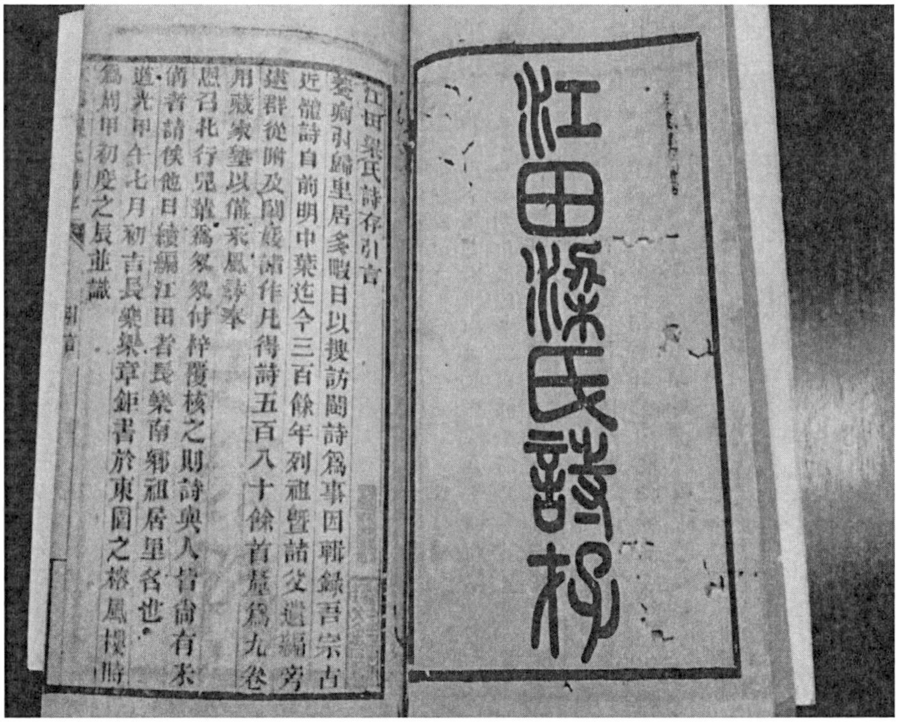

一、梁章钜诗歌中的“东坡崇拜”

梁章钜诗歌创作取径较广，正如翁方纲在《退庵诗存》序中所言：“不名一家而奄有众家之妙”。翻阅其集确实可以看到梁诗取径丰富、诗风多样。其中对于苏轼的崇敬应该是最为鲜明的，而这种诗学取向也很明显地表现于其家族女性的诗歌中，而在他对女性诗歌的点评、揄扬中也多见出东坡诗歌的潜在影响。

1 （清）梁章钜：《〈江田梁氏诗存〉引言》，《江田梁氏诗存》，福建省图书馆藏。

在中国传统文化史中，苏轼是能把士人的两种基本处世态度——出世和人世——谐调结合起来的典型代表，而且其丰富的文化趣味也是后世士人效仿的对象。清代诗学中宋诗在乾嘉时期居于主流地位，特别是以崇苏著称的翁方纲所代表的肌理派，更是将崇拜苏轼的风气在师友中传导开来。清人有关东坡崇拜的表现方式有多种，如生日设祀、对苏轼书画、文物的收藏与欣赏、对其著作的校勘整理等，并模仿其诗歌风格、喜步其诗韵进行创作等。清代诗人喜欢举办诗人集会，特别是一些名流主办的诗文集会，影响力很大，如毕沅就曾多次举办过“苏文忠公生日设祀”的诗文集会以表达对苏轼的敬仰。[2]乾嘉时期在诗坛颇具影响力的翁方纲更是非常崇敬苏轼。翁方纲每年的十二月十九日，都要召集同僚、弟子等人举行苏轼生日会，与会者作诗酬唱，以表达对苏轼的崇敬，如此三十年不间断。苏轼的诗文集，康熙年间查慎行撰有《补注东坡先生编年诗》。乾隆三十八年（1773 年），翁方纲得到宋刊施、顾注《东坡先生诗》，并以“宝苏”名其书室。翁方纲在《苏诗补注序》中认为：“方纲幸得详考施、顾二家苏诗注本，始知海宁查氏所补者犹或有所未尽。”[3]因此，他带领门徒曹振镛详细考订苏诗，将其著作定名为《苏诗补注》，收人《苏斋丛书》中。[4]清人对苏轼的崇拜，一者是源于清代诗学中宋诗在乾嘉时期居于主流地位，苏轼作为宋诗的代表性人物，自然容易受到崇敬；二是源于乾嘉时期时期汉学昌盛，士人的处世态度大多温和自洽，苏轼身上丰富的文化趣味与调和入世出世矛盾的中和人生态度与彼时清代中期士人的心理切合，对于苏轼的崇拜彰显出清人对一种人格操守和文化趣味的认同。

梁章钜曾拜翁方纲为师，“谒翁覃溪师，为苏斋诗弟子者三年”[5]，深受其师影响，翁方纲崇苏之风也深刻影响到梁章钜。梁章钜作为闽地有影响力的朝廷重臣、学者和诗人，也曾多次举行过诗文集会活动，其中就有对苏轼的生日设祀这样的活动。梁章钜对苏轼的崇拜表现在很多方面，主要有生日设祀，收集苏轼文物，仿苏诗并步其韵等。每到苏轼生日，梁章钜都有诗作以示纪念，

2　朱则杰：《毕沅“苏文忠公生日设祀”集会唱和考论》，《江南大学学报》（人文社会科学版）2014 年第 3 期。

3　（宋）苏轼撰，（清）王文诰辑注，孔凡礼点校：《苏轼诗集 · 附录二》，中华书局，1982 年版，第 2840 页。

4　何泽棠：《翁方纲〈苏诗补注〉的文献价值与注释成就》，《图书与情报》2002 年第 2 期。

5　（清）梁章钜：《退庵自订年谱》，《笔记小说大观》第 19 册，江苏广陵古籍刻印社出版，1983 年版，第 99 页。

翻检梁章钜的《退庵诗集》，收录纪念苏轼生日的诗作有六首，分别是：《十二月十九日招朱兰坡侍读陶云汀胡墨庄承珙两给事刘芙初嗣绾董琴南国华黄霁青安涛三编修集小斋作，坡公生日》《兰卿集同人作坡公生日用坡韵题所制雪浪盆铭笺》《和兰坡在小寒碧斋作坡公生日诗用潘榕皋农部韵》《海帆以坡公生日有怀旧游诗索和往在京师每为公作生日无虚岁自外任后乃无岁不忘之沉迷簿领悳然于怀用其韵答之兼示兰坡》《坡公生日小集芝南山馆叠前韵约笏軿》《黄楼作坡公生日同和壁间苏斋老人韵》；另外还有赏玩东坡书画或其他文物的诗歌，如：《翁覃溪师招饮苏斋观苏文忠公天际乌云墨迹卷》《苏斋观苏诗施顾注宋椠本》《展上巳日邀云芬子彦同观宋四家天冠山诗画合卷留饮小斋叠前韵》《楞伽台观坡公玉带》。步韵苏诗韵者有七首：《除夕和苏集中馈岁别岁守岁三诗韵》《春雪戏学禁体用苏集聚星堂韵》《雪后复雪海帆用坡公书北台壁韵索和》《次海帆寒夜读云汀中丞兰坂侍讲诗草及拙集用坡公次张安道读杜诗韵纪事原韵》《同赵雨楼太守光禄吴晴椒邑侯浚拏舟游金山用坡公韵》《自金山放船自焦山用坡公韵》《自焦山乘小舟至瓜州用坡公自金山放船至焦山韵》，此外还重修苏坟，并以诗纪念：《吴巢松侍讲慈鹤视学中州示重修苏坟诗》。由此可见，梁章钜好苏学苏的认真与执著。对苏轼的崇拜，除此显性的表征外，梁章钜的诗风也深受苏轼影响，他好用七古，抒写自如，多有洒脱之气。《翁覃溪师招饮苏斋观苏文忠公天际乌云墨迹卷》："守居阁子花朦胧，潍州驿舍雪又融。龙团瀹罢鹦鹉去，青眼谁许嵩阳同。乌云红日变灭幻合七百载，那辨泥爪鸿西东。轩辕竟倩南岳老，赑印来认深原红。苏斋先生今玉局，眑眑前梦湖舫空。子容述古如可作，项厨史篋难为功。犹恨前不见豫章文节公，后不见吴下匏庵翁。缑生辽鹤等尘劫，柯张二迹渺若驰烟蓬。何况虎臣与濠守，云烟过眼俱匆匆。百千灯光一合影，六桥宝月飞晴虹。石屏石盆那枝拇，九霞洞与峨眉通。尘尘我亦墨缘结，廿年耳食揩双瞳。牛彝吼出环庆窖，鼠腊笑尔渔阳冯。"[6]以苏轼之风写观看苏轼手迹之感受，颇有趣味。

二、梁氏家族闺秀诗人的东坡之风

梁章钜的崇苏之风也影响到其家族的闺秀群体，梁氏家族的闺秀们也有崇苏习苏的风气。梁章钜堂妹梁蓉函和其三子妇杨渼皋诗歌成就最高，而这两

6 （清）梁章钜：《翁覃溪师招饮苏斋观苏文忠公天际乌云墨迹卷》，《退庵诗存》卷7，见《续修四库全书》第1499册，上海古籍出版社，2002年版，492页。

位闺秀崇苏之风最为明显，两人诗作中屡见与苏轼相关的作品。

杨渼皋的相关作品有《东坡生日》："华筵雅集拜髯苏，欲绘千秋笠屐图。介寿瓣香成故事，消寒樽酒足清娱。当年赤壁留佳话，回首黄楼有旧庐。（原注：吾家西偏有旧庐）七百年来一弹指，梅花窗外夕阳孤"[7]；《舅大人以五咏堂作坡公生日诗见示敬和元韵》："独秀峰峦已饱看，坡公生日再凭栏。月池掩映知鱼乐，松径阴森待鹤安。户外雪泥斋人画，筵前腊酒正流丹。心香一瓣人人具，谁识琼楼玉宇寒"；"擎天气象本峥嵘，福地还兼胜践成。旷代五君非异调，当年双井况同声。新诗此会宜争和，雅集今朝真有名。我亦静中寻此乐，吟怀已到小蓬瀛"[8]。从此诗中可知，东坡生日之会亦有家族女性参与。

而在梁氏家族女性中，就诗歌的水准而言，梁章钜最推重的是其堂妹梁蓉函，认为她在整个闽地也是翘楚。梁蓉函的诗歌作品有鲜明的东坡之风，她现存的 49 首诗中，有 3 首重要作品涉及到苏轼，分别是《梦故园梅花用坡公韵》：

> 故园春到梅花村，天涯客子空断魂。月明雪净不忍见，闭窗独对寒灯昏。岂知明月识我意，送我直到天南浔。忍惊照眼冰雪净，更觉扑面春风温。玉妃含笑迎我入，缟衣鲜洁明朝暾。忽然觉晤乃一梦，朦胧残月犹在门。是游颇觉快心意，梦幻是非何足言。明朝更拟追余赏，且觅醉梦倾清樽。[9]

写梦中的故园之思，沉郁洒脱，颇有苏风。

另外还有《黄楼篇用坡公韵应莀邻兄命》：

> 苍茫陈迹凭谁说，搜古阿兄兴偏发。兹楼托始黄德温，便唤黄楼如江滑。楼前山径通曲折，小步浑忘藓侵袜。我来恰好当春风，举茗花前欣一呷。移花补竹缅重构，匝月经营劳畚锸。倏然邱壑回春姿，阳和已夺秋霜杀。（原注：楼工始于客岁小春，阅两月而竣事）登楼推窗快吟眺，道山恰献金银刹。元龙百丈气更豪，直与层峰势相轧。凌空翚翼翩欲起，赖有琅嬛万书压。遂令多景聚楼中，远树

7　（清）杨渼皋：《榕风楼诗存》，清光绪十年刻本，中国国家图书馆藏。
8　（清）杨渼皋：《榕风楼诗存》，清光绪十年刻本，中国国家图书馆藏。
9　（清）梁蓉函：《江田梁氏诗存》，见徐雁平主编：《清代家集丛刊》第 164 册，国家图书馆出版社，2015 年版，第 305 页。

遥云吞鬖鬖。楼下冲融新水暖，活泼游鯈兼乳鸭。此中倘更着扁舟，定许临风梦苕霅。[10]

特别《荔支香乐府》一首效仿苏轼的痕迹很明显：

荔支香，驿路长，岭南贡使超上阳。十里一置五里堠，七日七夜飞骑忙。长生殿上南熏凉，累累虬卵倾瑶筐。颠坑仆谷那复计，喜及蟠桃筵上供新尝。荔支来，妃子笑，玉骨冰肌朗相照。仙果真开顷刻花，乐章恰进清平调。吁嗟乎！侧生余毒流瓠犀，岂知疮痏先黔黎。红尘影断迷烽火，霓羽歌残咽鼓鼙。沈香亭北春风冷，梨树坟边秋雨凄。方家红，陈家紫，绝品枫亭世无比。征求幸不到闽南，未共官茶斗充篚。莆阳有女淑且美，闲吟团扇长门里。不用明珠慰寂寥，讵因口腹烦乡里。区区恩宠奚足论，要识河洲风化始。君不见当时爱梅高调致自佳，何曾遣进罗浮花。[11]

诗歌以杨贵妃荔枝事引出梅妃失宠而安于寂寞，表现出对闽地闺秀孤傲性格的欣赏。将歌行体的流畅自如与七言律诗的顿挫起伏结合起来，模仿苏轼《荔枝叹》的痕迹非常明显。

从上所引的六首诗中，我们基本能看出梁蓉函和杨渼皋的对于苏诗的效仿。这两位女性的诗歌笔力矫健，有苏诗鲜明的超旷之风。我们可以看到，虽然闺秀们深受其家族男性成员的诗学趣味的影响，但也并不会局限于男性成员的诗歌风格中。虽然梁章钜和家族闺秀都崇尚苏轼，但得之于苏轼的影响面并不相同，梁章钜本人更多的是资取苏轼的以才学人诗，以及险怪槎枒的诗风，而女性则更趋向接受苏轼飘逸超脱之风。

如果我们进一步将黄氏家族、郑氏家族和梁氏家族的闺秀诗歌创作做一整体性的比较，可以看到黄氏姐妹重才气，郑氏闺秀重才学，而梁氏家族的闺秀能融合二家之长。梁氏家族之所以能综合黄郑两家之所长，和梁章钜对闽地闺秀诗歌的留意与整理密不可分。梁章钜的长女梁兰省曾在诗中这样记述梁章钜对闽地闺秀诗歌的收集整理："昔编《玉台咏》，许我供抄胥（原注：家大人抄《闽中闺媛诗》，曾命余誊写初稿）。今综风雅全，八九将成书。榕风谡谡

10 （清）梁蓉函：《江田梁氏诗存》，见徐雁平主编：《清代家集丛刊》第164册，第316页。

11 （清）梁蓉函：《江田梁氏诗存》，见徐雁平主编：《清代家集丛刊》第164册，第317页。

来，不负好楼居。”[12]可以看出梁章钜在编纂《闽川闺秀诗话》前，就已经很留意收集整理闽地闺秀创作，而且这一编纂活动，其家族的闺秀成员也参与其中。梁兰省诗中提到的《闽中闺媛诗》虽未流传下来，但正是对闽中闺秀诗歌资料的收集整理，才能让梁章钜在晚年编纂出质量较高的《闽川闺秀诗话》。而在其前后编纂的过程中，自然能拓展其家族闺秀诗歌创作的视野，这也是梁氏家族的闺秀能融合各家之长的原因所在。

第二节　梁氏闺秀诗人的闺外游记与诗意拓展

梁氏家族的闺秀诗歌风格具有综合性，能融汇各家之长。而从整体来看，梁氏家族闺秀诗歌最醒目的特点，是在题材的拓展上有了很大的进步，而最能体现这一特点的是梁氏闺秀诗歌中大量的游记诗。她们在闺外游历中极大地开阔了眼界，不再是人们想象中只在闺阁内吟风弄月。在她们的笔下，名山大川的雄姿勃发出浓郁的诗情画意，她们在诗意的拓展上相比之前的闺阁诗人有了长足的进步。透过梁氏闺秀的游记诗，也让我们对福建闺秀诗人的活动范围有了新的认识。

游记诗产生的原因在于闺秀们的行动开始出现变化，此前，她们的行动多不出阃闺，因此，在诗歌取材上范围较为狭小。但是不同的家庭背景使得闺秀们的生活状态不一，梁氏家族有的闺秀跟随男性亲属辗转各地作官，极大地开阔了她们的眼界。在《清代家集丛刊》中的《江田梁氏诗存》的女性诗歌，有数量众多且内容丰富的女性的随宦诗或游历诗。《闽川闺秀诗话》卷三中就有数条提到了梁氏闺秀的随宦或宦游情况。郑夫人“家居时最艳谈杭州西湖之胜，及随宦往来两次，皆得畅游”[13]，“余长女兰省，字筠如，幼聪慧，随余宦游南北，擩染见闻，于书史亦靡不宣究”[14]，“蓉函九妹，为九山公次女，适侯官副贡生许濂。……随宦京师时，每陪诸昆季作八韵试律，杂之馆阁名篇中，几莫能辨”，“蓉函先随九山公及许太淑人宦游辽沈，后随其婿依画山叔翁于承德邑署，故集中有《重出山海关》诗，如此壮游而屡得之闺媛，盖天所以显其诗而成其名也”[15]，“婉蕙

12　（清）梁兰省：《榕风楼》，《江田梁氏诗存》，见《清代家集丛刊》第 164 册，第 333 页。
13　（清）梁章钜：《闽川闺秀诗话》卷 3，见《续修四库全书》第 1705 册，第 643 页。
14　（清）梁章钜：《闽川闺秀诗话》卷 3，见《续修四库全书》第 1705 册，第 647 页。
15　（清）梁章钜：《闽川闺秀诗话》卷 3，见《续修四库全书》第 1705 册，第 644 页。

随宦温州，与丁芝仙夫人（善仪）交称莫逆”，此外，还有诗人集中的记录，如杨渼皋所言：“传言不出阃，待游岂寄迹。我少即远行，随父转官驿”[16]。这些宦游或游历经历深刻地改变了闺秀的诗歌视角及表现内容。梁氏家族闺秀诗歌中超旷风格的形成，亦和广阔的宦游经历密不可分。

在梁章钜之前，他的四叔父梁上国九山公为乾隆戊子（1768 年）科举人，乙未（1775 年）科进士，翰林院编修历官至太常寺卿，他的著作中有山左、山右、辽沈、粤西游记各一卷，可见其行踪之广，这也影响到了他的女性亲属们。他的夫人许鸾案早年与丈夫分隔两地，“结发十八年，大半离愁积”，在家督课子女，“凉雨滴东窗，督儿坐秋夕。微风拂面起，情景相与适。图书各左右，古香生几席。剪烛课儿书，分阴为儿惜。盥洗翻麟经，研烛点周易”[17]，到了子女长成，“尝随宦汾晋间，又两度入京师，旋出山海关，遍游辽沈，所历几半天下”[18]，从其诗记录的地点可见由江浙来到辽沈。严子陵钓台、馆娃宫、扬州、露筋祠、漂母祠、韩侯钓台、项王故里、留侯庙、仲夫子庙[19]都曾是她驻足凭吊之地。

以《江田梁氏诗存》所选的诗歌为例，梁上国的女儿梁紫瑛、梁秀芸的诗歌中游历诗占有比较大的比例，梁紫瑛的诗歌中可以看出，所选的 12 首诗中，有 5 首写旅途中的，即《襄阳舟中》《过黯淡滩》《渔梁阻雨》《晓发》《晓渡扬子江》，而此 5 首皆选入《闽川闺秀诗话》。而《菊影和慈大人韵》《送陈门三妹旋闽》此类和韵送别之作并未入选。梁秀芸共有 7 首作品，其中游历诗就有 4 首，《出山海关》《永安桥大雪》《渡巨流河》《出都作》，而这四首也均入选《闽川闺秀诗话》，可见梁章钜的选诗视角。此外，九山公梁上国的另一女儿梁蓉函较为丰富的创作中也有随宦游历诗。

她们在跟随着父亲或者丈夫的游历中，有了新的体验，体现在诗歌中则增加了新的内容，也有随宦中作为女性比较复杂的内心感受，因此能够突破女性诗歌历来会有的脂粉纤细之气，把更新颖复杂的内容充实到闺秀诗歌中。

---

16 （清）杨渼皋：《辛丑仲夏将由桂林随侍吴门临发寄别莲因》，见《榕风楼诗存》，清光绪十年刻本，国家图书馆藏。

17 （清）许鸾案：《雨夜课读有作寄夫主》，《江田梁氏诗存》，见徐雁平主编：《清代家集丛刊》第 164 册，第 265 页。

18 （清）梁章钜：《闽川闺秀诗话》卷 3，见《续修四库全书》第 1705 册，第 642 页。

19 （清）许鸾案：《舟行所经古迹杂咏成什》，《江田梁氏诗存》，见徐雁平主编：《清代家集丛刊》第 164 册，第 278 页。

一、壮游豪气

梁章钜对梁蓉函游历诗的评价是“获山川之助”[20]，对于梁秀芸游历诗的评价是“独能作豪壮语”[21]，随宦经历中眼见高山大川等，灌注笔下，显示出壮阔豪放之气。如许鸾案“雄关高与碧云平，才入陪都第一程。拔地蜃楼临巨海，凌空雉堞接长城。波光潋滟搴帷见，山色巃嵸绕郭明。览胜最钦姜女迹，万年隆碣壮孤贞”[22]，陪都即为沈阳，首句可见是要到沈阳去，途径山海关。山海关地理位置相当重要，有天下第一关之称，关城雄伟，海势接天，激发人的豪情。此外，她们普遍有着能跟随家族壮游的自豪感，如梁蓉函的《重出山海关》“忆昔随亲作壮游，旌旆过此无遮留。饱看塞外苍茫景，那解人间羁旅愁。山光海色供吟笔，谢庭清暇诗无敌。今日鸿泥换旧痕，山川觌面犹相识。”此诗被梁章钜评价为“笔力夭矫如游龙”，可以看出，女性在山川壮阔景色的欣赏中产生了审美新异感，她们完全沉浸在新奇景色带给她们的新鲜体验中，醉心投入到诗歌创作中以书写江山之胜。梁秀芸《出山海关》云：“海光吋动壁，城势欲争山”[23]，对句的“争”字十分警醒，写出了山海关城势高拔。

此外，游历之地不乏险山恶水，而诗中对此种环境的渲染更从侧面衬托心志之坚强。如福建南平的黯淡滩，“在府（延平府）北五里东溪中……其中黯淡滩最险，舟过多覆溺”[24]。梁紫瑛的《过黯淡滩》：“行路古来难，魂惊黯淡滩。风声兼浪涌，水势拍天寒，短棹冲危石，长篙挽怒湍。故园回首望，杳杳隔烟峦”[25]，首联总写黯淡滩之令人惊心动魄，而颔联从开阔视角写风疾浪湍，颈联更切近地写船桨划动力挽怒涛。整首作品安排有序，写得如临其境。梁秀芸《永安桥大雪》云：“人疑骑白凤，寒欲透华貂”，对句直承唐人边塞诗，写高寒情景和人的高朗情志。再如梁秀云《渡巨流河》云：“倒影万峰环北镇，急流千里接东瀛。”以夸张笔法写出巨流河的壮阔。“隔岸路犹芳草合，半帆人

20 （清）梁章钜：《闽川闺秀诗话》卷 3，见《续修四库全书》第 1705 册，第 644 页。
21 （清）梁章钜：《闽川闺秀诗话》卷 3，见《续修四库全书》第 1705 册，第 647 页。
22 （清）许鸾案：《过山海关》，《江田梁氏诗存》，见徐雁平主编：《清代家集丛刊》第 164 册，第 274 页。
23 （清）梁秀芸：《出山海关》，《江田梁氏诗存》，见徐雁平主编：《清代家集丛刊》第 164 册，第 343 页。
24 （清）顾祖禹：《读史方舆纪要》第 9 册，贺次君，施和金点校，中华书局，2005 年版，第 4461 页。
25 （清）梁章钜：《闽川闺秀诗话》卷 3，见《续修四库全书》第 1705 册，第 644 页。

趁大江流”[26]，半帆摇曳于江流之上，可见人力与天力的角逐。

此种风格进一步影响到了梁氏后辈闺秀，如梁瑞芝，“字玉田，为余侄伯思长女，泽卿四兄之孙女也，适儒士林起鸿。……尝游钓龙台，作七言怀古一首，惊其侪辈。诗云：‘全闽江山称第一，中有危台突然出。江水吞天风逐云，无数蛟虬翻浪溢。当年降汉疏封王，襟吴带越开雄疆。楼角丹青亘不断，管弦朝暮声飞扬。一自苍江跨龙去，精灵剑槊江中央。我来欲发苏门啸，兴废盛衰付凭眺。逐鹿雄风安在哉，废寝颓扃几残照。君不见歌风台，戏马台，两坯黄土湮蒿莱。刘项英雄尚如此，何况不及刘项才。’时玉田甫及笄也。”[27]其中以蛟虬比喻急湍巨浪十分形象且别致，再加以历史背景的点染，更显气象开阔，刚及笄之年的女子有此笔力，不得不说是与家族闺秀的风格传承有关。

二、辗转行旅

在壮游的过程中，由于交通条件所限，以及天气恶劣、旅途漫长等因素，尤可见旅途之辛劳，如梁章钜的记载：“忆余出守荆州，偕夫人冒暑南行，凡二十四日，始到樊城，长途颇委顿”[28]，冒暑南行，多达二十四日，十分辛苦。此种记录并非仅见，再如郑齐卿所写“历尽艰虞九十朝，乍愁炎热已飘萧。从今井臼重料理，敢事诗瓢更酒瓢”[29]，旅程漫长，多达九十日，旅程之初天气炎热，而结束时已气转飘萧，可见时间跨夏秋两季，十分辛苦疲惫，而且来到任职之地，不能再如路途上观景写诗，须专心妇职。此外，还有道路上的各种阻滞：“竟日萧萧雨，行人复滞留”[30]。有的女诗人则在青少年时就有此种经历，如：“我昔仕宦游，惊心岁月驶。依依十六年，迢迢一万里。京华尘扑面，榆塞冻僵指”[31]，杨渼皋也表达过未嫁前辗转万里，以及自然条件恶劣，如风沙扑面，寒冷异常。“朔风吹雪卸帆迟，到及天涯岁暮时”[32]，寒冬行舟，将及岁暮，更有着时光感

26 （清）杨渼皋：《随夫子上焦山》，《榕风楼诗存》，清光绪十年刻本，中国国家图书馆藏。

27 （清）梁章钜：《闽川闺秀诗话》卷3，见《续修四库全书》第1705册，第651页。

28 （清）梁章钜：《闽川闺秀诗话》卷3，见《续修四库全书》第1705册，第642页。

29 （清）郑齐卿：《七月十八日到京》，《江田梁氏诗存》，见徐雁平主编：《清代家集丛刊》164册，第289页。

30 （清）梁紫瑛：《渔梁阻雨》，《江田梁氏诗存》，见徐雁平主编：《清代家集丛刊》164册，第296页。

31 （清）杨渼皋：《怀二亲大人》，《榕风楼诗存》，清光绪十年刻本，中国国家图书馆藏。

32 （清）杨渼皋：《由闽到署省侍述怀》，《榕风楼诗存》，清光绪十年刻本，中国国家图书馆藏。

慨和身心疲惫之感。"只知彩服联同气，那识阳关唱别筵。浮家忽合梁鸿案，梦魂常绕湘江畔。五载闽山隔暮鸦，三年粤峤凭传雁。侍宦江南续旧游，安能骑鹤到扬州"[33]，从湘江到闽山，从粤峤再到江南，可见其辗转之频繁。

中国传统社会多聚族而居，注重宗法社会的伦理亲情，而较多的游宦经历带来了与家人亲朋的离别之苦，"亲旧人多话苦辛，同情情绪最相亲。独怜眠雨亭边坐，难免临风泪满巾"[34]，"孤舟泊江渚，烟雨客愁深。南北双眸隔，星霜两鬓侵。寒添羁客夕，梦引故园心。闽峤三千里，回头思不禁"[35]，可见旅程孤寂，离别辗转，人世消磨，内心不免凄凉。辗转各地的情感是很复杂的，如"京国陔兰近十霜，闽云回首却苍茫。今朝忽唱归来曲，不道还乡似别乡"，梁章钜对此诗加注道："时九山公全家皆在京师，独秀芸随婿南去也"[36]，虽然梁秀芸是返回闽地，但与父母及其他家人分别，虽是还乡但多了一层离别之感，不免令人怅惘。

以上多是通过直接抒情的方式来表达漂泊辗转之苦，有的则是通过古典诗歌常用技法即通过景物描写来写出凄凉愁绪，如梁秀芸《永安桥大雪》："平野看无际，浓云冻不消"[37]，浓云弥空，久久难消，写出了旅途中的人的压抑情绪。梁紫瑛《晓发》："树密迷幽径，云低接远程。一弯残月影，几处晓鸡声"[38]，前一联写眼中所见的幽晦之境，而后一联则写耳中的凄清之感。

闺秀们每每能够将辗转之辛劳、人海之蹉跎加以升华，原因在于，一方面奔波王命是儒家积极入世思想观念的具体表现之一，这也是闺秀们的价值坐标，正如杨渼皋所言："虽暂叹睽违，讵敢厌行役"[39]。其次是来自于自己本身良好的文化素养，以及诸多人生阅历产生的旷达之心境，正如梁章钜"有

33 （清）杨渼皋：《随侍南旋述怀》，《榕风楼诗存》，清光绪十年刻本，中国国家图书馆藏。

34 （清）郑齐卿：《到家杂记·其二》，《江田梁氏诗存》，见徐雁平主编：《清代家集丛刊》第 164 册，第 293 页。

35 （清）许鸾案：《旅闷》，《江田梁氏诗存》，见徐雁平主编：《清代家集丛刊》第 164 册，第 271 页。

36 （清）梁章钜：《闽川闺秀诗话》卷 3，见《续修四库全书》第 1705 册，第 647 页。

37 （清）梁秀芸：《江田梁氏诗存》，见徐雁平主编：《清代家集丛刊》第 164 册，第 344 页。

38 （清）梁紫瑛：《江田梁氏诗存》，见徐雁平主编：《清代家集丛刊》第 164 册，第 297 页。

39 （清）杨渼皋：《辛丑仲夏将由桂林随侍吴门临发寄别莲因》，《榕风楼诗存》，清光绪十年刻本，中国国家图书馆藏。

《樊城登舟》句云：‘明知未许扁舟老，且作浮家泛宅人。’夫人最喜诵之”，梁章钜对于自己奔波各地，抚政四方是充满积极的责任感的，不肯老于平淡，放浪江湖。而妻子郑齐卿“最喜诵之”，就是表明非常赞同此诗句所表达的观念。故而当梁章钜一度流露出倦于仕途想要归隐时，“‘爱与家人说招隐，几回指点鹿门山。’夫人悚然曰：‘君固淡于荣进者，然衔命之初，即萌退休之志，如报称何？’余改容谢之”，郑夫人马上进行温和的提醒与劝谏，“懒与人言田有无”，可见不愿丈夫早早求田问舍，而希望能有所作为[40]。因此在郑齐卿的诗歌中，更多表达了异地风光带来的新奇感，而离乡之苦被这种新奇感所冲淡或者替代：“漫说离乡便可怜，他乡作客转欢然。芦沟桥外新风景，胜似来程十载前”[41]，常常作客他乡，但是也能看到新异之风景，不失为一种乐趣，末联颇有“似曾相识燕归来”的超脱之喜悦；“人海蹉跎五载余，三迁何地是吾庐。劳劳一事聊堪慰，家具平添数架书”，“十丈缁尘易染衣，虎坊桥外马如飞。门庭差喜清如水，夫子安贫我乐饥”[42]，此类诗歌其实已经逸出传统士人的羁旅行役诗，而有安贫乐道的观念的表达。再如：“望望六千里，风帆从此开。团圞无别恨，邂逅尽吟材。晓雾常沾席，斜阳每举杯。客途如此乐，何必首重回”[43]，此作非刻意写高山巨浪的豪壮感，而是通过写晓雾沾席，斜阳举杯，表现出一种平稳而淡然的心态，一反传统士人表达羁旅行役之苦的模式，以更为积极的心态加以面对。

三、优游风物

清代版图辽阔，各地风物不同，南北东西之间有着反差极大的景象，在闺秀诗歌中，往往形成彼时彼地的现场感。如南人来到北地，多惊奇于北方寒冬的雪景，梁蓉函就在自己的诗歌中将南方人眼中的雪景详细铺叙，再将南北冬日的差异加以比照，十分兴味盎然：“萧萧扰梦风声急，起看清光透窗壁。推窗都讶天欲明，秣马脂车出荒驿。出门忽惊寒气重，遍野弥山雪花积。不知何处是归程，四面茫茫同一色。轮铁无声人语静，天公作意滞行客。岂知客子转

40 （清）梁章钜：《闽川闺秀诗话》卷3，见《续修四库全书》第643页。

41 （清）郑齐卿：《随夫子挈家出京》其1，《江田梁氏诗存》，见徐雁平主编：《清代家集丛刊》第164册，290-291页。

42 （清）郑齐卿：《移居虎坊桥》，《江田梁氏诗存》，见徐雁平主编：《清代家集丛刊》第164册，第290页。

43 （清）郑齐卿：《十一月初四日洪山桥登舟》，《江田梁氏诗存》，见徐雁平主编：《清代家集丛刊》第164册，288页。

欣然，群玉山中快游历。记得故乡冬候暖，疏雨霏霏动连夕。闲时杂出六霙飘，把酒高吟花顷刻。何如今日琼壶里，坐对千峰万峰白。不辞冷气逼重裘，只恐情辉谢朝日。欲问酒家买一斗，万户沉沉声籁寂。马蹄踏遍数十程，寒村一缕炊烟湿。”[44]关于新民屯：“乾隆初年移巡检驻新民屯，是为新民设治之始。新民屯本辽西沃沮地，多丛苇，积淤渐平，聚而成村，久而成镇。嘉庆十三年析承德西境、广宁东北境辖地为新民厅，设抚民同知。”[45]此诗先写风声扰梦，出门乘车后寒气逼人，雪花遍山弥野，这是北方，特别是奇寒的关外所特有景象，而出身自南国的闺秀诗人则油然而生新奇之感，不禁想起此时的故乡即便冬季还是颇为温暖的，多在雨雪霏霏中饮酒吟诗，在南北对比中产生了无尽的趣味。

如前所述，梁蓉函所经之地较广，多以长篇歌行的形式，通过铺排把彼时彼地的情景和内心的感受表达的更完整。再如《通州微雨》：“前山后山碧相接，晓雨潇潇寒一霎。染出秧田翠未齐，洒来辙道尘先压。霡霂徐飘初不定，只觉珠玑贯松鬣。水光潋滟浮碧空，云气冥冥暗深峡。烟中忽起丰年曲，人画耕耘尽蓑笠。农夫方望麦芃芃，行客何辞泥滑滑。屈指春光寒食近，都城杏树红应匝。遥识斯时深巷中，一肩香压胭脂湿”[46]。此首写出在京畿之地的田野，诗人行走于微雨之中，看到了秧田翠绿，松枝上挂满如珠玑般的雨滴，水光云气中响起丰年曲，农夫眼望春雨霡霂，内心充满了丰收的盼望，其次，诗人由京郊想到了京城，想必此时杏花已开，巧妙化用“小楼一夜听春雨，深巷明朝卖杏花”，挑担者肩头似乎都被杏花染香染红了，通篇开合自然而又优美灵秀，也体现了南人对于北地经验的好奇。许鸾案的《山行即景》：“不须驰骋太倥偬，无限丹青客路中。樵子担头芳草绿，村姑鬓上野花红。浴凫翅暖沙边日，啼鸟声和树杪风。短笛一声何处起，有人驱犊出深丛”[47]，此诗写出诗人路上闲情，欣赏美景，有挑担樵夫，有簪花村女，鸟声与风声相和，忽然笛声突起，有人从深树中驱犊而出，整首诗带出了如在眼前的鲜

44 （清）梁蓉函：《早发新民屯冒雪数十里天始明》，《江田梁氏诗存》，见徐雁平主编：《清代家集丛刊》第 164 册，第 310 页。

45 （民国）《新民县志》卷 18，民国十五年石印本。

46 （清）梁蓉函：《通州微雨》，《江田梁氏诗存》，见徐雁平主编：《清代家集丛刊》164 册，第 310 页。

47 （清）许鸾案：《山行即景》，《江田梁氏诗存》，见徐雁平主编：《清代家集丛刊》第 164 册，第 275 页。

明物象，以及诗人的喜悦心情。

好的写景诗最大的特点是具备现场感，用诗语直写目前，而非大量以诗歌套语将具体的场景模式化，如果没有较多的亲身游历经验，则很难写出具体的现场感，特别是相似情境或景物中的不同。如古代交通多以舟渡江河湖水，因此，如无亲身经历，则容易雷同。而由于她们有着比较丰富的舟行经历，以自身经验写出不少能够表达出这种现场感和差异性的诗作，比如杨渼皋的《夜渡衡山》："一轮皓月一帆轻，快渡衡阳趁晚程。人语寂寥风四面，渔灯明灭夜三更。烟迷岳色看难辨，云浸波光画不成。有客蓬窗眠未稳，吟怀闲答橹声轻。"[48]首句以一轮皓月和一张轻帆勾勒画面，突显夜渡衡山的轻松感受，此外，夜晚的人声渐悄和灯火明灭，而橹声的轻轻入耳更反衬出夜晚的宁静。再如梁紫瑛的《晓渡扬子江》："扬子江头风浪平，画桡划破练光行。地吞淮海洪波合，山点金焦宿雾晴。漠漠沙痕瓜步镇，依依树影广陵城。江天阁里钟声动，催涌扶桑晓日明"[49]，写出扬子江海天相接的特点。再如杨渼皋的《过洞庭湖》"征帆高挂趁长途，镇日蓬窗满目娱。水落沙痕如远岫，天低岸影露平芜。白云尽处疑无地，青草环来别有湖。自笑小诗吟未了，扁舟已到岳阳隅。"[50]其中天低水远，青草白云，一派轻松余裕的心情。再如广西桂林山水以奇见胜，"忆从闽赴粤，曾过阳朔道。船头千万峰，尽日看未了。突兀不一形，都有云气绕。瀑布出其罅，孰挽狂澜倒"[51]，首句"船头千万峰"写出了直觉感，船行水面，千万山峰一一矗立，且形象多样，云气缭绕，瀑布奔腾，种种山奇水险的特点。"忽听鸡声发，欣当鹢首还。疏星低映水，残月倒衔山。帆影烟中度，归心梦里关。回头望来处，已隔翠微湾"[52]，写出了清晨的特点，将景物的写实和抒情加以结合。有的则在大自然中悟到世间哲理，如郑齐卿"朝暾看到夕阳红，山色湖光平远中。猛忆坡公诗句好，莫将有限趁无穷"，[53]诗句写出了永恒与

48 （清）杨渼皋：《榕风楼诗存》，清光绪十年刻本，中国国家图书馆藏。

49 （清）梁紫瑛：《江田梁氏诗存》，见徐雁平主编：《清代家集丛刊》第164册，297-298页。

50 （清）杨渼皋：《榕风楼诗存》，清光绪十年刻本，中国国家图书馆藏。

51 （清）杨渼皋：《舅大人以阳朔舟中诗寄示敬复答》，见《榕风楼诗存》，清光绪十年刻本，国家图书馆藏。

52 （清）杨渼皋：《归舟晓发》，《榕风楼诗存》，清光绪十年刻本，中国国家图书馆藏。

53 （清）梁章钜《闽川闺秀诗话》卷3，第644页。

瞬间之感。“绕岸垂杨拂客旌，烟光水色望中明。波添宿雨三蒿长，舟驾横风一叶轻。倒影万峰还北镇，急流千里接东瀛。渡河遥喜陪都近，笑指云间是凤城”[54]，前三联写路上的情境，山光水色，风送行舟，而尾联将渐近目的地的惊喜表达地十分准确。此外，亲身经验可使得语言个性化，如“扁舟夜泊微风发，漠漠轻烟散林樾。靴纹万顷漾清江，洗出波心月一轮”[55]，写出了平静时的江水，其中末句中明月在江水中微微晃动用“洗”字分外别致。

此外，有的游记诗兼有闲适诗的特点，“天然风景画难成，胜会还欣雨乍晴。一带篁阴随径曲，数椽茅屋与云平。当窗水色兼山色，隔槛松声杂鸟声。依旧来青亭畔立，昔游回首倍伤情。”（原注：十二年前曾随侍先姑游此）[56]曲径铺满竹荫，远处白云处隐约有数椽茅屋，如在目前的景象中含有喜悦淡然之情。应该说正是由于闺秀们的频繁出游，游记诗随之增加，诗歌艺术进一步得到提高，游记诗也写得更加得心应手，有的颇类似于诚斋体的趣味。如“湖山真个如相识，都送诗才到客船”[57]，“此行诗句何须觅，满路春山总是题”（《丰山小憩》），“绝胜山阴道上行，南峰才送北峰迎”。此外，能将普通句子写出谐谑趣味，如垂杨拂岸多写离愁别愁，黯然神伤，而杨渼皋的“渔人撒网六桥下，恰有垂杨绊钓舟”，写出了垂杨绊舟，其趔趄不稳之状，颇有趣味。 梁氏女性的游记诗中观照的景观非常丰富，除以上自然风物之外，还有古迹名胜，也有山村野寺。“野寺何年辟，来游得未曾。禅房通屈曲，佛座对崚嶒。洞古龙蛇蛰，岩深蝙蝠悬。五年方得到，济胜转矜能”[58]，山石崚嶒，岩石上悬挂着蝙蝠，非常逼真地写出了久无人烟的山中野寺的特点；“万山如叠彩，幻出洞天奇。为写风前胜，频敲月下诗。虚亭压绀瓦，灵石茁丹药。玉乳何年物，犹看滴滴垂。”[59]诗人写到奇幻的溶洞景色，这在以往的写景诗中相对较少，也可见诗人足迹所至带给诗歌更为丰富的景象书写的拓展。

此外，梁氏闺秀的游记诗更为重要的一个特点是，相较匆匆旅途的浮泛写

54 （清）梁秀芸：《渡巨流河》，《江田梁氏诗存》，见徐雁平主编：《清代家集丛刊》第 164 册，第 345 页。

55 （清）梁紫瑛：《襄阳舟中》，《江田梁氏诗存》，见徐雁平主编：《清代家集丛刊》第 164 册，第 296 页。

56 （清）杨渼皋：《游来青亭》，《榕风楼诗存》，清光绪十年刻本，国家图书馆藏。

57 （清）杨渼皋：《春日招桂泉夫人为湖上游，次日即以诗见赠姑步韵以订同心雅云》，《榕风楼诗存》，清光绪十年刻本，中国国家图书馆藏。

58 （清）杨渼皋：《游栖霞寺》，《榕风楼诗存》，清光绪十年刻本，中国国家图书馆藏。

59 （清）杨渼皋：《风洞山》，《榕风楼诗存》，清光绪十年刻本，中国国家图书馆藏。

景，更多地朝向揽胜式的游赏发展，特别是对一些文化积淀深厚的名胜，闺秀们无不细心体会其中丰厚而深邃的历史文化。如游寺院，感受佛教文化，“山川胜入甲亭幽，（原注：甲庭亦山寺中景）宝刹岿然镇一州。寿佛犹留真骨相，行人多爱暂兜留。藏经阁峻云常护，鼓瑟江深水自流。忙里偷闲且逭暑，独磨唐碣意悠悠”[60]。还有著名的碑林浯溪：“屡过祁阳道，寻诗始舣舟。亭台今一览，溪壑旧千秋。循吏流风远，孤忠片石留。元颜祠畔立，不觉暑威收”[61]。再有引人壮怀逸思的岳阳楼、黄鹤楼：“九寰谁似此高楼，吴楚乾坤眼底收。几辈客怀忧乐志，无端我抱古今愁。仙人吹笛声偏杳，游子题诗迹漫留。最是此间堪避暑，凭栏镇日懒回舟”[62]，“我虽巾帼人，壮游夙所爱。熟闻黄鹤楼，雄阔天下最。初过惜未登，重来肯复置。今朝人意洽，兼值风日霁。遂驾沧江虹，直上白云外。”[63]以及有寄托有名士风度的沧浪亭：“结得湖山未了因，幸移行馆近芳邻。危亭片石留陈迹，小阁寒梅绽早春。怀古寻诗三度约，（原注：到苏三次始得一游）观鱼顾影两闲身。濯缨人去清风在，谁复临流许问津。”[64]特别是五咏堂的游览：“名山才向节楼看，（昨登署中铜鼓楼，山巅已隐约可辨），盼得新晴始倚栏。（屡约游山为雨所阻）堂系五君临水立，峰撑一竹倚云安。松杉绕径全遮碧，台阁缘崖欲吐丹。更有月池清照影，却疑蛮徼夏仍寒”，“重修华屋气峥嵘，几费经营庆落成。金碧四围添粉本，承平一片出吟声。书岩共忆延年迹，石墨新刊鲁直名。（原注新以黄鲁直所书五君咏真迹摹镌堂壁）最爱山亭成小憩，骖鸾身已共登瀛。”[65]五咏堂为南朝刘宋时任始安郡（今桂林）太守颜延之所建，为纪念晋代“竹林七贤”中的阮籍、嵇康、向秀、刘伶和阮咸五人，特建“五咏堂”，其后，北宋著名诗人黄庭坚贬官亦经此处。因此五咏堂成了一种文人对被贬斥的苦闷之超脱的文化象征。虽然从生活阅历

60 （清）杨渼皋：《偕筠如大姑游湘江寺》，《榕风楼诗存》，清光绪十年刻本，中国国家图书馆藏。

61 （清）杨渼皋：《偕筠如寿笙两姑步游浯溪》，《榕风楼诗存》，清光绪十年刻本，中国国家图书馆藏。

62 （清）杨渼皋：《偕筠如寿笙淑如婉兰同登岳阳楼》，《榕风楼诗存》，清光绪十年刻本，中国国家图书馆藏。

63 （清）杨渼皋：《又同登黄鹤楼》，《榕风楼诗存》，清光绪十年刻本，中国国家图书馆藏。

64 （清）杨渼皋：《游沧浪亭》，《榕风楼诗存》，清光绪十年刻本，中国国家图书馆藏。

65 （清）杨渼皋：《游五咏堂敬和翁大人韵》，《榕风楼诗存》，清光绪十年刻本，中国国家图书馆藏。

方面，闺秀于此是较为隔膜的，但二诗叙述从容，写景清新，气度潇洒，也颇得名士之风度。

图八：《榕风楼诗存》书影

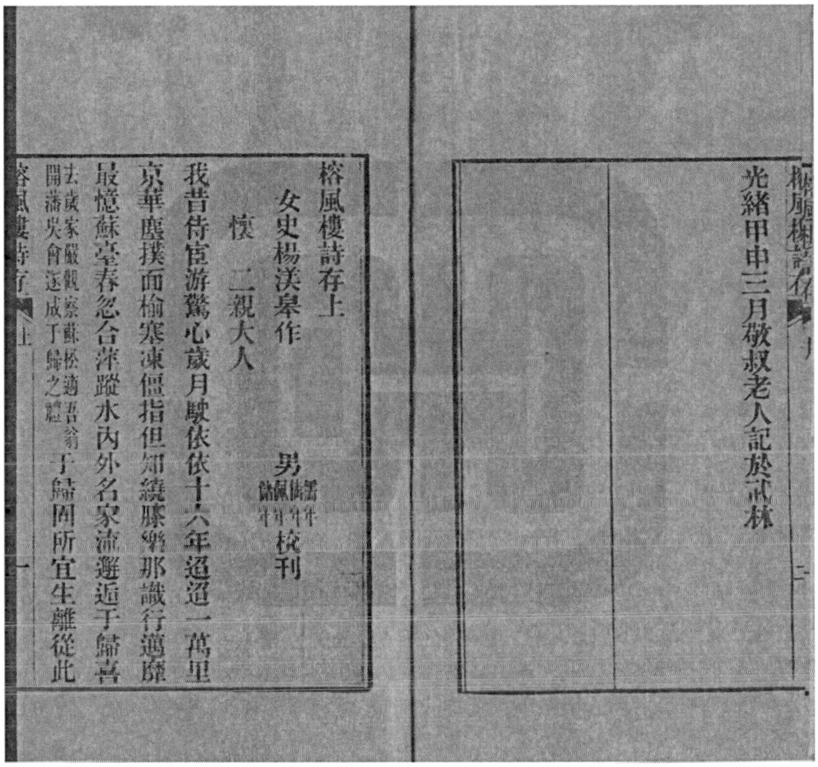
光緒甲申三月敬叔老人記於武林

榕風樓詩存上
女史楊渼皋作
男　校刊
懷　二親大人
我昔侍宦游驚心歲月駛依依十六年迢迢一萬里
京華塵撲面榆塞凍僵指但知繞膝嬉那識行邁靡
最憶蘇臺春忽合萍蹤水內外名家流邂逅于歸喜
去歲家嚴觀察蘇松適吾翁開藩吳會遂成于歸之禮　于歸岡所宜生離從此

一些宣扬孝道的古迹也为闺秀所关注。如梁章钜在《浪迹续谈》中的记载：

> 温州郡署，寓眷于三堂，庭院极宽敞，相宅者皆嫌其不聚气，必于前廊构一亭子，且可藉为岁时演剧之所。恭儿题亭扁曰“戏彩”，跋云：“宋温州通判赵屼，迎养其父清献公于倅厅，构戏彩堂，当时传为盛事，东坡、颍滨皆有诗，（已详第二卷。——原注）今资政公亦就养郡斋，而兹亭适成，因以名之。”并请余撰写楹联，余亦即用此诗题柱云：“舞彩又成亭，故事远惭清献德；逢场凭作戏，正声合补广微诗”。66

斑衣戏彩是孝道的具体体现，而宋时温州通判赵屼建有戏彩堂，而梁章钜及其子都撰写有楹联以表示纪念以及传扬，杨渼皋也有诗作：“扶侍安舆到浙

66 （清）梁章钜撰，陈铁民点校：《浪迹续谈》卷6，中华书局，1981年版，第345页。

东，欣闻戏彩事无穷。一亭自可追清献，三达谁能匹寓公。并地官梅疏影近，（原注：亭成之日适移植梅花一树于亭右今已茂矣）参天丛桂小山通。（原注亭左老桂浓荫参天）笑携稺子凭栏坐，闲与甘棠诵国风。”[67]“月上雨初晴，真宜侍奉情。借来冰镜影，照我彩衣明。香觉幽兰馥，光凝玉露清。团团欢此夕，何必别愁生。云敛空亭静，偏多望远晴。料知今夜意，同此一轮明。绕膝欢无比，含饴福更清。高堂眉寿近，洗爵庆长生”[68]，此二首诗写今日戏彩亭之情境，以及一家融融之乐，颇为动人。

此外，与女性经验相关的古迹更能够引起闺秀的思考和共鸣，如许鸾案的《谒姜女庙》：“金碧辉煌庙貌新，千秋禋祀肃蘩蘋。长城莫问嬴秦筑，且看贞珉壮海滨。”[69]《重过露筋祠》：“荒湖败苇连云堆，黍民聚族宵成雷。噆肤吮血恣荼毒，利吻每作行人灾。艰贞蒙难者谁子，赫赫高标照青史。要留清白对影衾，尽雪嫌疑到瓜李。筋骸可摧命可绝，如石之心总难灭。微虫安敢犯冰霜，天与危机显奇节。即今庙貌临江村，冠帔清严眉宇尊。沉沉化蝶踪难渺，凛凛当熊气尚存。扁舟重问秦邮渡，手奠苹蘩有余慕。灵气全殊梦作云，高风尤警行多露。吁嗟乎磨不磷、湼不淄，畴云巾帼无须眉，时逢颠沛志愈定，纵踏水火甘如饴，君不闻楚之贞姜宋共姬。”[70]一为意志坚贞的姜女，一为恪守礼法的露筋祠娘娘，都赢得了诗人的赞许和尊崇。

四、姊妹交谊

对于闺秀而言，广泛的游历不仅可使其体验新奇的自然景色和品味文化古迹，更为重要的是在游历中，扩大了闺秀的交际圈子。比如杨渼皋，正是在游历中，与福建之外的诗词名媛建立起了深厚的友谊。如与江苏才媛钱守璞的诗词交往：

> 林下芳规自不群，一年气味饮醇醺。苦吟最喜肝脾合，酣燕原无礼数分。胜践尚迟风洞约，愁眉忽绉月池纹。扁舟珍重前程远，

67 （清）杨渼皋：《戏彩亭》，《榕风楼诗存》，清光绪十年刻本，中国国家图书馆藏。

68 （清）杨渼皋：《侍翁大人戏彩亭看月敬和元韵》，《榕风楼诗存》，清光绪十年刻本，中国国家图书馆藏。

69 （清）许鸾案：《江田梁氏诗存》，见徐雁平主编：《清代家集丛刊》第164册，第280页。

70 （清）许鸾案：《江田梁氏诗存》，见徐雁平主编：《清代家集丛刊》第164册，第269页。

盼到双鱼如见君[71]。

杨渼皋是在广西时结识了钱守璞，两人一见如故，和梁筠如三人结为莫逆之交，经常以诗词唱和。“尝与婉蕙及余女筠如联为岁寒三友，才调相匹，意气相孚，唱和无虚日”[72]。“咏絮清才大雅群，闺心如醉共如醺。缘深翰墨原非偶，情契琴樽惜早分。画似名山增秀色，诗同异锦耀新纹。相逢未久难为别，风雨潇潇最忆君”、“小会天涯似雁群，挥觥何惜日醺醺。尽教高谊云霞合，无那吟怀雨雪分。（原注：君首途日雨雪初晴）图画通神常入梦，璇玑愧我未成纹。梅花岁暮方多感，更卜何时再遇君”（《叠饯别韵寄怀莲因》二首）[73]；“盼到空中遭雁群，情怀细写别时醺。一函书抵千金重，百折心随两地分。诗品居然流水意，画笺犹认衍波纹。却惭继响吟肠涩，倒箧倾囷合让君”（《前诗尚未封寄适接莲因来函再叠韵奉怀》）[74]以上可见才媛们彼此之间的倾心相慕和诗词交往。

在诗词交往中，她们有着彼此间真诚的倾诉：“论交自古难，矧复属巾帼。传言不出阃，待游岂寄迹。我少即远行，随父转官驿。继奉阿翁来，钤阁供晨夕。江南有名媛，近在判官籍。相见遂相知，苔岑订莫逆。文才十倍我，奥欲探邱索。腹既富书史，眼尤洞金石。事事擅精玩，妙兼书画僻。一载乐盘桓，吟红与浮白。计自上龙门，（原注：时随宦龙门巡司）清谈已久隔。忽捧朵云飞，积愫快胸膈。昔共看山行，今买浮家宅。虽暂叹睽违，讵敢厌行役。此去到君乡，君家只咫尺。恨不同扁舟，深情两脉脉。朝来双鲤至，珠玑捧络绎。盥手诵鸿章，离怀增穷迫。未作吴门游，先别吴门客。泥爪亦何常，达人贵珍惜。后会定有日，休比抟沙掷。最好沧浪亭，涛声重封擘。”[75]此诗先写与江南名媛钱守璞的莫逆交往，次写对钱的赞美，富于书史，精于金石书画，但是由于随宦吴门，不得不各自浮家辗转。

正是在游历中，闺秀之间的交游圈子不断扩大，杨渼皋随夫宦温州，与丁芝仙夫人（善仪）交称莫逆。“芝仙为永嘉令杨炳继室，才名久著。时余女筠

71 （清）杨渼皋：《五咏堂饯莲因夫人次筠如大姑韵》，《榕风楼诗存》，清光绪十年刻本，国家图书馆藏。

72 （清）梁章钜：《闽川闺秀诗话》卷 3，见《续修四库全书》第 1705 册，第 649 页。

73 （清）杨渼皋《叠饯别韵寄怀莲因》，《榕风楼诗存》，清光绪十年刻本，中国国家图书馆藏。

74 （清）杨渼皋：《前诗尚未封寄适接莲因来函再叠韵奉怀》，《榕风楼诗存》，清光绪十年刻本，中国国家图书馆藏。

75 （清）杨渼皋：《辛丑仲夏将由桂林随侍吴门临发寄别莲因》，《榕风楼诗存》，清光绪十年刻本，中国国家图书馆藏。

如自浦城来省视，亦一见如故，每春日约同城内外踏青近游，辄有诗。芝仙本诗媛，婉蕙与筠如喜与之角胜。余谓东瓯风雅，近甚寥寂，而忽得女士以张之，亦一时之胜缘”[76]。这些不同地域闺秀的聚合，不但浓厚了地方闺秀的创作风气，也在交往中提高了各自的诗歌艺术。杨渼皋与丁善仪诗歌交往也不少：“玉台风格擅三长，愧我难为弟子行。准备贞珉传翠墨，千秋衙管共馨香”（《题芝仙夫人临灵飞经册》）[77]，表达了对对方才华的倾慕之情；“乍寻霞洞最高头（前三日曾同游飞霞洞），又泛江心画里舟。诗境由来重孤踰，灵山长此砥中流。万重海气平栏出，一片城阴入镜收。难得良辰偕胜侣，金焦而外此佳游”（《芝仙夫人招同泛舟江心寺率成一律志谢》）[78]，记闺秀间的同游之乐以及景物之美；“瓯江水接馆头宽，宦海还驰域外观。秀挺玉环名胜地，居成瑶岛合家欢。差池无计团鸥鹭，漂泊由来比凤鸾。更尽一杯无别话，鳞鸿往复报平安”（《送芝仙姊妹赴任玉环叠前韵》）[79]，表达了送别的惆怅以及牵挂。这些诗歌记录了闺秀之间由相识、相乐、到相别的完整过程。除了杨渼皋和钱莲因、丁善仪的交游外，梁章钜夫人郑齐卿和江苏才媛沈彀的交往，也是在郑齐卿随梁章钜宦游江苏时认识的。可以看出，女性在游历中，不仅是见闻的增加，也是人际交往圈的扩展，这种游历中扩大的人际交往圈子，使得她们能突破地域的限制而有更为开阔的视野。

这些游记诗所展现的风土人情、山川风貌、及跨地域人际交往，为我们展现出一幅别样的闺秀活动图景。可以看出，福建闺秀诗人到了清代中后期，已经有了非常广阔的活动空间。

相比黄氏家族和郑氏家族，梁氏家族的闺秀群体晚出。在梁章钜本人的巨大影响力下，他崇尚苏轼的诗学取向也深刻影响到家族闺秀对洒脱诗风的偏爱。梁氏家族的闺秀在崇苏的风尚中，能融合闽地闺秀之所长而自出机杼，将丰富的才学与灵巧的性情相统一。而且在她们广阔的游历中，留下了大量的游记诗。这些游记诗无论是在审美风格，还是在写景状物的表达技巧，以及在精

76 （清）梁章钜：《闽川闺秀诗话》卷3，见《续修四库全书》第1705册，第650页。

77 （清）杨渼皋：《题芝仙夫人临灵飞经册》，见《榕风楼诗存》，清光绪十年刻本，中国国家图书馆藏。

78 （清）杨渼皋：《芝仙夫人招同泛舟江心寺率成一律志谢》，见《榕风楼诗存》，清光绪十年刻本，中国国家图书馆藏。

79 （清）杨渼皋：《送芝仙姊妹赴任玉环叠前韵》，见《榕风楼诗存》，清光绪十年刻本，中国国家图书馆藏。

神气度上，都达到了很高的水平，一改人们对闺秀群体的认识，她们并非囿于闺阁的狭小天地，而是有着非常丰富的人生阅历。这些闺外游记诗既体现出闺秀诗人体物的细腻与观察的敏锐，也展现出闺秀诗人在题材与诗歌意境上的拓展，彰显出福建闺秀诗人刚健挺拔与秀丽婉转相融合的精神气质。

第六章　清代中晚期的其他闺秀诗歌

第四、五章主要探讨的是清代福建著名的黄氏、郑氏、梁氏家族的女性诗歌的创作内容和主要风格、特色，而在这三个家族之外，还有其他女性的诗歌创作也颇具水平和特色。这章分两节探讨卢蕴真的咏物诗和郭仲年的试帖诗。这两位女诗人见于丁芸的《闽川闺秀诗话续编》，这也可以见丁作对于梁作的延续性。

第一节　卢蕴真的咏物诗

卢蕴真，字倩云，福建侯官人，诸生魏鹏程（字仙州）妻室。生卒年待考，主要生活在清代嘉道时期。有《紫霞轩诗钞》（道光二十六年刻本）（现收录于《北京师范大学图书馆藏稀见清人别集丛刊》）存诗二百首（组诗拆零）。婚后生活较为清贫，丈夫长期客居在外，曾携长子曾在鹭门（今厦门）等地。晚年丧夫丧子，生活凄凉。《听秋馆词话》称其“女史失其所天，后四子均早夭，无嗣，仅一寡媳，亲族无可依，现为女学究自赡，垂老仳离，有足悲者”。可见其在世时已有诗名，且与当地诗家有交往。卢蕴真的诗歌入选《屏麓草堂诗话》集中有卢蕴真赠诗话编者莫友棠的诗：“屏麓山堂别有天，一龛灯火老诗仙。寒闺但是雕虫技，愧比联吟柳絮篇”、“大名直接沈归愚，罗采风诗万斛珠。今日鄙吟经节取，更蒙题句灿珊瑚。”（《若愚先生诗话蒙采拙句诗以酬之》四首选二）

一、卢蕴真早年所受的诗词教育

青少年时期卢蕴真即接受了严格的家庭文化教育，“闲忆髫龄日，亲令侍讲帏。同怀少兄弟，将我作男儿。未试拈针巧，先争搦管奇”（《自叙二十韵》）[1]，可见其出嫁之前已有较高的诗艺。另外她还能教夫弟作诗，“嫂氏卢孺人幼习书史，耽吟咏，归伯兄仙州，时鹏翔方总角，尝从受作诗榘度，宛转指授，备极周详，知嫂氏于诗学用功有素也”[2]。而家族中也推崇名士气，卢蕴真在其诗中对舅舅林万忠极为推崇：“长林名士古衣冠，茹古含今俨大观。岂有龙文抗百斛，不推词赋冠诗坛”、“廿年工苦学专精，满贮胸中十万兵。谁识文章千古重，更兼史笔擅平生”、“大器从来属晚成，岂同流品博虚名。久知海内瞻韩切，比似科名孰是荣”、“燕许文章自大方，伫听捷信到槐黄。女甥犹有垂髫性，爱乞红绫饼饵尝”、“十年闺里学吟哦，坐井观天自切磋。敢道女甥能酷似，深蒙尘镜一时磨”（《呈菊潭舅氏》）[3]，诗中表达了对舅舅的崇敬、亲近，以及欲加仿效之情。在卢蕴真的诗歌中，以咏物诗最为出色和有特色，其形式精工，咏物精准。下面就其加以探讨。

二、卢蕴真严整精工的格律诗

卢蕴真的大量咏物诗集中表现出闺秀诗人所特有的细致入微的体物特点与精巧灵动的诗歌风格，这样的咏物诗在《紫霞轩诗抄》中非常多，如写松，则有《古松》《松涛》《罗汉松》，也就是说对于对象予以特征性和典型性的辨析。再如《白燕》《白鹦鹉》，同对白色鸣禽分而赋之，以见特色。

还有可以称之为“秋”系列的七律《感秋二十咏》：《秋塞》《秋村》《秋斋》《秋闺》《秋声》《秋色》《秋晴》《秋阴》《秋晓》《秋夕》《秋砧》《秋钟》《秋笳》《秋柝》《秋山》《秋水》《秋蝉》《秋蛩》《秋花》《秋草》共20首。

吟秋系列还有七绝《秋柳》《秋露》《秋扇》《秋灯》。吟咏对象不同，但都是在秋季这个特定季节中的事物，可见诗人之苦心构思。其中，此类咏秋之诗，可按对象的性状分为具体之物和抽象之物。以一组的二十首七绝为例，《秋塞》《秋村》《秋斋》《秋闺》《秋砧》《秋钟》《秋笳》《秋柝》《秋山》《秋水》《秋蝉》《秋蛩》《秋花》《秋草》属于实有之物，而《秋声》《秋色》《秋晴》《秋阴》《秋

1　（清）卢蕴真：《自叙二十韵》，《紫霞轩诗钞》，见《北京师范大学图书馆藏稀见清人别集丛刊》，第448页。

2　（清）魏鹏翔：《紫霞轩诗钞》跋，《紫霞轩诗钞》，见《北京师范大学图书馆藏稀见清人别集丛刊》，第474页。

3　（清）卢蕴真：《呈菊潭舅氏》，《紫霞轩诗钞》，见《北京师范大学图书馆藏稀见清人别集丛刊》，第469-470页。

晓》《秋夕》则为抽象之物。咏物诗最基本的要求在于切题，而作者调动相关手段，句句切题，不致游离浮泛。《秋塞》："斜阳暗淡更萧疏，回首相关万里余。几辈能持苏武节，有人曾读李陵书。尘沙路隔胡天渺，刁斗声催塞月虚。凄绝贺兰山下住，西风短发怅何如。"[4]《秋斋》："万籁幽清把卷时，一灯相对夜何其。窗通山瀑帘初卷，秋到庭梧夜早知。壮志苦磨维翰砚，高怀且下广川帷。谈经余暇持风雅，呈稿纷纷索论诗。"[5]《秋声》："星河一色没无痕，何处飞涛夜到门，田野寒砧催杵急，半阶落叶乱蛩喧。愁生旅馆思家泪，梦醒针楼寄远魂。叹息未堪长抑郁，好将机杼织当轩。"[6]咏秋之诗在中国诗歌史是很有传统的，所谓秋士易感，此类诗歌层出不穷，并且形成了富有意味的语词系统，在这种系统中的词语，一经运用，就有着特定相关的文化指涉与文学情境，正如《秋塞》就调动了一系列的相关语词，包括物象和典故，物象也是极富情境意味的，如斜阳、尘沙、刁斗、塞月、贺兰山，包括典型化了的典故，如苏武、李陵的典故。因此，从技法的角度讲，句句切题，从整体而言，亦是相互协调。也就是说，这些语词构造出的诗歌效果，产生自业已形成了的历史性的诗歌语言系统。《秋斋》也是如此，斋即书斋，写书斋即写儒生夜间静心读书而志在天下，其中运用的桑维翰和董仲舒的典故很具有代表性。《秋声》写的是较为抽象的声，但也是句句切题，从飞涛（应为秋雨），到寒砧、蛩声、思妇叹息、夜半机杼声，共同构造了情境。这些典故的应用，充分体现出闺秀诗人在才学上的丰富积累。以学为诗并不仅仅是男性诗人的特点，闺秀诗人也充分体现出清诗的这一特征。

此外，还有侧重于事物的某种角度或性状，如《销闲杂咏十首》：《蛙鼓》《蚓笛》《蚊箫》《蝶板》《蝉琴》《莺梭》《燕剪》《蜂针》《蛛网》《萤火》，这样的作品是作为成熟作品收录八集，在其背后是有过大量的习作的。以这样的方式进行创作可以锻炼出敏锐的观察力和精确的表达能力。

卢蕴真还能够将咏物的细微精致和诗词的灵性结合起来，这在闺秀诗人中是非常难得，因为咏物诗如果只是一味描述外形，往往陷入呆板。而她却能将二者结合。正如《罗汉松》："久向沙门积翠浓，前身罗汉此孤松。坚心仍做

4　（清）卢蕴真：《秋塞》，《紫霞轩诗钞》，见《北京师范大学图书馆藏稀见清人别集丛刊》，第 445-446 页。
5　（清）卢蕴真：《秋斋》，《紫霞轩诗钞》，见《北京师范大学图书馆藏稀见清人别集丛刊》，第 446 页。
6　（清）卢蕴真：《秋声》，《紫霞轩诗钞》，见《北京师范大学图书馆藏稀见清人别集丛刊》，第 446 页。

参禅势，古性犹形面壁容。顶祝似曾叨佛荫，踟跌端不拜秦封。每当僧院谈经夜，常作涛声杂梵钟”[7]，此诗咏罗汉松，其实把罗汉、松两种对象的特征已经加以融合，虽然有佛教用语之运用，但并不堆砌，点缀得宜。根源在于诗人已经融心于物，诗人内心坚执之情，与所咏之物融合为一。此诗章法考究，安排细密，几乎可称范本式七律。此外，技巧性极强的咏物诗亦不乏轻灵之笔，如“群芳队里戏朝朝，粉板随风故故摇。记得弄花曾有调，请将此谱试轻敲”（《蝶板》）[8]，蝶翅如檀板，可敲觞佐酒，不愧为巧思情韵兼备；“羡伊百啭柳梢莺，两两金梭抛掷轻。烟缕两条抽不尽，绣成好景半阴晴”（《莺梭》）[9]，末句造语颇为巧妙。其实严肃的语言锤炼恰是诗意百转出新之基础，这两者不但不是矛盾的，恰好是内在相通的。再如咏《帘》是颇见风致的，“玲珑一幅画帘悬，半护融融日影妍。忽听丁当银蒜响，衔花燕子入窗前”[10]。

综上所述，卢蕴真作为出身于名士之家的闺秀，成长于具有良好的诗词氛围的家庭教育，受到严格扎实的技巧训练。她依此锻炼打磨诗词技巧，形成自己的独有的诗歌特色。

第二节　郭仲年的试帖诗

郭仲年（1836 年-1877 年），字敏斋，福建福州人。父郭柏荫（1807 年-1884 年），字远堂，清道光十二年（1832 年）进士，官至刑部给事中，湖广总督。郭仲年归凤池书院山长郑元璧之子景渊。景渊早卒，仲年养姑抚子，年四十二而卒。其父柏荫为其刊《继声楼帖体诗存》二卷，有同治十二年（1873 年）刻本。

一、郭仲年试帖诗创作的外部原因

（一）时代风气

陈伯海称：“试帖诗是唐代进士科考所采用的一种诗歌样式，唐以后长时

7 （清）卢蕴真：《紫霞轩诗钞》，见《北京师范大学图书馆藏稀见清人别集丛刊》，第 468 页。

8 （清）卢蕴真：《紫霞轩诗钞》，见《北京师范大学图书馆藏稀见清人别集丛刊》，第 462 页。

9 （清）卢蕴真：《紫霞轩诗钞》，见《北京师范大学图书馆藏稀见清人别集丛刊》，第 462 页。

10 （清）卢蕴真：《紫霞轩诗钞》，见《北京师范大学图书馆藏稀见清人别集丛刊》，第 458 页。

期受到冷落。清康、乾之交，在科举考试改革的直接推动下，一度掀起选评唐人试帖诗的热潮，产生出大量选本，还发表了不少有意义的见解，构成清盛期诗坛上的一种独特景观，值得关注。”[11]

另外，梁章钜在《试律丛话》中说“试律始于唐，至宋以后，作者寥寥，阙焉不讲。我朝乾隆间始复用之科举，或稍为排律，然古人排体诗有数十韵及百韵者，今限以六韵、八韵，则不得以排律概之也。又或称为试帖，然古人明经一科，裁纸为帖，掩其两端，中间唯开一行，以试其通否，故曰试帖。进士亦有赎帖诗，帖经被落，许以诗赎，谓之赎帖，非以诗为帖也。毛西河检讨奇龄有《唐人试帖》之选，盖亦沿此误称。唯吾师纪文达公撰《唐人试律说》其名始定。”[12]梁章钜在此对试帖诗的发展、形式、名称来源做了阐发。

由于科举考试之故，士人们对此种诗体极为重视，进行反复练习。而士人们进行创作之后进行专门刊刻的亦不在少数，下面是对《清代诗文集汇编》中专门进行试帖诗编辑刊刻的情况作梳理，以此观察，当时的试帖诗创作热情可见一斑。

表十八：《清代诗文集汇编》中试帖诗创作情况表

作　者	集　名	版　本
方学成	《春风堂试帖》一卷	清乾隆松华堂刻本
于宗瑛	《来鹤堂全集》十四卷（附试帖钞二卷）	清嘉庆二年刻本
曹文埴	《石鼓砚斋试帖》二卷	清嘉庆五年刻
陈文瑞	《瘦松柏斋诗集》十二卷（附试帖体诗一卷）	清道光三年刻本
范鹤年	《藐雪山房全集》六卷（附试帖墨帐杂组一卷）	清嘉庆刻本
陈廷庆	《谦受堂全集》三十卷（附试体诗一卷）	清道光十年至十二年一邱园刻本
郝懿行	《晒书堂试帖》一卷	清光绪十年东路厅署刻本
宋湘	《红杏山房试帖诗》一卷	清嘉庆二十五年刻本
陈廷桂	《香草堂试帖》一卷	清嘉庆十六年刻本

11 陈伯海：《清人选唐试帖诗概说》，《科举学论丛》，2008年第1期。

12 （清）梁章钜：《试律丛话》，见《梁章钜科举文献二种校注》，武汉大学出版社，2009年版，第551页。

成书	《多岁堂诗集》六卷附试律诗集一卷	清道光十一年刻本
杨知新	《夙好斋试帖诗钞》一卷	清道光二十五年归安杨氏刻本
梁运昌	《秋竹斋试律》	清道光二十四年长乐王道征刻本
查元偁	《踈斋集》四卷（附试律一卷）	清道光二十一年刻本
聂镐敏	《赐书堂试帖》三卷	清嘉庆刻本
黄本骥	《三长物斋诗略五卷》附刻夏小正试帖一卷	清道光刻三长物斋丛书本
杨庆琛	《绛雪山房试帖》三卷	清同治三年刻本
陈沆	《简学斋馆课试律存》一卷	清咸丰二年刻本
林则徐	《云左山房诗钞》八卷附诗余试帖	清光绪十二年刻本
徐湘潭	《徐睦堂先生集》一百十三卷（附试体诗一卷	清道光二十三年刻本
余锡椿	《培园全集》二十三卷（附试帖诗钞二卷）	清光绪六年黄梅余氏家塾刻本
徐士芬	《辛庵历试》试帖诗钞一卷	清同治十一年刻本
罗绕典	《知养恬斋试帖》三十卷	清道光刻本
王发越	《倚云山房试帖》二卷	清咸丰三年黎城王氏倚云山房刻本
熊少牧	《读书延年堂试帖辑注》四卷	清道光二十一年至同治十年刻本
黄富民	《礼部遗集》九卷(附试帖剩稿一卷)	清同治九年南汇张文虎刻本
吴文锡	《半螺龛试帖存》一卷	清刻本
高继珩	《铸铁砚斋试帖》二卷;《铸铁砚斋试帖》续编二卷	清道光至同治间迁安高氏刻培根堂全稿本
赵廷恺	《十三翎阁试帖》二卷	清同治十年安福赵氏刻本
郭柏荫	《天开图画楼试帖》四卷	清刻本
吴存义	《榴实山庄试律》二卷	清同治刻本
殷兆镛	《齐庄中正堂试帖》八卷	清光绪五年刻本
宝鋆	《吟梅阁试帖诗存》二卷	清光绪三十四年羊城重刻本
董恂	《荻芬书屋试帖》二卷	清咸丰董氏刻本
杨彝珍	《移芝室全集》二十三卷（附试帖一卷）	清光绪二十二年孙世猷刻本
赵昀	《遂园试律诗钞》四卷	清咸丰十一年刻本
潘曾绶	《陔兰书屋试帖》三卷	清道光至同治年间递刻本
吴可读	《携雪堂全集四卷》(附试帖二卷)	清光绪十九年刻本
吴棠	《望三益斋诗文钞十四卷》(附试帖一卷)	清同治十三年成都使署刻本

张凤翥	《镜真山房试帖》二卷	清同治二年刻本
赵新	《还砚斋试帖》一卷	清光绪八年黄楼刻本
潘曾玮	《自镜斋试帖》一卷	清光绪十三年刻本
丁绍周	《浮玉山房试帖》一卷	清同治十年刻本
严辰	《箫云集试帖》一卷	清光绪刻本
倪文蔚	《两强勉斋试帖诗存》一卷	清光绪九年桂林节署刻本
何元普	《麓生诗文合集》十卷（附试帖一卷）	清光绪元年绣川何氏刻本
夏同善	《俟斋试帖》一卷	民国朱栏打印本
周天麟	《水流云在馆试帖》二卷	清光绪二十一年刻本
王作枢	《慕陶山房赋》试帖	清光绪十六年刻本
孙国桢撰	《憩尘吟试帖》一卷	清光绪二十四年乐陵孙氏世泽堂刻本
朱一新	《佩弦斋试帖存》一卷	清光绪刻本
延清	《锦官堂试帖》二卷	清光绪十一年刻本
伍兆鳌	《木屑集》二十六卷（屐峰试帖附録一卷）	清光绪二十四年至二十四年递刻本
爱新觉罗·载澄	《世泽堂试帖遗稿》一卷	清光绪十五年刻本
鲍桂星	《觉生试律钞》一卷	清刻本

其中，有专门试帖集编集的（包括成卷的）共 57 种，那么零散的就更多了。当然，由于其实用性，清代女性作试帖诗肯定不及男性多，但是，存在这样一个问题，一种诗体形成之后，它也具有了其形式意义。正如上文所言，帖体诗具有形式上的规定性，对于技巧的要求高，难度大，因此，也有不少女性也试笔试帖诗创作。除了本文要论述的郭仲年有《继声楼试帖诗》两卷[13]，另外，通过翻检《清代闺秀集丛刊》，还有其他两位女诗人是以将试帖诗附在诗集后面的，有许之雯《缃芸馆诗钞》一卷附词、试帖（清光绪二十五年排印本）[14]，其中试帖诗有 9 首，另外，还有李媖《剑芝阁诗钞》有 27 首试帖诗[15]，另外，还有各种散见的试帖诗创作待进一步爬梳。不过，郭仲年所作试帖诗并非仅仅

13 （清）郭仲年：《继声楼帖体诗存》二卷，见肖亚男主编：《清代闺秀集丛刊》第 51 册，国家图书馆出版社，第 321 页。

14 （清）许之雯：《缃芸馆诗钞》（附词、试帖），见肖亚男主编：《清代闺秀集丛刊》第 62 册。

15 （清）李媖：《剑芝阁诗钞》，见肖亚男主编：《清代闺秀集丛刊》第 62 册。

是游戏之笔，是具有示范创作以教后代的作用，这也正如集名，有“承继家声”的意义。对于郭仲年帖体诗创作，就不得不提到其父郭柏荫。

（二）其父郭仲年的影响

郭柏荫具有清代闽籍官员的务实作风，这更是直接地影响了郭仲年的试帖诗创作。郭柏荫道光十二年（1832 年）进士后，“选庶吉士，授编修，迁御史、给事中。出为甘肃甘凉道。……咸丰三年，会办本省团练，以克厦门、防延平功，擢郎中。同治元年，引见，交钦差大臣曾国藩差委。二年，授江苏粮道，擢按察使，迁布政使，护理巡抚。六年，擢广西巡抚，调湖北，仍留署江苏巡抚。方乱时，江、浙交界枪船群聚为匪，柏荫与浙江会捕，获其首卜小二，置之法。禁枪船，设牌甲，稽查约束。是年，赴湖北任，署湖广总督。各省遣散营勇，会匪萧朝翥约党分布黄梅、武穴、龙坪各水次，阻截散勇，逼令从为乱。柏荫遣兵往捕，其党杀朝翥以降。诸县教匪，京山吴世英、蕲水冯和义、沔阳刘维义次第擒诛。……八年，多雨大水，柏荫遣吏分道治赈。九年，再署湖广总督。十年，湖南会匪陷益阳、龙阳，柏荫分兵防守进剿，获其渠。十二年，以病乞罢。光绪十年，卒。”[16]可见郭柏荫为实干之能吏。

另外，郭柏荫本人的试帖诗创作是在其父的影响之下进行创作的，郭柏荫在《继声楼帖体诗》的序中说：“习帖体较有会心。值予理《天开图画楼》旧稿，俾任缮录以手代口，昕夕编摩，业乃益进”，婚后由于家务之故，其创作暂时中断，后“娶妇”“抱孙”之后，“手钞其稿邮以请命，喜其章妥句适，而于题中冷字虚神间能体会，盖犹有乃翁家法。存焉录之以旌其志。”[17]

可见郭柏荫对女儿创作的肯定，以及对其受自己试帖诗影响的认可。[18]

二、郭仲年试帖诗的选题

（一）儒家经典

首先，从内容上来说，试帖诗表达的是一种集体性话语，所谓的集体性话

16 （清）赵尔巽等撰，中华书局编辑部点校：《清史稿》，第 12252-12253 页。

17 （清）郭柏荫：《继声楼试帖诗存·序》，丁芸：《闽川闺秀诗话丛编》，见王英志主编：《清代闺秀诗话丛刊》第 1 册，第 323 页。

18 郭柏荫有四卷试帖诗保存在《天开图画楼全集》27 卷中，见《清代诗文集汇编》第 609 册，上海古籍出版社，2010 年版。

语对于传统宗法社会的士人而言，就是儒家的伦理思想。而儒家伦理思想的代表则是儒家的典籍。而试帖诗也多取材于此。

我们试着以清代梁章钜所著述的《试律丛话》加以参照，因为其中，他是选取了彼时科举考试的试帖诗应试题目的，从中可以看到，男性创作试帖诗，有不少是选择自经、史、诸子的，而女性创作试帖诗，此类选题则大大减少，而选自历代诗歌名句的更多。下面是根据梁章钜《试律丛话》的《历次会试题目》进行整理的。[19]

表十九：《试律丛话》的题目来源及类别

试　题	来　源	类别
循名责实	《韩非子 · 定法》	诸子
王道荡荡	《尚书 · 洪范》	经
贤不家食	《周易》	经
从善如登	《国语 · 周语》	史
三复白圭	《论语 · 先进》	经
河海不择流	《史记 · 李斯列传》	史
下车泣罪	《说苑 · 君道》	史
匠成翘秀	《抱朴子 · 勖学》	诸子
灯右观书	无出处	
春服既称	《论语 · 先进》	经
春日载阳	《诗经 · 豳风 · 七月》	经
王良登车	《淮南子 · 览冥训》	诸子
摛藻为春	宋 · 洪皓《次韵学士重阳雪中见招不赴前后十六首其二》	诗
四时为柄	《礼记 · 礼运》	经
草色遥看近却无	韩愈的《早春呈水部张十八员外》	诗
老当益壮	《后汉书 · 马援传》	史
繁林翳荟	《抱朴子 · 博喻》	诸子
闰月定四时	《史记 · 五帝本纪》	史
春雨如膏	《左传》	史

19　（清）梁章钜：《试律丛话》，见陈水云、陈晓红校注：《梁章钜科举文献校注二种》，武汉大学出版社，第 551 页。

鸣鸠拂其羽	《礼记・月令》	经
天临海镜	谢朓《齐海陵王墓志铭》	文
山辉川媚	陆机《文赋》	文
我泽如春	曹植《七启》(并序)	文
立中生正	《管子》	诸子
一意同欲	《晏子春秋》	诸子
虚堂悬镜	《宋史・陈良翰传》	史
受中定命	《左传》	经
桐生茂豫	乐府歌曲《郊祀歌》	诗
敦俗劝农桑	《后汉书・卓茂传》	史
惠泽成丰岁	张九龄《和崔尚书喜雨》	诗
春风风人	刘向《说苑・贵德》	诸子
云随波影动	徐集孙《同杜北山郑渭滨湖边小憩》	诗
莺声细雨中	刘长卿《海盐官舍早春》	诗
春色先从草际归	黄庭坚《春近四绝句》	诗
循名责实	《韩非子》	诸子
以礼制心	《尚书》	经
王道平平	《尚书》	经
布德行惠	《礼记・月令》	经
泉细寒声生夜壑	朱熹《次秀野杂诗韵假山焚香作烟云掬水为瀑布二首,其二》	诗
慎修思永[20]	《尚书・虞书・皋陶谟》	经
师直为壮	《左传・僖公二十八年》	经
白驹空谷	《诗经・小雅》	经
凡百敬尔位	应玚《侍五官中郎将建章台集诗》	诗
天心水面	邵雍《清夜吟》	诗
取人以身	《中庸》	经

以上题目来自经的有 15 题,来自诗的有 9 题,来自史的有 9 题,来自文的有 3 题,来自诸子的有 7 题,无出处的有 1 题。

正如梁章钜在《试律丛话》中说:

20 原句:慎厥身,修思永。见《尚书正义・皋陶谟》,(清)阮元校刻:《十三经注疏》,中华书局,2009 年版,第 289 页。

郑苏年师光策曰：八股与古文虽判为两途，然不能古文者，其八股必凡近纤靡，不足以自立。试律亦然，试律虽以用法诂题为主，然无性情、学问、风格以纬于其间，则亦俗作而已。深于风雅者，当自得之。[21]

可见试帖诗需要有"性情""学问""风格"，其"性情"是儒家伦理所镕炼陶冶的性情。且作试帖诗需要"深于风雅"也体现了儒家正统的诗歌观念。

姚文僖公文田尝言科举之五言排律，其体实兼赋颂，依题敷绎，唯在意切词明，所谓赋也。言必庄雅，无取纤佻，虽源本风雅，而闺房情好之词、里巷忧愁之作，不容一字阑入行间，三颂具存，其体式固可考而知也。[22]

此则也提到了所谓"庄雅"，与上也是相同的。

郭仲年的试帖诗也同样遵守试帖诗主要要求，即取材的正统性，正如，其上卷来自于"经"的有如下：

表二十：郭仲年诗歌中来自经的试帖诗

句	出　处	类　别
麦秋至	《礼记 · 月令》	经
蝉始鸣	《礼记 · 月令》	经
雷乃发声	《礼记 · 月令》	经
萍始生	《礼记 · 月令》	经
登高能赋	《诗经 · 墉风 · 定之方中》"终然允臧"毛亨传"升高能赋"	经
寒蝉鸣	《礼记 · 月令》	经
蛾子时术	《礼记 · 学记》	经

其中有六题来自《礼记 · 月令》，《礼记 · 月令》是《礼记》第六篇。此作记载了包括一年十二月在内的天象和物候现象，将自然时令和人类社会生活紧密联系，叙述古人在不同时令条件下所颁布的政令、禁令等，体现了中国传统社会农耕性的特点。

21 （清）梁章钜撰，陈水云、陈晓红校注：《试律丛话》，《梁章钜科举文献校注二种》，第 552 页。

22 （清）梁章钜撰，陈水云、陈晓红校注：《试律丛话》，《梁章钜科举文献校注二种》，第 555 页。

取“蝉始鸣”为例，其在《礼记》中是这样记录的：

鹿角解，蝉始鸣，半夏生，木堇荣。是月也，毋用火南方。可以居高明，可以远眺望，可以升山陵，可以处台榭。[23]

关于“蝉始鸣”，据清人日记，曾作为考试题目：

初八日癸酉纪录，晴早起行香如昨。亭午赴书院考课。举贡生文题：“道之以政”二节。诗题：“五月江深草阁寒。”童生文题：“子以四教文。”诗题：“蝉始鸣。”少坐，与山长、学师谭，闻南乡临漳河数十村均得雨四寸，稍北得二三寸不等，至十里铺而止。[24]

我们来看郭仲年的《蝉始鸣》：

五月螳螂出，新蝉亦始鸣。江干千万树，雨后两三声。壳蜕音初起，琴弹调乍成。垂緌矜得意，噤口溯前生。入听销旸暑，临风噪晚晴。可怜嘶欲断，夏母碧无情。

首联即破题，既点出蝉鸣，也点出节令时候，之后承题描述彼时的景物，接下来的三联对蝉进行铺叙，最后一联收束全诗。

另外，“麦秋至”也曾是考试题目，如翁心存日记的记载：

廿八日丑刻雷电，小雨，即止，仍晴，且风，甚热。本部奏事，递月折，卯正入，复至书房与恭邸议镕钟事，巳初入署治事，午正回。乔□□太守松年来。葛稚侯出场后即去。朝考题：“鬼神之为德其盛矣乎论”，“成性存存疏”，“赋得麦秋至”。[25]

而郭仲年的《麦秋至》：

四野农民乐，非秋却有秋。不关枫瑟瑟，且喜麦油油。田乍喧耞板，神如降蓐收。插禾忙待了，荣鞠溯从头。风未凋黄叶，云先压绿畴。丰年应叶兆，嘉谷报来年。

仍是首句点题，农业语境中的“麦秋”并非四季意义的“秋季”，而是指的麦子成熟的季节，是为“麦秋”。正如清人孙希旦撰《礼记集解》中云：

靡草死，麦秋至。郑氏曰：“旧说，靡草，荠、葶苈之属。”孔氏曰：“以其枝叶细靡，故曰靡草。”蔡氏邕曰：“百谷各以其初生为

23 （清）孙希旦撰，沈啸寰、王星贤点校：《礼记集解》卷16，中华书局，1989年版，第454册。

24 （清）赵烈文撰，樊昕整理：《能静居日记》，中华书局，2020年版，第1787页。

25 （清）翁心存著，张剑整理：《翁心存日记》，中华书局，2011年版，第977页。

春，熟为秋。”方氏悫曰：“凡物感阳而生者强而立，感阴而生者柔而靡。”靡草至阴所生，故不胜至阳而死。凡物生于春，长于夏，成于秋，而麦独成于夏，故言“麦秋”，以于麦为秋也。愚谓言此以起下文之事。孟夏为万物盛长之时，然靡草则以之死，麦则以之秋，以明可顺时气而断薄刑也。[26]

可见首联“非秋却有秋”之由来。“不关枫瑟瑟”，仍是承上，且化用“枫叶荻花秋瑟瑟”（白居易《琵琶行》），“麦油油”则实写麦子成熟令人喜悦的景象。后三联抓住此时的典型特征来加以书写，如“喧枷板”描写当时收麦的情境，其中“枷”是打谷或打其他豆类、杂粮，使其脱粒的农具。如，“秋成属登稼，枷板响朝昏”[27]，再如：“不闻钲鼓鸣，聆此枷板响”[28]，“荣鞠”来自《夏小正》：“荣鞠树麦在九月”，“荣鞠树麦。鞠，草也。鞠荣而树麦，时之急也。”[29]而尾联点明丰收的主旨。

除了以“经”为题之外，郭仲年诗歌还注重以史为题，而选择的题目强调士人作为臣子的廉洁的修养。这样的题目“臣心如水”“俭可助廉”“廉不言贫”等。

“臣心如水”是郭仲年试帖诗集中的第一首诗，出自《汉书·郑崇传》：

崇又以董贤贵宠过度谏，由是重得罪。数以职事见责，发疾颈痈，欲乞骸骨，不敢。尚书令赵昌佞谄，素害崇，知其见疏，因奏崇与宗族通，疑有奸，请治。上责崇曰：“君门如市人，何以欲禁切主上？”崇对曰：“臣门如市，臣心如水。”[30]

而“臣心如水”则指廉洁奉公，心清如水。郭仲年此诗如下：

不负平生志，依栖借上林。帝方声听履，臣以水盟心。肝胆皆澄澈，神天与照临。洗将秋月对，贮入玉壶深。门馆虽如市，尘埃总未侵。廉泉居最近，报国矢丹忱。

26 （清）孙希旦撰，沈啸寰、王星贤点校：《礼记集解》，中华书局，1989 年版，第 445-446 页。

27 （清）吴树敏：《七月十二日携儿侄西村观稷示之以诗》，徐世昌编，闻石点校：《晚晴簃诗汇》卷 137，中华书局，2018 年版，第 5932 页。

28 《观刈麦》（清）孙士毅著，杨叶点校：《孙士毅诗集》，浙江古籍出版社，2019 年版，第 230 页。

29 （清）王聘珍撰，王文锦点校：《大戴礼记解诂》，中华书局，1983 年版，第 44-45 页。

30 （汉）班固著，（唐）颜师古注，中华书局编辑部点校：《汉书》，中华书局，1962 年版，第 3256 页。

郭仲年的父亲郭柏荫官至封疆大吏，作为儒家思想影响下的士大夫，深谙为臣之道，讲究轻身报主，廉洁奉公。封建士大夫的伦理道德，已由教条已经内化为自己的情感气质。而其长期的熏陶渐染，自然其女儿也受其影响。而此诗对此题旨加以细致的铺叙并且从情感的抒发上诚挚恳切，读来十分动人。

（二）以诗歌为题

郭仲年以诗句为试帖诗选题的现列表如下：

表二十一：郭仲年以诗为题的试帖诗

句	诗　人	出　处
白云深处有人家	杜牧	《山行》
柳阴路曲	司空图	《诗品二十四则·纤秾》
落日照渔家	陆游	《初春杂兴》
岭上多白云	陶弘景	《诏问山中何所有赋诗以答》
日华川上动	谢朓	《和徐都曹出新亭渚诗》
对酒不觉瞑	李白	《自遣》
观书眼如月	赵秉文	《就刘云卿第与同院诸公喜雨分韵得发字》
鱼游清沼	束皙	《补亡诗六首》
落花轻未下	阴铿	《和登百花亭怀荆楚诗》
小雨不妨花	高启	《姑苏杂咏临顿里（十首）》
年丰最喜惟贫客	白居易	《赠侯三郎中》
月明闻汤桨	刘长卿	《浮石濑》
明月前身	司空图	《二十四诗品》
渔舟绕落花	刘孝威	《登覆舟山望湖北》
重联不卷留香久	陆游	《书室明暖终日婆娑其间倦则扶杖至小园戏作长句》
桃花带雨浓	李白	《访戴天山道士不遇》
柳桥晴有絮	白居易	《三月三日祓禊洛滨》
山冷微有雪	白居易	《初领郡政衙退登东楼作》（自此后诗到杭州后作）
一生好入名山游	李白	《庐山谣寄卢侍御虚舟》
远鸥浮水静	杜甫	《春归》
江山入好诗	白居易	《江楼早秋》
千章夏木清	杜甫	《陪郑广文游何将军山林》
惯看宾客儿童喜	杜甫	《南邻》

扫地焚香净客魂	苏轼	《是日宿水陆寺寄北山清顺僧二首》
月照高楼一曲歌	温庭筠	《赠少年》
宾至可命觞	谢惠连	《秋怀·平生无志意》
树树皆秋色	王绩	《野望》
月出惊山鸟	王维	《鸟鸣涧》
春草秋更绿	谢朓	《酬王晋安》
山月照弹琴	王维	《酬张少府》
秋花绿更迟	钱起	《谷口书斋寄杨补阙》
水竹夹小径	白居易	《朝回游城南》
落叶满阶红不扫	白居易	《长恨歌》
深柳读书堂	刘昚虚	《阙题》
木落雁南渡	孟浩然	《早寒江上有怀》
洗砚鱼吞墨	魏野	《书友人屋壁》
残絮送春飞	白居易	《春末夏初闲游江郭二首》
明月照积雪	谢灵运	《岁暮》
涧水通樵路	岑参	《初授官题高冠草堂》
游山双不借	陆游	
疏雨滴梧桐	孟浩然	《夏日南亭怀辛大》
共此灯烛光	杜甫	《赠卫八处士》
书味夜灯知	林景熙	《溪亭》
鱼跃于渊	佚名	《旱麓》
江船火独明	杜甫	《春夜喜雨》
画松一似真松树	景云	《画松》
把酒话桑麻	孟浩然	《过故人庄》
初日照高林	常建	《题破山寺后禅院》
丛篁低地碧	杜甫	《秦州杂诗二十首其九》
数问夜如何	杜甫	《春宿坐省》
努力加餐饭		《古诗十九首》之“行行重行行”
暖日烘窗释砚冰	陆游	《冬晚山房书事》
马上逢寒食	宋之问	《途中寒食》
心清闻妙香	杜甫	《大云寺赞公房四首》
寒夜客来茶当酒	杜耒	《寒夜》

水深鱼极乐	杜甫	《秋野五首》
折梅逢驿使	陆凯	《赠范晔诗》
留得枯荷听雨声	李商隐	《宿骆氏亭寄怀崔雍崔衮》
月涌大江流	杜甫	《旅夜书怀》
秋天不肯明	杜甫	《客夜》
孤店开时莺乱啼	陆游	《上虞逆旅见旧题岁月感怀》
春城雨色动微寒	杜甫	《遣闷戏呈路十九曹长》
临江迟来客	谢灵运	《南楼中望所迟客》
晚凉看洗马	杜甫	《与任城许主簿游南池》
热不息恶木阴	陆机	《猛虎行》
见雁思乡信	岑参	《巴南舟中夜市》
灯花何太喜	杜甫	《独酌成诗》
长风万里送秋雁	李白	《宣州谢朓楼饯别校书叔云》
孤灯寒照雨	司空曙	《云阳馆与韩绅宿别》
在山泉水清	杜甫	《佳人》

由以上可以看到，郭仲年所选诗题都来自经典诗人，如杜甫、白居易、李白等，其中，以杜甫诗句作诗题的为 12 首，以白居易诗句作诗题的为 6 首，以李白诗句作诗题的为 4 首，以陆游诗句作诗题的为 4 首，以孟浩然诗句作诗题的为 3 首，以岑参、王维、谢朓、谢灵运诗句为诗题的各为 2 首，其余为 1 首。而且值得注意的是，尽管这些诗人的诗歌有多样化的选材和风格，但基本都选的是他们的闲适诗，如杜甫、白居易、陆游，都选其闲适诗。

三、郭仲年试帖诗的抒情特色

我们知道，诗歌基本功用之一是抒发情感，试帖诗中的诗题，在普遍的儒家集体话语中，也保留了一定的个人的言说空间。如表达文人个人的风流雅好的，如《婢知诗》，诗题典出《世说新语 · 文学》：

> 郑玄家奴婢皆读书。尝使一婢，不称旨，将挞之，方自陈说，玄怒，使人曳著泥中。须臾，复有一婢来，问曰："胡为乎泥中？"（《诗 · 邶风 · 式微》句，笔者注）答曰："薄言往诉，逢彼之怒。"

（《诗·邶风·柏舟》句，笔者注）[31]

而此典则作为文人的风雅之事，正如《管子·内业篇》：

桓公使管子求宁戚，宁戚应之曰："浩浩乎！"管子不知，婢子曰："《诗》有之，浩浩者水，育育者鱼，未有室家，而安召我居。宁子其欲室乎？"此婢知《诗》，更在郑家诗婢之前矣。……管婢知诗，晏妾能书，亦论古者一佳话也。今《晏子书》"一妾"误作"一妄"，遂使风流胜事，为之淹没。余著《诸子平议》始订正之。[32]

可见郑婢知诗的典故表达了文人风雅。但是郭仲年的《婢知诗》却具有一定的抒情意味：

三百通非易，居然婢亦知。添香曾佐读，信口即论诗。能诵泥中句，偏为灶下儿。谁怜逢彼怒，竟可解人颐。讽咏蓬头处，吟哦赤脚时。青衣尤若此，吾辈不如之。

与男性士人的风流自常不同，此诗更多表达了对于婢女的同情，在诗中不无自己情感的注入和流露。

应该说在试帖诗中这种情感贯注是与郭仲年本人的气质有关的，据《闽川闺秀诗话续编》卷二记载："女始从予读书于鳌峰书院中，偶学近体诗。予谓其音噍杀，非女子所宜，戒勿然。女遂卜多作，间或有作，亦不以示予。今予又重主鳌峰，回忆当年，有弥深今昔之感耳。女之亡也，予哭之曰：'天与清才偏薄命，老思爱女倍伤心。'嗣后每忆此语，辄复涔涔泪下。顷外孙以女所存旧稿请为点定，其中多余所未见者，然凄楚处仍多，故由事多拂抑郁，亦性情才分之偏也。"[33]

这段材料中，其父对于郭仲年诗歌评价为"噍杀"，此词本义为急促，但中国传统往往将音声与特定情感相联系，正如《礼记·乐记》："志微噍杀之音作，而民思忧"[34]，"噍杀近哀，啴缓近乐"[35]，"诗人既知其谊之当出于此，及本其哀而达诸诗，则亦无噍杀之音悲而失其度者，是哀而不至于伤

31 （南朝宋）刘义庆著，徐震堮校笺：《世说新语校笺》，中华书局，1984年版，第105页。

32 （清）俞樾著，崔高维点校：《湖楼笔谈》，中华书局，2017年版，第257页。

33 （清）丁芸：《闽川闺秀诗话续编》，见王英志主编：《清代闺秀诗话丛刊》第1册。

34 （汉）郑玄注，王锷点校：《礼记注》，中华书局，2021年版，第494页。

35 张亚新：《嵇康集详校详注》，中华书局，2021年版，第658页。

也。”[36]可见噍杀为伤感之音。

一定的情感势必表达在诗歌中，形成了郭仲年特有风格，而此种风格不见赏于其父，背后的原因也在于不符合儒家传统正音之“温柔敦厚”。但郭仲年去世后，其父再次审视其诗歌，也不得不承认这种风格一方面来自于其境遇，另一方面也来自于其天生的性情。

其实，此种特点在其他诗歌中也不无表现，特别是借助一些惯常表现哀伤之情的诗歌主题表达出来，如《落叶满阶红不扫》：

> 无限悲秋意，都归落叶红。满阶铺不扫，万片积成丛。尽点虚廊上，闲堆短砌中。拂除谁缚帚，散乱任随风。坠并飞埃卷，浓疑夕阳烘。西宫南内里，惆怅对梧桐。

此题来自于《长恨歌》，此诗本就是表现李杨爱情悲剧的，而诗人着重于此诗句的主题敷衍成篇，一再铺叙、抒情，把伤感之情表现得柔肠百转。

再如《共此灯烛光》，此题来自杜甫《赠卫八处士》[37]，本就是表现人的辗转离合、相聚别离之情。而郭仲年此诗亦将此情景表现如在目前，而情感也婉转曲折。

> 廿载江湖别，何期共此堂。尊盘凭话旧，灯烛亦生光。灿灿辉眉宇，煌煌照鬓霜。剔花人不睡，见跋夜偏长。促膝联双影，谈心累十觞。明朝山岳隔，身世又参商。

综上所述，郭仲年试帖诗的创作体现了其家学渊源，目的主要是出于课子之需。而其创作特点，体现了试帖诗应试性强、主流意识形态性强、规则性强的特点，另一方面，由于女性创作目的与男性不同，还是具有一定的创作自由度，因此也能够在一定程度上体现出郭仲年长于抒情的诗歌特色。

36 （清）姚鼐撰，周中明校点：《惜抱轩时文》，黄山书社，2021年版，第7页。

37 原诗：“人生不相见，动如参与。今夕复何夕，共此灯烛光。……”（唐）杜甫著，（清）仇兆鳌注：《杜诗详注》，中华书局，1979年版，第512页。

下编　伦理教化影响下的明清福建女性的行为与表达

第七章　闺秀诗人的情感与伦理表达

中国传统社会是以血缘为基础，宗法为纽带的社会，到了清代，加之文化权力下移，作为政治、经济和文化集合体的家族在社会上有了更为广泛的影响力。家族势力成为当下研究明清社会的重要对象。时下研究注重从家族这一视角研究清代社会的状况，从家族的谱系关系研究历史的变革走向，通过家集的刊刻与流传探讨地方文学传统的形成。[1]在家谱的修撰、家集的刊刻流传相结合的视域下，通过梳理地方文学传统的形成来分析一个时代的文学发展风貌。

《闽川闺秀诗话》同样具有家族性，即上文所言主要以黄任家族、郑方坤家族、梁章钜家族为主，其他闺秀诗人的收录，也多是通过家族亲友搜集而来，可以看到大家族在地方文化的形成与传承中所发挥的重要影响力。《闽川闺秀诗话》的编纂，其中的家族伦理观念是对“用之乡人”“用之邦国”的“诗大序”传统的延续。家族宗法伦理核心是四个层面：孝亲、夫妇、手足、慈幼，《闽川闺秀诗话》所涉闺秀诗歌及伦理表达尤重于此——该诗话的用意是把伦理宣扬和诗歌辑评结合在一起，以人的生平、诗歌传扬道德。探讨《闽川闺秀诗话》隐含的家族与宗法伦理观念的独特意涵，以及作为节烈妇群体的闺秀诗人对夫妇关系、家族伦理的持守与践行，有助于我们进一步审视《闽川闺秀诗话》视域下福建闺秀诗人的创作情境与生存况味。

1　相关研究参见冯尔康：《略述清代人“家谱犹国史”说——释放出“民间有史书”的信息》，《南开学报》（哲学社会科学版）2009 年第 4 期；徐雁平：《清代家集的编刊、家族文学的叙说与地方文学传统的建构》，《古典文献研究》2009 年第 1 期；李正春，路海洋：《论清代吴地文化家族的家集编纂》，《苏州大学学报》（哲学社会科学版）2010 年第 1 期。

第一节　闺秀诗人的亲缘伦理表达

《闽川闺秀诗话》强调对于闺秀诗人伦理道德的褒奖，如对何玉瑛的评价："睍睆好音，孝子之志也；在原急难，常棣之义也；黾勉求之，德音之遗也；中原采菽，式谷之教也。其于诗也，得其本矣，得其本则虽其词不工，犹将取而存之。况夫和平清绮，琅然可诵，如今之诗也乎？"[2]所谓"孝子之志""常棣之义""德音之遗""式谷之教"不出三纲五常的伦理范围，伦理教化是维系宗法社会正常运转的必要保证，作为家族成员的闺秀诗人，其言志抒情的创作亦须围绕这个核心，并通过婚姻和子嗣的延续及教育，发挥女性在家族伦理体系中不可替代的重要作用。传统妇德的核心之一在于维系和平衡家庭人际关系，包括对长辈（公婆父母）的孝敬，对平辈（丈夫、母家的兄弟姊妹，丈夫的兄弟姐妹）关系的协调，对晚辈（子女，嗣子，孙辈）等的抚养和教育。在宗法家族的这几种关系中，女性所缔结的作用并非孤立而是相互交织，如孝道的贯彻中，也交织着对于丈夫的敬爱、姑嫂关系的协调、子嗣的抚养。

一、孝亲至笃

到了宗法社会后期，出现了割股疗亲等愚孝行为，在《闽川闺秀诗话》中也不无体现，这是应该加以否定的。孝道的极端化，造成了对人性的戕害与对社会发展的阻碍。但从本源上，孝本亲情，是天性，也是人的美好情感，闺秀以诗歌的方式呈现本然的亲情和天伦之乐，这也起到感化人心、推行道德的效果。她们借重诗艺与德行的互补互彰，秉持传统孝道，在事长养幼中，表现出她们可贵的精神操守，《闽川闺秀诗话》于此多有采录。

宗法社会提倡的孝亲具有维系家族的意义，通过祭祀和称扬祖宗维系家族情感，其所彰显的家族荣誉感，也是地方文化赖以流传的重要凭借。清代福建名士黄任长女黄淑窕在父亲八十寿宴时所写的诗歌正表现了这一点：

> 人间一第比登天，谁识天仙又地仙。接席簪裾多后辈，称觞儿女也华颠。姓名千佛标真诰，恩礼三朝宠大年。韵事如斯关掌故，讵徒家庆谱新编。[3]

这首颂扬父亲声望的诗，表达的即是诗礼之家的荣誉感。黄任外孙女、黄

2　（清）梁章钜：《闽川闺秀诗话》卷4，见《续修四库全书》第1705册，第652页。
3　（清）梁章钜：《闽川闺秀诗话》卷2，见《续修四库全书》第1705册，第632页。

淑窕的女儿林琼玉也被评为“绰有外氏家风”[4]。晋江黄淑庭看到儿子任职于其父吴世臣曾任职的香山，感慨万千：“累世簪缨赉典优，香山名邑喜重游。当年功奏红苗格（原注：提督公以剿红苗功升副将），此日诚从赤子求。四代衣冠荣有自，万家性命虑须周。丁宁儿辈无他语，清白无贻祖父羞。”[5]这首诗不仅表达了家族自豪感，更是告诫儿子为官要心系百姓，故而梁章钜有“虽古名母之慈训，无以加此”[6]之评。黄淑庭的守节在母家的女儿吴素馨也有和诗《和慈亲题再至堂诗》云：“七星峰下到何曾，远侍萱庭喜气凝。最是部民歌父母，又闻舆颂忆高曾。”[7]女诗人看到自己的家族被百姓称颂也颇有感怀。

儒家的“孝亲”是双向的，《闽川闺秀诗话》中的闺秀诗歌多写父母慈爱，特别是对于女孩子的关爱。正是在父慈母爱的环境下，成长出许多著名的闺秀诗人。如黄淑窕的诗中表达对于幼女的温情，“茉莉风微镜槛边，轻罗小扇夜凉天。乖聪稚女牵襟立，教念唐诗又几篇”，此诗以细节见胜，写出了教女读诗的鲜活场景和乐趣，“髻鬟丫角学牙牙，绕膝依依两袖遮。不管阿娘辛苦甚，泥人描样剪春花”[8]，可见幼女受母宠爱的娇憨之态。此外，母亲在教养女儿的过程中从女教的角度加以护持，“余育五女，恨觞其一。纺之暇，略授经书。咿唔遍作，阃以内俨如学堂矣。夫宜室宜家儿造端于粗知义理，则虽綀竹笥，岂不贤于珍珠十斛，顾溺女颓风牢不可挽，将无为之计者太远而成其忍于急猝欤，因广其意以为诗”[9]可见母亲教女中认为，通过传统儒家教育，为女儿授以经书，知晓义理，形成良好人格，这样才是其成长中有益的。

此外，闺秀在教女中强调性别意识，认识到女子教育不同于男子，“鞠子原天性，非男岂都难”（《课女》其二）[10]；不论是伦理修养，“古来多淑范，披卷日相参”（《课女》其三）[11]，还是文学艺术，“帖临卫氏迹，书读曹家文”（《课女》其四）[12]，强调对于女性传统的继承。

4　（清）梁章钜：《闽川闺秀诗话》卷 2，见《续修四库全书》第 1705 册，第 633 页。
5　（清）梁章钜：《闽川闺秀诗话》卷 2，见《续修四库全书》第 1705 册，第 638 页。
6　（清）梁章钜：《闽川闺秀诗话》卷 2，见《续修四库全书》第 1705 册，第 638 页。
7　（清）梁章钜：《闽川闺秀诗话》卷 2，见《续修四库全书》第 1705 册，第 639 页。
8　（清）黄淑窕：《示稚女合珍》，《黄任集》（外四种），陈名实，黄曦点校，第 340 页。
9　（清）周仲姬：《二如居诗集》，清乾隆五年刻本，2a-2b 页，福建省图书馆藏。
10　（清）周仲姬：《二如居诗集》，清乾隆五年刻本，3a 页，福建省图书馆藏。
11　（清）周仲姬：《二如居诗集》，清乾隆五年刻本，3a-3b 页，福建省图书馆藏。
12　（清）周仲姬：《二如居诗集》，清乾隆五年刻本，3b 页，福建省图书馆藏。

图九：《二如居诗集》书影

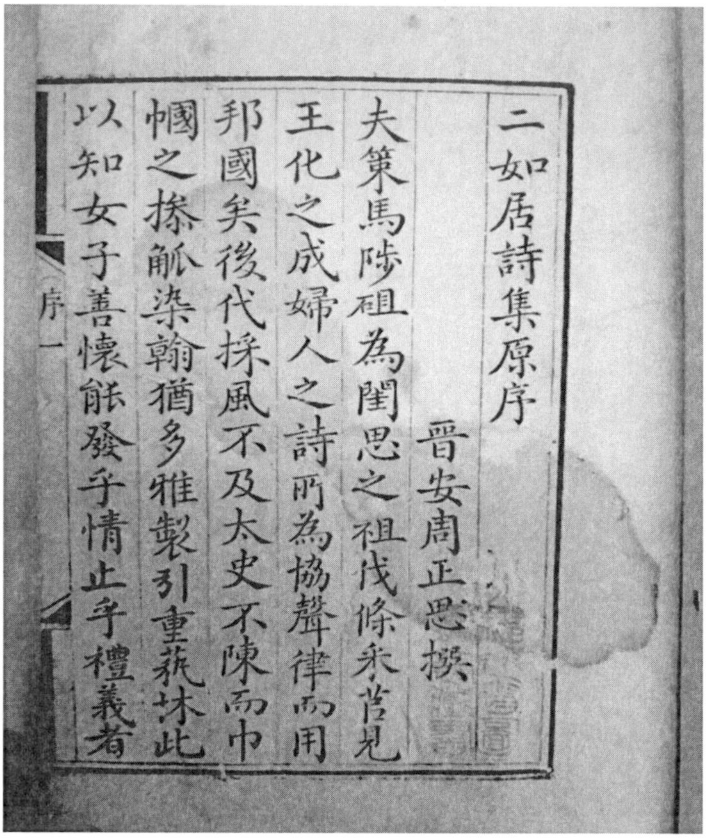

二如居詩集原序

晉安周正思撰

夫策馬陟砠為閨思之祖伐條采苢見王化之成婦人之詩所為協聲律而用邦國矣後代採風不及太史不陳而巾幗之搦觚染翰猶多雅製引重菽沐此以知女子善懷能發乎情止乎禮義者

序一

《闽川闺秀诗话》也存录品评表现丧亲之痛的诗篇，许福祉有诗表现丧子丧孙之痛，读来令人倍感凄楚，如《戊寅哭鲲儿》云：“敢言无德亦无愆，有子难留送暮年。岂是前因多缺憾，避人含泪问苍天”，“二十余年瞬息过，与儿聚少别儿多。归来尚拟能终养，天不由人唤奈何”，“铭恩勒石建生祠，今日真成坠泪碑。寄问洛阳诸父老，去思何以解哀思（鲲儿守豫郡，颇有惠政。闻归里时，有建祠勒石以纪者）”，“池馆凄凉昼掩扉，春寒料峭懒呼衣。从兹老病无人问，一对遗容一泪挥。”文字朴实、感情悲怆，是人真实情感的表现，读来令人心酸。

此外还有《鲲儿妾玉麟尽节自经吊之以诗》云：“酸风吹面锁双眉，蜡炬无光冷画帏。望帝不归春已矣，杜鹃啼落碧桃枝”，“四千里外离桑梓（玉麟河南人），十五年华赋汜沱。死别生离终永诀，家山何处白云多？”《哭孙女祥宜寄示孙婿何伯雅》云：“前身合是掌书仙，环佩珊珊入九天。二十年来浑一梦，春风零落翠花钿。”“四载于归鼓瑟琴，无端玉碎与珠沉。悬知骑省悲秋后，又合神伤动苦吟。”[13]诗话关注到闺秀诗人的人生大痛，莫过于暮年之时，晚辈接连过世，以理解之同情收录其诗以述心志。

《闽川闺秀诗话》还关注到女性早年亲情缺失在人格和情感上造成的伤害，如洪龙征：“生而母卒”，“兰士痛母娩死，外王母又死，父漂泊无以欢祖母”，母亲、外祖母早年去世，而父亲漂泊在外，因此，处在一种长期亲情缺失的状态中，她敏感脆弱，渴慕着亲情，长辈赠送兰花，她亦能感受到长辈对于后辈的怜惜，“爱花也似怜儿女，障雨迎风苦费心。”（《病中谢苏年伯父遗兰花》），并且力行孝道，“十五岁之年，外王母病，刲肱肉和药进之，不效；思割肝再进，不果，而臂创四阅月乃合”、“道书称成仙须三千善，善莫大孝。儿无母，父远异乡，祖母虽存，既嫁不能终事。君舅、君姑又殁，末由尽孝成道也”，兰士本以尽孝而成道，但亲人的相继离世及父亲的远游，使她无从尽孝，加之所嫁非人，更加剧了她内心的痛苦，“兰士痛以己故上累，又恐失祖母，恒不言而心伤”，一是遇人不淑，一面又要隐忍婚姻的不幸，而不能让救了自己父亲的恩人担心牵挂，可以说兰士的刚烈性情在多重压力下无由舒展，最后郁郁而终。而她又笃信传统孝道，“奉《烈女传》《女论语》诸书，一言一步亦防非礼，诸舅恒笑之。”[14]这个烈女，以伦理纲常中最核心的孝道来严苛要求自己，故而虽女儿身，但以儒者自居。在洪龙征近乎愚孝的努力中，我们可以看到宗法社会中女性生存的艰难，在尽孝不能、所遇非人的情况下，独善修道的个人行为造成了对自己的伤害。

礼法社会中尤重礼制，死生大事，事死犹事生。在《闽川闺秀诗话》记录的闺秀诗人中，乾隆时期的闺秀诗人许琛克服重重困难为已故的公婆举办丧礼：“吾所以忍死三十年，徒以翁及嗣子耳。今俱已矣，姑之柩权厝荒山已四十年，翁柩复在吴，谁当为营抔土者？因出所资赠余金，买地治具，驰书于吴，促其姒扶翁柩归，与姑合葬。又为燧隆治冢，而虚其右穴以自待。土石之费不足，则尽鬻衣钗图书之属以成之。葬之日，髽绖登山，哭踊复土，仅茕茕一弱妇。匠役及山旁居人聚观，交口称叹，有为之陨涕者。既复念祭扫无人，邱陇终不可保，则写梅竹一幅，系以一诗，赠山人刘长宜，而托之守墓。”[15]在许琛

13 （清）梁章钜：《闽川闺秀诗话》卷 4，见《续修四库全书》第 1705 册，第 652 页。
14 （清）梁章钜：《闽川闺秀诗话》卷 4，见《续修四库全书》第 1705 册，第 654-655 页。
15 （清）梁章钜：《闽川闺秀诗话》卷 1，见《续修四库全书》第 1705 册，第 631 页。

充满悲壮意味的尽孝中，可以看出宗法家族是中国人——特别是女性——最终的归宿。许琛通过对于丧礼的认真履行表达了自己对孝道的持守和践履，为自身赢得很高的社会认可度，梁章钜从家族伦理角度认可这种坚守行为，有感于许琛的孝道善念，劝巡抚为许琛向朝廷请旌。

此外，女子的孝亲还表现在家庭变故时能够妥善处理危机，这样能够为长辈分忧。《闽川闺秀诗话》记述的闺秀诗人在家庭有变故时，有不少可以独挡一面，如林瑛佩“年十四未行，父云铭遭耿变下狱。瑛佩匿其弟于深山中，藏利刃衣袖间以自防，日馌饘粥，饷父于狱中。母以惊悸成疾，瑛佩刲股疗之。身任家务，卒免父于难。”[16]可见林瑛佩在父亲林云铭下狱后对家事安排得井井有条，独立支持家庭，可见其坚忍之品行。

再如郑孟姬“父鱼门先生，由巡抚罢官，留修湖北城。孺人捐产业衣饰，得白金二百斤，助费先生得归”。[17]同样可以看到女性对于家事的出色的处理能力。

再如何玉瑛“兄邦彦为丞于粤，以解饷赴滇，道卒。时母老矣，太恭恐其惊痛而伤生也，凶耗至不以闻，托言以目疾解官。进则怡颜慰亲，退则雪涕襄事，经画周至，心力殚竭，卒能归旅榇，返细累，立嗣子。诸大事以定，素旐将抵里，乃以实告，老母得无恙。”[18]在兄长病故后，何玉瑛百般周旋，尽力分担，不使年老的母亲精神上受过大刺激，可见其心思细密，在家庭变故之际更为体贴周到。

此外，在《诗话》展现的闺秀诗人对家族生活起居的点滴照顾中，也可以看出女性的善良与坚韧的品行。尽管家庭状况拮据，但黄幼藻在公公去世之后对婆母细心照料：“家无余赀，尽心力以事其姑，所居不蔽风雨，近戚罕见其面。年三十九，患心病卒”[19]。此外李若琛亦如此，侍奉婆婆尽心周到，竭力迎合其饮食口味：“姑病，慕羊羹，丐于邻，得羊腥少许，撤草荐熟之。姑发丛虱不可除，则傅芗膏于己发以引之，病者霍然”[20]。

另外，有的诗人则陪伴父母承欢膝下，如何玉瑛“柳外阴森晚吹凉，承欢

16 （清）梁章钜：《闽川闺秀诗话》卷 1，见《续修四库全书》第 1705 册，第 626 页。
17 （清）梁章钜：《闽川闺秀诗话》卷 1，见《续修四库全书》第 1705 册，第 629 页。
18 （清）梁章钜：《闽川闺秀诗话》卷 4，见《续修四库全书》第 1705 册，第 652 页。
19 （清）梁章钜：《闽川闺秀诗话》卷 1，见《续修四库全书》第 1705 册，第 629 页。
20 （清）梁章钜：《闽川闺秀诗话》卷 2，见《续修四库全书》第 1705 册，第 639 页。

鸠杖侍高堂。月明竹径参差影，风送池塘潋滟香”[21]另外，“久与萱晖隔，归来拜北堂。一灯围骨肉，五夜话衷肠。健妇持家苦，官衙感旧伤。慈帏幸无恙，劝食进羹汤。”[22]此诗则表达了还家归省的心情，有对家人的思念，有表达自己持家之辛苦，另外还表达对于父母健康的欣慰。

有的女诗人表达出嫁后对相距遥远的父母的牵挂，如林蕙圃《灯下怀母氏》：“母生我廿年，我离母两月。可怜咫尺间，便如天壤阔。梦寐不能忘，嗟嗟及明发。遥知此时情，孤灯照白发。”[23]

再如许鸾案《冬夜怀古》：

> 蟋蟀鸣堂中，萧条岁云暮。三冬守京邑，又见泽腹涸。绕屋旋风声，遍地雪花布。兀坐倚红炉，畏寒懒移步。拥被日三竿，自觉荒家务。少壮尚如此，堪知老年苦。言念倚闾人，晨昏缺调护。皤皤双鬓满，加餐可如故。值此霜夜严，谁为温卧具。昨夜梦还家，欢与慈姑晤。喜见膝前孙，含饴屡回顾。犹余笑声婧，鸣鸡忽惊寤。回首望高堂，白云遮去路。未得板舆迎，寸怀自沿溯。愧彼林中鸟，飞飞犹反哺。何日早旋归，成我兰陔赋。搔首生百忧，呵笔不成句。

许鸾案系出名门，封为淑人，且与丈夫琴瑟和谐，相敬如宾。她曾随丈夫宦游山西、两度入京、又出山海关，遍游辽沈，“所历几半天下”。此诗应是其随夫寓居京城时所作，充满对家庭细事、日常温馨的追忆，“昨夜梦还家，欢与慈姑晤”，思乡与思亲之情交融一体，在回望身世中寄寓了深沉的感慨，宦游的漂泊之感与对亲人的真挚思念相互交织，读来令人感慨不已。梁章钜评此诗为上乘之作，恰恰是因为其所流露的真切的孝亲之思，“盖孝思所流露，自与凡响不同”[24]。

二、琴瑟和谐

良好的夫妻关系也是儒家伦理纲常的重要内容。在《闽川闺秀诗话》中，呈现了以下三种夫妻关系：

21　（清）何玉瑛：《纳凉》，《疏影轩遗草》卷上，清嘉庆十七年刻本，3a 页，福建省图书馆藏。

22　（清）何玉瑛：《还家省母与嫂氏诸姊夜话》，《疏影轩遗草》卷上，清嘉庆十七年刻本，3a 页，福建省图书馆藏。

23　（清）梁章钜：《闽川闺秀诗话》卷 2，见《续修四库全书》第 1705 册，第 633 页。

24　（清）梁章钜：《闽川闺秀诗话》卷 3，见《续修四库全书》第 1705 册，第 642 页。

（一）充满文化生活趣味的夫妻关系

宗法社会妇德的核心在于夫妇关系，而婚姻则强调夫妇的和顺之道。随着时代的发展，何为更理想的夫妇关系，也是人们逐渐思考的问题，从门当户对，到才子佳人，再到精神和情感的细腻沟通的知己之爱，体现了爱情与婚姻观的进步。但是，在长期男女教育不均衡且有鸿沟的时期，想要实现知己之爱很难，但随着时代的发展，到了明清时期，闺秀教育逐渐发达，并且其修习的内容较为丰富，特别是文化程度较高的闺秀诗人，其社会视野也更为广阔。在文化程度和社会地位的鸿沟逐步缩小的情况下，婚姻关系的深层沟通才能在更广泛的社会层面实现。

明清之际伴随教育的发展，特别是才媛文化的发展，让闺秀们对理想的婚姻爱情有了更高的追求。所谓才媛即是指接受了良好的家庭教育，包括妇德教育、正统的诗教、文艺教育，具有淑秀性情、擅长诗歌写作，以及琴棋书画。她们具有与传统文士近似的文化修养，大多数才媛习文学艺，甚至造诣不亚于才士。庄盘珠"有钧（庄盘珠父亲，笔者注）善说诗，盘珠听之不倦。每谓父曰：'愿闻正风，不愿闻变风。'有钧授以汉唐诸家诗，讽咏终日，遂耽吟，稍长益工"[25]；有的还在学术研究上有深厚造诣："……黄氏，字寿玉，比部荛圃女。比部藏宋板书最富，寿玉尽能读之，并能道宋椠与今本异同。"[26]由于家藏古书丰富，女子有博览群书的条件，并且还能辨别版本。他们把梁孟、秦徐、赵管作为婚姻理想："萧恒贞，字月楼，高安人。……夫妇并工词，闺中唱和，人以赵管目之"[27]，"同里薛琼，字素仪，李芥轩崧继室也。雅善诗词，夫妇白首偕隐，有梁孟风"[28]，"吴江徐山民之配吴琼仙，字子佩，一字珊珊，工吟咏。山民故喜为诗，得珊珊大喜过望，同声偶歌，穷日分夜。袁随园闻之，尝自吴中过访，以为徐淑之才，在秦嘉之上"。[29]可见这种婚姻型态已不仅仅是一种理想，对于一部分人已是现实。

他们把"偕隐"作为婚姻生活的理想化的状态，"永平王仲成与妇谢韵卿，伉俪至笃。杜门不出，评诗赌棋"[30]，"当涂卞琳楚玉，与其夫人吴山岩子家青

25 王蕴章：《燃脂余韵》卷 3，见王英志主编：《清代闺秀诗话丛刊》第 1 册，第 695 页。
26 王蕴章：《燃脂余韵》卷 1，见王英志主编：《清代闺秀诗话丛刊》第 1 册，第 653 页。
27 王蕴章：《燃脂余韵》卷 5，见王英志主编：《清代闺秀诗话丛刊》第 1 册，第 785 页。
28 王蕴章：《燃脂余韵》卷 2，见王英志主编：《清代闺秀诗话丛刊》第 1 册，第 675 页。
29 王蕴章：《燃脂余韵》卷 1，见王英志主编：《清代闺秀诗话丛刊》第 1 册，第 634 页。
30 王蕴章：《燃脂余韵》卷 5，见王英志主编：《清代闺秀诗话丛刊》第 1 册，第 797 页。

山，既转徙江淮无常地，居西湖三年。……岩子与楚玉笔墨偕隐”[31]；“宝山蒋剑人……妇支机，自号灵石山人。工诗词。剑人与之偕隐罗敷溪上，杜门谢客，时与妇饮，质钗问字，瀹茗弘诗。”[32]可以说，这种生活富有审美性带来了生命自由之感。

他们雅好诗歌联吟，如关秋芙夫妇等人吟诗中的雅谑之趣：

> 蔼卿戏题断句于叶上云：“是谁多事种芭蕉，早也潇潇，晚也潇潇。”秋芙续云：“是君心绪太无聊，种了芭蕉，又怨芭蕉。”[33]

> 熙春，乌梁海氏，蒙古人，佛喜室。佛喜，字怡仙，官布政使，以诗名。其集中《别内》，有“何时谱就房中曲，留得金徽好和歌”句，琴瑟酬唱，风流可想”[34]。

> 龚东坞本有《剪烛话雨图》……自为一诗云：“鸿迹年来寄皖江，浪浪夜雨满文窗。而今说着愁滋味，珍重灯前影一双。”妻汪氏和云：“西窗面水静愔愔，促坐谈深雨气侵。回忆潇潇孤烛夜，眼前端的值千金。”龚少负奇才，老赪场屋，年七十，以副榜授仙居校官。赋诗云：“垂老居然得一官，一官仍复是儒酸。山妻惯与同甘苦，唤取来尝苜蓿盘。”伉俪之笃，风趣之谈，皆可想见。”[35]

有的伉俪爱好古书，共同鉴赏：“张蓉锡，字芙川，娶姚氏，名畹真，号芙初女史，皆精鉴别。其夫妇藏书处，曰‘双芙阁’”[36]。

在联句、鉴书的过程中，夫妻获得更多的精神沟通，也加深了彼此的感情。

此类富有文化趣味的婚姻生活在《闽川闺秀诗话》中也是多见的，正如萨连如：“归孝廉林星海。林固知诗，连如与之唱和，多雅音”[37]，再如梁章钜的叔祖母许莺案：“生长名家，濡染庭训，敦诗悦礼，蔚为女宗。事九山公相敬如宾，虽日以诗律唱酬，而内政肃然，三党咸钦式之”[38]。夫妇诗集合刻也有亲密之意，姜氏的“《纫兰闺杂咏》附见秀岩《孺慕轩诗集》中。”

---

31 王蕴章：《燃脂余韵》卷 4，见王英志主编：《清代闺秀诗话丛刊》第 1 册，第 767 页。
32 王蕴章：《燃脂余韵》卷 4，见王英志主编：《清代闺秀诗话丛刊》第 1 册，第 769 页。
33 王蕴章：《燃脂余韵》卷 4，见王英志主编：《清代闺秀诗话丛刊》第 1 册，第 752 页。
34 王蕴章：《燃脂余韵》卷 3，见王英志主编：《清代闺秀诗话丛刊》第 1 册，第 725 页。
35 王蕴章：《燃脂余韵》卷 1，见王英志主编：《清代闺秀诗话丛刊》第 1 册，第 635 页。
36 王蕴章：《燃脂余韵》卷 1，见王英志主编：《清代闺秀诗话丛刊》第 1 册，第 637 页。
37 （清）梁章钜：《闽川闺秀诗话》卷 2，见《续修四库全书》第 1705 册，第 640 页。
38 （清）梁章钜：《闽川闺秀诗话》卷 3，见《续修四库全书》第 1705 册，第 642 页。

[39]；漳浦进士蔡而烷妻杨氏“《晓起》有句云：‘径留残夜月，窗透落花风。’每一诗成，而烷辄有愧色”[40]，丈夫的“辄有愧色”也与“明诚每苦之”构成了有趣的历史互文。夫妇间的诗词交流有时不免庄谐兼有，如：“永福黄莘田妻庄氏，能诗。莘田下第，游汴三载未归。庄除夕寄外，有‘万里寒更三逐客，七年除夕五离家’之句”。[41]可见，《闽川闺秀诗话》表达了对此种婚姻生活的肯定。

（二）贤妻谏夫

宗法社会中，那些能帮助丈夫拾遗补缺，助力丈夫在道德与事功上有所成的女性是被大力推崇和表扬的。如美国学者季家珍在研究魏息园所编选的《绣像古今贤女传》中认为，相对于女子的才华而言，能安于妇德、助成丈夫是女性首先受到鼓励的，并被作为女性的典范。“最初见于《列女传》，讲述了齐国相国晏子的御者之妻看到丈夫在准备主人车马时表现出的傲慢的样子，对丈夫进行了深刻的谴责。她的斥责促成了丈夫的重大转变，最终晏子奖励御者做了官，而御者的妻子也得到了国家的封号。魏息园在评论中将御者之妻那样严肃地责备丈夫与谢道韫那样不当的鄙视丈夫区别开来。”[42]如此贤妻，具有文化修养和见识，类似于君臣关系中的臣子，具有拾遗补缺的作用和能力，在士大夫眼里是深受爱重的。此类观念也反映在《闽川闺秀诗话》中，如梁章钜的夫人郑齐卿在梁章钜赋诗流露出归隐之志时，即谏以士人当入世的责任，“‘爱与家人说招隐，几回指点鹿门山’，夫人悚然曰：‘君固淡于荣进者，然衔命之初，即萌退休之志，如报称何？’余改容谢之”[43]。

李若琛的丈夫有赌博的不良嗜好，她加以劝止：“夫习举业，而嗜博不专，常作诗以讽之”[44]。而廖氏丈夫科考不利，而廖氏则以诗加以劝勉“半亩生涯在，锄阴复课晴。春风当再至，端不负深耕”[45]，诗歌表达如果能够勤勉不辍，那么一定能够有所收获，表达了对于丈夫的鼓励。而何玉瑛对在

39 （清）梁章钜：《闽川闺秀诗话》卷2，见《续修四库全书》第1705册，第639页。
40 （清）梁章钜：《闽川闺秀诗话》卷1，见《续修四库全书》第1705册，第627页。
41 （清）梁章钜：《闽川闺秀诗话》卷1，见《续修四库全书》第1705册，第630页。
42 （美）季家珍：《历史宝筏：过去、西方与中国妇女问题》，杨可译，江苏人民出版社，2011年版，第116页。
43 （清）梁章钜：《闽川闺秀诗话》卷3，见《续修四库全书》第1705册，第643页。
44 （清）梁章钜：《闽川闺秀诗话》卷2，见《续修四库全书》第1705册，第639页。
45 （清）梁章钜：《闽川闺秀诗话》卷2，见《续修四库全书》第1705册，第640页。

外的丈夫也有赠诗："自古男儿弧矢志，客怀莫怅在天涯"，"儒者治生原急务，古人随地有师资"[46]，对其进行激励，以及表达转益多师的劝告。周仲姬于丈夫在鳌峰书院读书时亦勉其刻苦努力："一夏勉依萤火耀，三秋高折桂枝香。病来强为缝针线，聊制絺衣慰寸肠。"[47]

当然，妻子对于丈夫的劝勉进谏要符合曲折深婉、温柔敦厚之旨，正如梁章钜母亲王夫人以诗劝解在外丈夫："客行虽云乐，不如早遄归。远游四年余，讵不念庭帏。君舅始辍讲，君姑尚缝衣。菽水固无缺，色笑已久违。纵非晨风翼，能无思奋飞。（其一）""客行虽云乐，不如早遄归。出门甫弄璋，今乃秀且颀。得子已云晚，成立非可几。显扬良所急，贻谋岂其微。愿君早垂念，毋流阿贾讥。（其二）"（《附家书寄外》）[48]，王夫人以承欢父母、抚养教育孩子为由劝说丈夫早日归家，以情入理，曲折有致，可称谏夫诗之代表。

当然，有的女子对于丈夫是一种愚谏，一味顺从。

> 王氏，邑六都玉阪刘孟亨妻，孟祖与父皆胶庠中人，有时望。孟少业儒，氏归孟，妆奁甚足，孟好游荡，嗜鸦片，惧父严，闺中物被其典质一空。氏无怨言，惟婉谏之。孟弗改。[49]

其夫品行不良，嗜好鸦片，而王氏性格柔弱，不能禁止，只能一味顺从。

（三）相濡以沫、贫寒共度的夫妻关系

夫妻关系中更多的是平淡生活中的相濡以沫，林琼玉有诗"琅琅清夜读书声，补绽曾分一角檠"[50]，可以想见，静静的夜里，夫妻二人共享一灯，一个读书，一个补衣，十分温馨。

其实，贫寒的生活往往更能考验夫妻关系。正如《历代闽川闺秀诗话》：

> 陈氏，闽县人。林世吉妻，赠安人。寄远云："许君为结发，顷刻岂离开。怅别三千里，相思十二时。夜深鸳被冷，天远雁书迟，不道归来约，而今已过期。自从离别后，愁绪万千端。懒捉箫鸣凤，羞将镜舞鸾。蘋蘗甘妾苦，砧杵念君寒。人道长安近，终朝向日看。"

46 （清）何玉瑛：《寄远》，《疏影轩遗草》卷下，清嘉庆十七年刻本，39a页，福建省图书馆藏。
47 （清）周仲姬：《勉外癸酉读书鳌峰》，《二如居诗集》，清乾隆五年刻本，9a页，福建省图书馆藏。
48 （清）梁章钜：《闽川闺秀诗话》卷3，见《续修四库全书》第1705册，第641页。
49 民国《闽清县志》，民国十年铅印本。
50 （清）林琼玉：《悼亡》，《黄任集》（外四种），陈名实，黄曦点校，第386页。

“蘋蘩甘妾苦，砧杵念君寒”可见妻子表达自己甘于妇职，并且挂念远方丈夫之寒温，平淡中可见二人之感情。

在《闽川闺秀诗话》系列中也有一些女子遇人不淑的反例，如：“邓氏闽县竹屿人。万历间嫁琼河邹氏，夫不类，女郁郁不自得。发为诗词，多幽愤凄怨语，居二年，竟以怨死。”[51]可见对于女性的同情。

三、棠棣之义

就女性在家族中的亲缘角色来看，亲族同辈关系可以分为两层，一为母家的兄弟姊妹以及相关亲属的关系，另一为通过婚姻关系所缔结的家族的亲属关系。而女性在维系家族亲缘关系方面的作用也是不可或缺的。对于闺秀而言，与夫家的兄弟姊妹的相处，就需要较高的协调相处能力，需要彼此友爱、谦退敬爱。

《闽川闺秀诗话》在对闺秀诗人的记述中，多有涉及到同辈之间的关系与情感表达，不少女诗人通过作诗达到情感沟通的目的并敦睦家庭关系。因此，《闽川闺秀诗话》中多以“孝友”“友爱”等语评之。如，梁章钜儿媳杨渼皋赠与兄长的诗：“六盘山势拱兰州，中有吾家百里侯。陇路几千劳梦寐，诗人五十富春秋。椿庭我幸欢依膝（原注：月前甫得归宁之乐），荆序人齐远极眸（原注：三兄皆宦近地，惟兄独远耳）。愿尔政成归养早，彩衣团坐洁兰羞。”此诗表达了对兄长的赞美和对家庭团圆的期盼，就连不喜吟咏的父亲，也认为此作“孝友天真，溢于言表”[52]。

兄弟姐妹之间有着多年的共同生活，彼此间有亲切感，在诗歌交流中更似知己。梁蓉函写给梁章钜的一组唱和诗《次和茝林兄吴中留别四律》[53]（下面选其三首）：

其二

故山廿载锁苍苔，猿鹤相迎莫浪猜。天禄校书中垒旧，长杨献赋子云来。江南图画留棠荫（原注：兄前有《东南棠荫图咏》之刻），淮北歌谣志芋魁（原注：闻去夏即作归计，以经理账务中止）。省记萱闱闲话日，早从小少识驹才。（原注：先慈许太淑人在日，常目兄

51 （清）丁芸：《历代闽川闺秀诗话》，民国二十九年（1940 年）刻本，国家图书馆藏。
52 （清）梁章钜：《闽川闺秀诗话》卷 3，见《续修四库全书》第 1705 册，第 650 页。
53 （清）梁章钜：《闽川闺秀诗话》卷 3，见《续修四库全书》第 1705 册，第 646 页。

为吾家千里驹）。

其三

读书读律答清时，抚字巡宣事事宜。心照沧浪濯缨水（原注：兄在吴中倡修沧浪亭），情深江汉赠行诗（原注：前岁以江汉赠言寄示）。倦飞自合归田早，待泽应愁出岫迟。敢劝东山莫高卧，会当重起慰讴思。

其四

归宁两度访烟萝，追话儿时乐趣多。小雪庭除惊岁月，大雷书信断关河。吟成忝附吹篪末，才薄其如击钵何（原注：群从皆步韵献诗，余成篇独后出）。已向敝庐扫花径，柴门日日候鸣珂。

这组诗歌表达对兄长的赞颂，以及回忆昔年的天伦乐趣，并且期待兄长闲暇到访，颇显真挚。

另外，郑咏谢也有诗歌赠予兄长《送芥舟伯兄归建安》：

其四

最怜初束发，风木痛难除。一别违庭训，无能读父书。天乎偏我夺，壮也不人如。学古关心切，非君孰启予。

其六

且住为佳耳，胡然总莫留。江干一杯酒，落叶数声秋。远道依依别，西风渺渺遥。何时重把袂，觍缕叙离忧。”[54]

芥舟伯兄即郑咏谢堂兄郑天锦，也是闽地著名诗人，而且郑咏谢的诗歌写作也多受其堂兄的指点，兄妹之间有很深的情感，此诗表达了兄妹离别的不舍之情。

兄弟姐妹在患难之时往往更见深情，林瑱的《病中答琳芳三妹》云：“舒绣窗前别，归来病已缠。几番分药饵，空复费金钱。莲子心同苦，梅花骨自坚。抱疴吾久耐，劝尔莫忧煎。’”此诗通过细节表现了姊妹之间的照顾和体贴，梁章钜评之“友爱之情，溢于楮墨”[55]是十分恰当的。有的闺秀诗人具有以财让人的侠义之风，如郑孟姬“孺人因携子女从父居侯官，而弃其田庐之在晋江者，尽与夫昆弟。泉州知府义之，书门曰‘巾帼君子’”[56]，人性皆有好利一面，能

54 （清）郑咏谢：《簪花轩诗钞》，清拾穗山房抄本，福建省图书馆藏。

55 （清）梁章钜：《闽川闺秀诗话》卷 2，见《续修四库全书》第 1705 册，第 633 页。

56 （清）梁章钜：《闽川闺秀诗话》卷 1，见《续修四库全书》第 1705 册，第 629 页。

够将田产赠与丈夫夫昆弟，免起纠纷，这是符合传统文化中“君子”之品格的。而有的闺秀诗人在危难之时先人后己，如廖淑筹“随舅官陈留时，会官署灾，先拥护其小郎小姑，而后及其子”[57]，可见其勇毅。

可以看到，女性在家族的人际关系中有着非常重要的作用。闺秀家族的男性一般都是仕宦于外，甚至有的家庭中男性处于缺失状态，在这种状况下，女性对于整个家庭甚至家族而言，都有非常重要的维系的作用。无论是对长辈的孝、还是对晚辈的爱、对同辈的敬都是整个家族温暖而细腻的情感维系。

第二节　闺秀诗人与母教

梁章钜重视闺秀诗歌的教化功能，这是《闽川闺秀诗话》阐发诗歌创作功能的一种显在倾向。所谓母教，主要是女性基于“母亲”这一重要的社会角色和职能所产生和施加的综合性的教育影响，其特点是以生活抚育、情感沟通为基础，以人格修养、处事原则、知识学问等为最终旨归[58]。在宗法社会，家族的兴旺需要一代代接受良好教育而且能在科举中取得功名的男性接班人。由于男主外，女主内的社会分工，使得女性在母教方面的修养历来受到高度重视，教子成为女性的重要职责之一。再加上母亲和后代天然的生理和情感联系，使得母教在伦理教化与知识传承上受到高度重视。因此，在传统社会中，有关母亲的教育职能写入各类女性的守则中，对于如何成为一名符合社会期待的母亲，有详细的规定。如唐代宋若华的《女论语》中便已提到“训男女”。到了明清两代更是如此，明成祖仁孝徐皇后的《内训》亦有“母仪”“慈幼”篇；明人温璜有《温氏母训》记其母陆氏如何立身行己，为人妇、为人母及相夫教子之道。到了清代，对于女性的行为也有具体的规定和指导。顺治十三年（1656 年），清世祖制定《内则衍义》，其中八纲，其三，即为教之道，分教子、勉学、训忠三子目。另外，值得注意的还有李晚芳的《女学言行录》，她基于女性自身的经验和思考，把女性的几种家庭职能结合在一起加以思考，

---

57 （清）梁章钜：《闽川闺秀诗话》卷 2，见《续修四库全书》第 1705 册，第 633 页。

58 母教一般有两种意义，一为母亲对子女的教育，另一为对母亲的教育，或者更确切来讲，是对于如何成为一个合格母亲的教育。参见杜学元、朱春红：《小原国芳的母教思想及启示》，《西华师范大学学报》，2008 年第 2 期。本书侧重前者。

“事舅姑、事夫子之道皆尽，则教子女亦不事外求亦”[59]。纵观整个中华文化史，母教典故非常多，著名的如孟母教子、欧阳修母亲画荻教子、岳母刺字等，这都成为中国传统文化中母教的典型。在宗法社会，母教体现出了父系宗法色彩，即母教的最终指向是父系家族的振兴。在《闽川闺秀诗话》中对家族振兴也颇为强调：“梁氏之兴，未有艾也”[60]、“林氏之兴，宜其未有艾也”[61]。振兴的主要标志在于强调家族整体性利益、家族男性后辈通过科举考试来取得功名。《闽川闺秀诗话》的作者梁章钜本人成为晚清能臣，受益其母颇多，他在《诗话》中用了 900 余字为之叙写事迹，表达对母亲才能品行的敬仰与追念。可见，母教既是一种深刻的人生记忆，也是重要的文化资源。梁章钜在女性诗歌的编纂、选录中，以各种形式反复强调母教这一内容。考察《闽川闺秀诗话》涉及的母教话题，可以帮助我们进一步了解清代闽地文人视野中母教与女性诗歌的关系以及当地女性的文化教育。

为了对《诗话》中母教内容的存在状况有较为具体的认识，笔者梳理文本的同时进行了量化统计和分类。《诗话》中收录闺秀诗人共 103 位，从不同程度、不同层面涉及母教内容的约 30 位，占了近三分之一。这些母教内容的记录方式有如下五类：第一类，记载教养后代（包括遗孤、嗣子），但并未收录母教诗歌者，或所辑录诗歌为其他内容，或只著录诗名，如方琬、权氏、郑氏、石氏、林瑱；第二类，辑录作者本人的教子诗歌，诗中描述了自己教育后辈情形，或者从诗集名称可以看出以母教为主要内容者，有周仲姬、廖淑筹、郑翰莼、郑咏谢、林芳蕤、黄淑庭、王淑卿、许鸾案、郑齐卿、周蕊芳、梁兰省、何玉瑛、郑瑶圃；第三类，某闺秀诗人的条目中未体现出具体的母教内容，但在《诗话》中著录的其女性后辈诗人条目中却有体现，如“梁蓉函”条目下未涉及母教内容，但在她女儿许还珠、许季兰、儿媳赵玉钗条目中却叙述了来自于梁蓉函的亲力教育；此外，游合珍、林琼玉分别为黄淑窕、黄淑畹的女儿，而黄氏姊妹的母亲庄氏亦有诗才，黄淑窕、黄淑畹的教育亦可见一斑；第四类为追忆或提及母亲抚养教育者，如林蕙园、郑嗣音、沈毂；第五类，诗话中未作专门说明，但女子早寡，独自教养（或依母族）孩子，《诗话》中记录母亲

59 参见郝润华、周焕卿：《中国古代妇德教化文献述论》，《图书与情报》2003 年第 1 期。
60 （清）梁章钜：《闽川闺秀诗话》卷 3，见《续修四库全书》第 1705 册，第 642 页。
61 （清）梁章钜：《闽川闺秀诗话》卷 2，见《续修四库全书》第 1705 册，第 634 页。

种种美德，并记载其子孙功名，也为体现母教的效果，如郑孟姬等。此外，还有一些闺秀诗人写有示子诗，如许福祉等。此外可以进行深入研究的大致有这样两类，一为来自官宦家族、文学世家的有着良好教育背景的女性，她们秉持自己良好的文化修养，不论是潜移默化、还是具有明确目的性，都对后辈有着良好的影响；另外，还有一类就是节妇的教子情况。

在这五类记录方式中，其中官宦家族的母教和节妇的母教最值得关注。这两类母教十分典型地体现出宗法社会中母亲在维系社会稳定和思想文化的承传方面所发挥的重要作用。官宦家族的男性一般大多仕宦于外，而节妇群体中丈夫更是早早离世，可以说父亲的缺席，更加彰显出母教的重要意义。

一、学行兼重的官宦家族母教传统

官宦家族的母教注重宣扬家族的历史感和荣誉感、强调勤于向学，修养品行，以此，后辈能够通过科举考试，培养成为正直合格官吏的能力。儒家首重道德，因此，道德品格，为人处世，是母辈品格的重要内容，也是对于后辈施加良好影响的来源，称得上是言传与身教并行。

梁章钜母亲王淑卿就是典型代表，《诗话》中选录了她的一首课子诗，风格朴素，絮絮之语中体现出了母亲教子的苦心："《送儿子入学》云：养儿不读书，不如豚与犬。能养不能教，所生岂无忝？况我贫贱家，差幸书香衍。迢迢十五传，儒门泽已远（原注：吾家自前明来十五传，书香不断，学使者河间纪公曾书'书香世业'匾旌之）。先业不废耕，此会读为本。过时而后读，事劳效益鲜。读且未可恃，不读奚解免。成人基在初，如农服畴畎。抚兹娇痴者，增我心悚戁。强之入书塾，威董兼爱勉。夫君在京华，频岁劳望眼。尊章各垂白，所居矧隔远（原注：余居淳仁里老宅，距舅姑所居新宅一里而遥）。我责曷旁贷，我心日转辗。倘稍涉旷废，俯仰有余靦。晨光挟书出，夜色烧烛短。循环无已时，课此亦自遣。"[62]在梁章钜母亲的教子诗中，可见母亲对教育的重视，"能养不能教，所生岂无忝"，教育是立人之本，也可以看到作为母亲对读书成就功名这条道路所包含的艰难的体认，"读且未可恃，不读奚解免"，丈夫在京为官，教育儿子的责任由母亲一力承担，"我责曷旁贷，我心日转辗"。梁家本身是诗书世家，纪昀曾做匾以"书香世业"旌扬其家风。梁章钜的母亲在梁家这一诗书传统面前深刻感受到教育儿子的巨大压力。梁章钜的父亲常

62　（清）梁章钜：《闽川闺秀诗话》卷3，见《续修四库全书》第1705册，第641页。

年在外，在家督促儿子学习的重任落在梁章钜母亲身上。作为母亲既希望儿子读书成才，也对儿子读书的辛苦倍感疼惜。所以成年之后的梁章钜每读此诗，感到“语语沉挚。章钜每读此诗，无不汪汪泪下，不能止也。”[63]

在子女的教育中，女性都是非常自觉的维护夫家的家族传统，所以对于家风的强调也是教育中的重要内容，“先太夫人尝语章钜曰：‘日来汝父与汝曹讲吾宗故事，并蒙翻史传相示，颇有会心。因学作《述德诗》四首：一为周先贤叔鱼公，一为汉漻侯叔敬公，一为汉高士伯鸾公，一为唐补阙敬之公。’其《伯鸾公诗》末联云：‘秦关与吴会，何地荐蘩蘋。’盖伯鸾公生于秦而寓于吴，遂终于吴，乃两地并未闻立有祠宇，殊为缺典，故太夫人此诗尚作疑词。及章钜官吴中，屡寻公祠墓不可得，乃就皋桥近地，建祠立碑，并辑《梁祠纪略》两卷。吴人又从而咏歌之，传为盛事，实太夫人之诗有以发之也”[64]。从为先祖立祠的事例中，可以看到母教对家族传统的维护与重视。

此外，梁章钜的叔母许鸾案是当时颇负盛名的知识女性，“敦《诗》悦《礼》，蔚为女宗”，她看重对于后辈的教育，其教育事迹亦出现在《诗话》中，“余总角时，即从太淑人受五七言句法。膝前三女，皆娴吟咏，至今内外群从，人人有集者，太淑人之力为多”[65]这些记述可见母亲与亲族长辈女性对梁章钜的影响。

因此，梁氏家族女性普遍讲究以诗教子，正如梁章钜的夫人郑齐卿：“太淑人母女皆工操缦，每共劝夫人学琴。夫人曰：‘与其学琴，不如学诗，尚冀有片纸只字留示后昆也’”[66]，并且有示儿女诗，“《壬辰仲夏重游西湖示儿女诗》云：‘赏心乐事首重回，西子湖边又溯洄。堪笑牵衣儿女辈，黎明便集笋将来’；‘朝暾看到夕阳红，山色湖光平远中。猛忆坡公诗句好，莫将有限趁无穷。’一片清机，且有见道之语，闺集中所不易得也”[67]，写景中透露出人生至理，对人颇有启发，以上可见强调教育子女是梁氏家族的普遍家风，如梁章钜的长女梁兰省孀居后，“乃专心课子，不暇以吟咏为工”[68]。

此外，明清福建其他官宦家族女性亦如此。如郑方坤的母亲黄昙生，据《福

63 （清）梁章钜：《闽川闺秀诗话》卷3，见《续修四库全书》第1705册，第641页。
64 （清）梁章钜：《闽川闺秀诗话》卷3，见《续修四库全书》第1705册，第641页。
65 （清）梁章钜：《闽川闺秀诗话》卷3，见《续修四库全书》第1705册，第642页。
66 （清）梁章钜：《闽川闺秀诗话》卷3，见《续修四库全书》第1705册，第642页。
67 （清）梁章钜：《闽川闺秀诗话》卷3，见《续修四库全书》第1705册，第644页。
68 （清）梁章钜：《闽川闺秀诗话》卷3，见《续修四库全书》第1705册，第646页。

建通志》:“建安郑善述妻黄氏，闽县黄晋良女也。善述先籍闽县，后从建安，遂籍焉。氏幼从父授书，善诗文，并学书画，笔墨翛然，无闺阁气。……生三子，皆氏课读。后随善述令固安，荆钗裙布自若也。子方城、方坤，孙天锦，先后成进士。晚年失明，犹口授孙曹，尝有句云‘不辞严督课，家世是儒冠’”。[69]可见黄氏对于后代教育的重视并且作诗以表达自己严于家教的情志。郑氏家族之所以诗人学者辈出，和家族中的母教密不可分。作为闽地著名学者，郑方坤和郑方城深受其母影响。郑方坤所编的《全闽诗话》“先妣黄太恭夫人条”[70]是这样记载母亲的:

> 好施而有次第。幼小见兄镌私印，文曰“得意金多日赠人”，易“人”为“贫”。识者叹为“仁者立达”与墨氏“兼爱”之分也。著作甚富，秘不示人。惟吴兴臧夫人《皆绿轩》诗，《西陵林大家集》奉处安公命为《序》。两家寿梨枣，今得脍炙人口。他有存者，皆孙女翰莼所录，椟而藏之。
>
> (黄太夫人)湛深六籍，有伏生女、曹大家之目。佐蕉溪公教子。琴堂赋诗，帷中答之。故先生兄弟绩学半由母训。

可以看出郑方坤母亲对郑氏兄弟的巨大影响，其学半由母训得之。可见大家族中母教具有非常巨大的影响力。

在母教中，女性一般都是非常自觉地维护家族传统，在诗书世家中，无论道德还是学问，都受到高度的重视，子孙只有继承家族良好的传承，才称得上是合格的子孙。黄淑庭的课子诗:“四代衣冠荣自有，万家性命虑须周。丁宁儿辈无他语，清白无贻祖父羞”，关于这首诗，梁章钜的评价为:“虽古名母之慈训，无以加此。”[71]黄淑庭为晋江人，侍御黄岳牧女。其父亲黄岳牧为乾隆进士，任翰林院检讨擢监察御史历江西按察司(晋江县志卷三十《选举志》)，黄岳牧本人即注重子孙教育，据《晋江县志》著录有《节夫课儿稿》(卷二十《典籍志》)。

闽地著名诗人郑方坤侄女郑翰莼也看重后辈教育，“早寡，自课其二子，皆有令名称于世，即樾亭、香海二先生也”[72];以严格著称的何玉瑛“教二

69 (清)丁芸:《闽川闺秀诗话续编》卷4，见王英志主编:《清代闺秀诗话丛刊》第1册，第322页。

70 (清)郑方坤:《全闽诗话》卷10，见《续修四库全书》第1702册，第351页。

71 (清)梁章钜:《闽川闺秀诗话》卷2，见《续修四库全书》第1705册，第638页。

72 (清)梁章钜:《闽川闺秀诗话》卷2，见《续修四库全书》第1705册，第634页。

子，手授经史，衣服进退，稍不合度，必督戒之。盖明大义，有识略，非徒以诗见之也。”[73]她们在诗歌中寄寓了美好的德行自律，如廖淑筹的《课子孙读书》：“清时弦诵重，廉吏子孙贫”[74]，表达了一种安贫乐道的精神；有的诗中还有关于学习态度、原则的谆谆教导，“虚心能破竹，转眼已成龙”（周仲姬《种竹示儿》）[75]，可见周仲姬教育儿子要有虚心的处事态度，这样才更能有所成长。

二、存孤式的节妇母教

明清时期，大力表彰奉行一女不嫁二夫的女性，并通过旌表等种种手段强化这种约束女性的伦理观念。因此，很多女性在丈夫去世，面临着极其艰难的、甚至是生死的选择时，有的便以自杀结束生命，如《闽川闺秀诗话》中记录的齐祥棣即是在闻知丈夫死后选择了殉节。[76]丁芸《闽川闺秀诗话》中亦颇多此类例子，其中甚至还有很荒唐的悲剧。“长乐陈某未婚妻李氏，闻夫疾笃，日夜忧之。已而舅姑病亡，讣至，氏误以为夫死也，作《十可怜诗》，赴水死”[77]。李氏将翁姑之死讯误认为丈夫死讯，痛不欲生，殉节而亡。有的甚至赴死都不可得，如福建长乐女子曾如兰：

> 烈妇曾如兰，福建长乐人。同邑林邦基室，寓家仁和。姑殁，夫以毁卒，许夫以殉，投缳者再，翁谕止不听，以殉节事报县请存案。县批云：“宜代夫尽孝，速为立嗣。”翁乃为立。后烈妇自为帖，投县云：“夫亡，尚有兄弟侍养。今立嗣，是又有子矣。前许身殉夫，乃含笑而瞑，负前言，何面目见夫于地下哉！”县又批：“宜抚孤成立，侍翁寿终，乃践前言，则所全实大嗣子，可取名‘光节’。”县令捐俸十金，书“节孝双全”四字表其门，烈妇不敢废命[78]

曾如兰在丈夫去世后，本拟殉节，但是被“抚孤”“侍奉公婆”等要求活

73　（清）梁章钜：《闽川闺秀诗话》卷 4，见《续修四库全书》第 1705 册，第 652 页。
74　（清）梁章钜：《闽川闺秀诗话》卷 2，见《续修四库全书》第 1705 册，第 633 页。
75　（清）梁章钜：《闽川闺秀诗话》卷 1，见《续修四库全书》第 1705 册，第 627 页。
76　（清）梁章钜：《闽川闺秀诗话》卷 4，见《续修四库全书》第 1705 册，第 659-600 页。
77　（清）丁芸：《闽川闺秀诗话续编》卷 3，见王英志主编：《清代闺秀诗话丛刊》第 1 册，第 304 页。
78　（清）丁芸：《闽川闺秀诗话续编》卷 3，见王英志主编：《清代闺秀诗话丛刊》第 1 册，第 303 页。

下去。面对宣化行政的命令以及伦理压力，节妇不得不忍受着巨大的痛苦，抚养嗣子、伺候夫家老人，这些成为其生活的全部。其中最重要的任务是抚养子嗣，既是延续夫家血脉，也是寄托自身的生活希望。

甚至有更悲惨者，嗣子亦亡，那么日子就更难过。有的女性会用其他的方式来立足，比如闽地著名节妇许琛在丈夫、儿子、公婆公公相继离世后，自己筹资把身死异地的公公灵柩运来公婆合葬，这一孝举受到从民间到官府的称赞。在宗法社会中，葬礼在古代的礼制中具有重要的意义，也会成为评价一个后辈是否孝顺的标准。因此，许琛对公婆葬礼的处理方式深受好评。但没有子嗣可教养仍被许氏认为是遗憾的，正如《闽川闺秀诗话》中称："余尝从容语今巡抚徐公，欲为之请旌，且谋置嗣。节妇闻之，愀然曰：'吾宁不抱不祀之痛哉？顾何氏子姓凌替，孰可嗣者？且吾为何氏妇，不及事吾姑，翁复远客于外，吾未尝致一日之养，又不能抚孤子以成，偷生视息，愧憾多矣，尚奚足邀朝廷盛典乎？'"[79]可以看到，抚养嗣子在父权社会的大家庭中，对于无子息女子的地位是有重要意义的。

因此，节妇的抚子、教子更具有了不同寻常的意味。首先，一部分节妇身处贫寒之家，生活的压力、经济的窘迫、夫妇正常情感的缺失，使其举步维艰，林琼玉《示儿》诗："闭门岑寂雪霏霏，恸哭人生百事非。竟日薄饘难一饱，可怜稚子倦啼饥。"[80]寒冷冬日，食不果腹，稚子悲啼，个中况味实令人心寒。再如《闽川闺秀诗话续编》中的侯氏、王氏，在丈夫去世后，孩子也早夭了，更是十分悲惨。[81]因此，节妇的教子，特别是贫寒家庭的节妇教子，更具有了存身活命的悲壮意味。如方琬"早寡，抚孤守节以终"；权氏"三年而夫亡，矢志抚嗣子"；郑氏"归余升标，以节终……抚孤克有成立"；石氏"归邱调元，能诗。夫亡抚孤，作诗见志。既而归宁，母欲夺嫁之，拂袖径归。有句云：'而今懒作归宁计，再诵莪蒿泪满衣'"[82]，抚孤成立，身受旌表中有着复杂的人生况味和内心的痛苦辛酸。甚至有极端者，如陈若苏割耳明志，力抚后代："持刀割耳吁苍天，但愿书香绍昔贤。矢志抚孤如此苦，

---

79 （清）梁章钜：《闽川闺秀诗话》卷1，见《续修四库全书》第1705册，第631页。
80 （清）梁章钜：《闽川闺秀诗话》卷1，见《续修四库全书》第1705册，第628页。
81 （清）丁芸：《闽川闺秀诗话续编》卷3，见王英志主编：《清代闺秀诗话丛刊》第1册，第324页。
82 （清）梁章钜：《闽川闺秀诗话》卷1，见《续修四库全书》第1705册，第626-627页。

须知残毁即求全”。(《割耳自述》);“蒿砧望断久凄然，岂有人甘失所天。意决相同时日死，只应抱恨不同年”(《示儿》)就连地方官员梁章钜都认为太过极端，甚为惋惜，在诗中表现出了很深的同情：“误读《列女传》，割耳仪贞嫠。本无逼迫患，为勖十岁儿……上天耀白日，不照寡妇帷。大地回春气，不暖寡妇楣”[83]

一方面，这类女性自残苦守，成为传统家族伦理的工具和牺牲品，而另一方面，除去教子之外，她们有的也具有很强的生存能力，包括谋生的能力，或者有的则以文学创作作为自我的精神寄托，表现出了一定的精神独立。如许琛与官宦名流有交往，另外还能够以书画卖钱自给；有的守节知识女性还担任女闺塾师来维持生活；又如郑咏谢“尝为当道福夫人延入官廨，课其女公子”[84]，在《纪事述怀》中曲折委婉地叙述自己的家世、经历，对于东家的感戴，“所天既沦没，惨毒摧心肠。下顾黄口儿，呱呱牵衣裳。抚孤圣之教，忍死称未亡。迩来十数年，旧庐日芜荒。拮据劳手口，十指营衣粮”，描述自己手口操劳、维持生计的苦辛。全诗朴实言情，非风云月露之词可比也。后来郑咏谢的儿子林轩开考中进士，黄允凡在郑咏谢的诗集《簪花轩诗抄》的序言中这样叙写郑咏谢教子有成：“然而否泰循环，无往不复，今之风零雨碎，叹翠袖之多寒者，安知冥冥中不厚集其福于将来，使之食劬劳之报耶。贞妇有后余于膝前，双凤卜之矣，他日者画荻功成，褒封洊至，表贞寿之门。佥曰：幸哉有子，微夫人之力不及此。于斯时也，余霞成绮，晚境弥佳，孺人含饴顾之喜，可知已。”[85]对于节妇而言，教子有成，并有一个值得欣慰的晚年，就是莫大的安慰。

在中国文化史上，节妇教子，形成了一个传统，著名的节妇教子典故如“孟母断机”“范母和丸”“欧阳母画荻”频繁出现在有关节妇的地方志和诗文集序中。由这些典故所凝结成的文化隐喻，既规训着节妇的道德认同感，也激励着男性求取功名以报母恩的雄心壮志。如前述构成闽地闺秀精神承传的代表性人物张利民母亲陈氏，就是福建闺秀中节妇教子的典范。据《闽侯县志》，张利民为明崇祯十三年（1640 年）进士，南京失守后，为福建南明政权的太常寺少卿，唐王兵败后，削发为僧，鲁王至闽，复诏为御史，辞而不赴。张利民

83　（清）梁章钜：《闽川闺秀诗话》卷 4，见《续修四库全书》第 1705 册，第 654 页。
84　（清）梁章钜：《闽川闺秀诗话》卷 2，见《续修四库全书》第 1705 册，第 636 页。
85　（清）郑咏谢：《簪花轩诗钞》，清拾穗山房抄本，福建省图书馆藏。

是南明政权中影响很大的遗民。其母诗集《茹蘖集》，当时福建许多遗民为之作序，由此可以看出节妇教子有成，自然母因子贵，有非常大的社会影响力。如丁芸《闽川闺秀诗话续编》引《福建通志》称：

> 侯官张可信妻陈氏，进士张利民母。素耽书史，能诗。年二十四夫亡。恻怛守节，课督藐孤，严甚。常以诗自励，且以戒子。有曰“不亚和熊母，能为断鼻身。”又《闻雷诗》：“空中霹雳闻天语，夫在山头知不知。幼子未能传故事，王裒抱冢亦人儿。”年三十三以哀毁卒，后利民自疏其事于朝得旌赠焉。

再如丁芸所引《消寒录》：

> 古来正人君子其得于母教者，孟母之断机，范母之和丸，欧阳母之画荻，固焜耀史也矣。明季张能因利民进士父早殁，弥留之际，指利民谓其母陈氏曰：“必教是儿，使我不死。”母颔之。每教利民，必欷歔雨泣，徐以父所读经书史鉴，诸大家文字为之讲解，指其大意所在，及古来忠孝节义诸轶事，提而策之，利民得以有成者皆其母有以教之也。著有《茹蘖集》仅十五章。同时黄东崖景昉，许玉史豸，皆有序末附董应举所撰墓志铭，林子野亦能因社友也，为题其集有“嗟哉此母贤，茹蘖甘如饴”之句，今其诗存《居易堂集》中。[86]

可见是从历史渊源的角度对于母教的强调。

第三节　闺秀诗人的清贫叙述

传统儒家思想中特别强调对欲望的节制，其中包括对物质欲望和情感欲望的节制，认为过多的欲望会干扰对道的体认和坚守。这一点也深刻影响到闺秀，这在她们的诗歌中也深有体现，一方面对物质欲望的节制，在她们的诗歌体现为一种“清贫叙述”，以贫为乐，安贫乐道，彰显自身的道德操守。另一方面也表现出女性以对情感欲望的节制，形成一种清苦淡然、超脱通达的生命境界。本节探讨清代福建女性诗歌清贫叙述的表现形态，可以进一步理解《闽川闺秀诗话》中表达的女性们所处的文化语境。

86　（清）丁芸：《历代闽川闺秀诗话》卷 3，侯官丁氏民国二十九年（1940 年）刊本，国家图书馆藏。

一、清贫叙述的文本呈现方式

清贫叙述即描述和展现清贫的生活状况，以及此种生活状况中复杂矛盾的情结。《闽川闺秀诗话》关涉的福建闺秀诗人的清贫叙述，从叙述主体出发，可分为两个层面：一为自叙生活状况，二为他者叙述中的女性生活状况，包括地方志、传记、诗歌中的女性清贫状况。这种清贫叙述既是客观写实，也是对于闺秀德行的评价及期待。

《闽川闺秀诗话》中关涉的闺秀诗人的清贫叙述，是通过多种方式呈现的，有直接称述、细节描写以及使用相关借代和典故。常见的直称有“贫”“清贫”“贫穷”“寒素”“饥寒”“家计艰辛”“宦橐萧条”“行囊羞涩”，或自称“贫家”等。如“暮鸟宿孤枝，写去寄君知。家贫逢岁晏，茫茫何所之”[87]，“廿年宦橐萧条甚，只带离情返故乡”[88]，“残年愧道饥寒事，此日还多疾病忧”[89]，“忘却清贫扶着病，伤心寄汝一行书”[90]，可见孤苦和贫困相交织；“绸缪烦解停炊日，疏懒知成久病人”[91]，“蓬门静掩苦吟声，壁立谁怜处士贫。却喜冬来寒尚浅，典衣聊以饷今晨”[92]，可以看出在应对饥寒时的窘迫；“身当困处贫方觉，事逐年来累更加”[93]，“家唯留翰墨，产不置膏腴”[94]，“行囊羞涩极，强作客中欢”[95]，“贫穷添疵累，衰老减心思”[96]，“贫病怜相

87 （清）黄幼藻：《临终先一日刺绣小画并题》，（清）黄秩模编辑，付琼校补，《国朝闺秀诗柳絮集校补》，人民文学出版社，2011 年版，第 1239 页。

88 （清）许琛：《仲夏家大人挂冠归里，余与采斋卧云分手独坐蓬窗成此寄意》，《疏影楼稿》，清道光十四年刻本，10b 页，福建省图书馆藏。

89 （清）许琛：《得芷斋汪夫人和篇再叠前韵》，《疏影楼稿》，清道光十四年刻本，35a 页，福建省图书馆藏。

90 （清）许琛：《作家书并画梅竹题此以寄步庄女儿兼讯西园婿·其三》，《疏影楼稿》，清道光十四年刻本，44b 页，福建省图书馆藏。

91 （清）许琛：《画箑酬萨姻表嫂太夫人》，《疏影楼稿》，清道光十四年刻本，41a 页，福建省图书馆藏。

92 （清）黄淑窕：《典衣以应待哺之急，并勖儿子鹏程读书》，《墨庵楼试草》，《黄任集》（外四种），陈名实，黄曦点校，第 348 页。

93 （清）黄淑畹：《寄远（时在心庵二弟高安任署）》，《绮窗余事》，《黄任集》（外四种），陈名实，黄曦点校，第 366 页。

94 （清）黄淑畹：《儿子昂霄入泮，书以志喜·其三》，《绮窗余事》，《黄任集》（外四种），陈名实，黄曦点校，第 370 页。

95 （清）黄淑畹：《送女婿叶松根公车北上》，《绮窗余事》，《黄任集》（外四种），陈名实，黄曦点校，第 368 页。

96 （清）黄淑畹：《合珍甥女随婿丹诏书院掌教，寄诗一首索和，依韵答之》，《绮窗余事》，《黄任集》（外四种），陈名实，黄曦点校，第 370 页。

似，疏慵觉倍亲”[97]，在贫困中对人世的冷暖有更为真挚的体验；“老亲添伴欣情话，官舍虽贫每举觞”[98]，“游逢暇日攻期苦，春到贫家忘别离”[99]，“儿曹满眼半无知，家计艰辛强自持”[100]，“生计贫原惯，愁怀病转宽”[101]，“可怜纨绔豪华客，岂识贫窗尺寸成”[102]，在贫困处境中，更可以看出闺秀乐观、高洁以及柔韧的品格。

除了直接称述，还有具体可感细节的描写，如“无粮”“停炊”等，如“案头开卷权消闷，厨下停炊苦待餐”[103]，“无米为炊徒谓巧”[104]，而写幼子“饥啼”“嗷嗷待哺”更令人伤恸：“竟日薄饘难一饱，可怜稚子倦啼饥”[105]，表现了母亲眼睁睁看着孩子无食待哺、受饿挣扎的痛苦心情。又如道光年间闺秀诗人卢蕴真，丈夫长期在外时独自支撑，丈夫去世后陷入困顿，又兼接连丧子，“女史失所天后，四子均早夭，无嗣，仅一寡媳，亲族无可依。现为女学究自赡，垂老仳离，有足悲者”[106]，因此诗中之贫困叙述较多，“嗷嗷皆待哺，事事费筹思。子课三更读，心驰万里羁。累多原是命，愁极恰如痴。阿堵骄何甚，人情重在斯”[107]，“粜谷卖丝终剜肉，嗷嗷正值哺雏年”[108]。有时生计艰难，入不敷出，不得

97 （清）郑咏谢：《喜晤素心姊》，《簪花轩诗钞》，清拾穗山房抄本，福建省图书馆藏。

98 （清）何玉瑛：《与蘩汀姊话别感怀并呈诸姊妹》，《疏影轩遗草》卷下，清嘉庆十七年刻本，5a 页，福建省图书馆藏。

99 （清）何玉瑛：《寄远·其一》，《疏影轩遗草》卷下，清嘉庆十七年刻本，6b 页，福建省图书馆藏。

100 （清）程氏：《悼亡·其五》，丁芸：《闽川闺秀诗话续编》卷 1，见王英志主编：《清代闺秀诗话丛刊》第 1 册，第 285 页。

101 （清）林佩芳：《病中作》，丁芸：《闽川闺秀诗话续编》卷 1，见王英志主编：《清代闺秀诗话丛刊》第 1 册，第 287 页。

102 （清）朱芳徽：《冬夜闻机声有作》，丁芸：《闽川闺秀诗话续编》卷 2，见王英志主编：《清代闺秀诗话丛刊》第 1 册，第 291 页。

103 （清）林瑱：《同天香六弟夜话》，《自芳偶存》，清嘉庆十九年刻本，6a 页，福建省图书馆藏。

104 （清）卢蕴真：《述怀》，《紫霞轩诗钞》，《北京师范大学图书馆藏稀见清人别集丛刊》，广西师范大学出版社，2007 年版，第 465 页。

105 （清）林琼玉：《示儿》，梁章钜：《闽川闺秀诗话》卷 1，见《续修四库全书》第 1705 册，第 628 页。

106 （清）丁芸：《闽川闺秀诗话续编》卷 2，见王英志主编：《清代闺秀诗话丛刊》第 1 册，第 284 页。

107 （清）卢蕴真：《自叙二十韵》，《紫霞轩诗钞》，见《北京师范大学图书馆藏稀见清人别集丛刊》，第 448 页。

108 （清）卢蕴真：《感叹词责嗣弟渭标》，《紫霞轩诗钞》，见《北京师范大学图书馆藏稀见清人别集丛刊》，第 467 页。

已典卖日常用品，“局促知关处遇乖，那堪几度质金钗”[109]、“望书盼每来鸿少，赠嫁愁多卖犬难（原注：时舅姑先后去世，三小姑连年于归）”[110]。

此外，有些比较幸运的女性，因清贫困苦而受到当地官长和友人接济。如乾隆年间著名闺秀诗人许琛，在丈夫、公婆、父母相继辞世后，生活困顿，不仅依靠兄弟帮助，“严亲宦海囊萧索，遏末封胡穷落魄。友爱将予数亩田，略充馇粥供朝夕”[111]；还受到与之有交游的地方官员夫人资助，如曾任福建学政汪新的夫人方芳佩也曾给许琛以资助，“清俸惠来因灶冷”[112]，“白粲雕胡清俸分，尘甑荒厨贫有恃”[113]，“清厨屡空灶无烟，君赠钗环庚癸恃”[114]，“世胄笄珈贵，情深翰墨场。刀圭消疾病，文字约参详。犹未随尘步，何堪减鹤粮。感君知己爱，裙布敢相忘”[115]。像许琛这样在地方上有声望、可以获得地方官长资助的女子，还有黄淑畹：“贫居陋巷闭门深，唯有长篇与短吟。不道垂青到蓬荜，裙钗累及长官心”，“绝无消遣伴闲居，临写颜公乞米书。忽地盈囷复盈缶，全家果腹十余旬”，“香炊且喜润朝厨，清俸分来刮旧逋。索债断烟应俱免，茕茕何以报恩殊”[116]。此外，接受当地闻人救济者还有节妇陈若苏，梁章钜亦曾资助她：“未几，佩香死，守节抚孤，备极哀苦，而玉树双折，闻者伤之。余宦游在外，间以俸余恤之。”[117]朱芳徽也曾受到女性友人的救助：“温如工诗文，善楷书，怜其贫困，时周给之。”[118]这些帮助和支持，让物质生活窘

109（清）卢蕴真：《病中有感》，《紫霞轩诗钞》，见《北京师范大学图书馆藏稀见清人别集丛刊》，第 463 页。

110（清）卢蕴真：《附家书后》，《紫霞轩诗钞》，见《北京师范大学图书馆藏稀见清人别集丛刊》，第 459 页。

111（清）许琛：《记事珠歌》，《疏影楼稿》，清道光十四年刻本，16b 页，福建省图书馆藏。

112（清）许琛：《秋日有怀方芷斋夫人》，《疏影楼稿》，清道光十四年刻本，27a 页，福建省图书馆藏。

113（清）许琛：《筠心陈夫人招饮率此奉谢》，《疏影楼稿》，清道光十四年刻本，29a 页，福建省图书馆藏。

114（清）许琛：《松斋萨大姊六秩写梅竹并题长句》，《疏影楼稿》，清道光十四年刻本，30b 页，福建省图书馆藏。

115（清）许琛：《福司马夫人宜鸾屡次见招复赠药饵俸金值病未赴书以志谢》，《疏影楼稿》，清道光十四年刻本，福建省图书馆藏。

116（清）黄淑畹：《观察陈公李夫人筠心惠以白镪白粲，赋以鸣谢》，《绮窗余事》，《黄任集》（外四种），陈名实，黄曦点校，第 379 页。

117（清）梁章钜：《闽川闺秀诗话》卷 4，见《续修四库全书》第 1705 册，第 653 页。

118（清）丁芸：《闽川闺秀诗话续编》卷 3，见王英志主编：《清代闺秀诗话丛刊》第 1 册，第 293 页。

困的女性暂时得到了一定的生存庇护和心灵慰藉。

闺秀诗歌中，有一系列表达清贫叙述的意象，如荆钗、布裙、篝火、椎髻、机梭等，“十年夜织随篝火，几度朝饥奉豆馆”[119]，“女居穿线阁，男人读书堂。篝灯与荆布，淡饭安家常”[120]，“篝灯课子三更月，菽水供亲两鬓霜”[121]，“奉姑勤井臼，哺子仗机梭”[122]，“我本闽南椎髻质，拈毫几欲挹容光”[123]，“与君相对两心知，殷勤挽袖忘裙布”[124]，“新诗旧语话偏多，翟茀荆钗两俱忘”[125]，黄昙生“既归而贫，即鬻婢佐甘旨，操女红不辍。生三子，皆氏课读。后随善述令固安，荆钗布裙自若也”[126]，这些以特定意象串接起来的清贫叙述将饥饱不均、夜以继日操劳，课子养家，持守妇道名节还醉心诗歌创作、不忘诗礼传家的闺秀生活传达得真切晓然。

在艰辛的生活里，从男性立场找到可以效法的生活楷模，以苏秦、韩信、司马相如、桑维翰等自我安慰或鼓励丈夫儿子，是闺秀诗人借清贫叙述自立于世的一种表达。卢蕴真有“英雄落魄叹王孙，耿耿常怀一饭恩。漂母怜贫韩报德，两人青史至今存”[127]之叹，林氏（陈文翱室）有“暮年依旧逐风尘，总是长卿壁立贫。只为妻孥衣食计，却教萍梗作劳人”[128]的感慨，黄昙生吟出“揣摩苏季衣裘敝，高卧袁安风雪侵”[129]的怅望，何玉瑛发出“家无负郭田，本业

119（清）陈玉瑛：《自题小影》，清初刻本，中国国家图书馆藏。

120（清）郑嗣音：《病中侍母话旧》，（清）梁章钜：《闽川闺秀诗话》卷 4，见王英志主编：《清代闺秀词话丛刊》第 1 册，第 248 页。

121（清）卢蕴真：《答夫子书》，《紫霞轩诗钞》，见《北京师范大学图书馆藏稀见清人别集丛刊》，第 470 页。

122（清）卢蕴真：《次小姑归宁有忧时艰色作此以慰之》，《紫霞轩诗钞》，见《北京师范大学图书馆藏稀见清人别集丛刊》，第 469 页。

123（清）许琛：《寄蒋太史夫人》，《疏影楼稿》，清道光十四年刻本，41b 页，福建省图书馆藏。

124（清）许琛：《初度作谢筠心陈夫人》，《疏影楼稿》，清道光十四年刻本，36a 页，福建省图书馆藏。

125（清）郑咏谢：《留宿福夫人署中成此奉谢・其二》，《簪花轩诗钞》，清拾穗山房抄本，福建省图书馆藏。

126（清）丁芸：《闽川闺秀诗话续编》卷 4，见王英志主编：《清代闺秀诗话丛刊》第 1 册，第 322 页。

127（清）卢蕴真：《读韩信遇漂母传》，《紫霞轩诗钞》，见《北京师范大学图书馆藏稀见清人别集丛刊》，第 459 页。

128（清）林氏（陈文翱室）：《寄外・其二》，丁芸：《闽川闺秀诗话续编》卷 3，见王英志主编：《清代闺秀诗话丛刊》第 1 册，第 307 页。

129（清）黄昙生：《寄衣》，丁芸：《闽川闺秀诗话续编》卷 4，见王英志主编：《清代

在书案。汝父愿未酬，抚卷常三叹。尔思父母心，攻苦应勿惮。铁研磨成穿，古有桑维翰”[130]的呼唤；都可以见出女性藉由历史人物以自励，并寄望于清贫之家靠读书中举、改善生活、改变命运的心愿。

闺秀诗作中何以会有较多的清贫叙述？主要在于夫家经济拮据，主妇负中馈之职，要安排具体的家政收支，更有生活拮据的切身体验，闺秀诗作之生活窘迫感自然而流就流露出来。如卢蕴真在诗中表达“兢兢业业持中馈，冢妇应知是最难”[131]，“久经辛苦是持家”[132]，何玉瑛也有类似表达：“健妇持家苦”[133]，黄氏（林锦妻）“家贫，以女红易米。佐夫读而自啖薯叶。有课子诗，为人传诵”[134]，谢氏“于归后，食贫力作，艰苦备尝”[135]等。宗法社会女性经济不独立，如果丈夫去世，失去了主要经济来源，生活则更为困顿，甚至陷入赤贫，陈氏（高则芳妻）“夫卒年方廿七时，孀居孤子不胜悲。可怜堂上翁姑老，孝事翁姑慈抚儿”[136]。

一些节妇的清贫叙述，不仅表现在物质的贫困上，还表现在失去丈夫的伤痛和精神的折磨上。贫寒给人带来极多的负面情绪体验，“当午容易诸亲饭，今日艰难十口粮”[137]、“处境频嗟未展舒，空囊事事胆皆虚。儿童那识艰难计，每向三餐厌菜蔬”[138]，这种拮据的烦闷与苦恼的感觉甚至使这些节妇们有不堪

闺秀诗话丛刊》第 1 册，第 323 页。

130 （清）何玉瑛：《口占勖儿·其四》，《疏影轩遗草》卷上，清嘉庆十七年刻本，3a 页，福建省图书馆藏。

131 （清）卢蕴真：《和二妹于归后见寄》，《紫霞轩诗钞》，见《北京师范大学图书馆藏稀见清人别集丛刊》，第 452 页。

132 （清）卢蕴真：《附家书后》，《紫霞轩诗钞》，见《北京师范大学图书馆藏稀见清人别集丛刊》，第 456 页。

133 （清）何玉瑛：《还家省母与嫂氏诸姊夜话》，《疏影轩遗草》卷上，清嘉庆十七年刻本，10a 页，福建省图书馆藏。

134 （清）丁芸：《闽川闺秀诗话续编》卷 3，见王英志主编：《清代闺秀诗话丛刊》第 1 册，第 316 页。

135 （清）丁芸：《闽川闺秀诗话续编》卷 3，见王英志主编：《清代闺秀诗话丛刊》第 1 册，第 307 页。

136 （清）丁芸：《闽川闺秀诗话续编》卷 3，见王英志主编：《清代闺秀诗话丛刊》第 1 册，第 306 页。

137 （清）卢蕴真：《夜感·其二》，《紫霞轩诗钞》，见《北京师范大学图书馆藏稀见清人别集丛刊》，第 449 页。

138 （清）卢蕴真：《静坐感怀》，《紫霞轩诗钞》，见《北京师范大学图书馆藏稀见清人别集丛刊》，第 445 页。

支撑之感；“欲谋归隐计，难剩卖文钱”[139]，而窘迫苦涩中不得自由的心态亦历历再现；“年来看彼作饥躯，萧瑟琴书长物无。悬磬可怜何处说，周亲能有几人扶”[140]、“羞涩言词未易陈，二三君子是周亲。何妨悬磬频频说，汝父贫交有几人？”[141]因贫而感受到的人际关系的冷漠孤独，使人身心俱疲：“俗情底是重骄奢，触目惊心屡叹嗟。体气渐衰先怕冷，眼光无翳已微花”[142]，不禁对儒者身份产生质疑，“先人长物本来无，只把遗经付阿奴。清白儿孙今至此，衰年看汝作饥驱”[143]，困窘的生活和逼仄的现实使得原本持守的儒家理想和行事方式显得迂阔和不切实际，此处的清贫叙述产生了一定的反讽效果，类似杜甫“儒冠多误身”之叹。此外，清贫叙述还包括诸多愤世之音，“世态每将贫富别，春秋只见往来忙”[144]、“艰难事事应俱见，惟有黄金黑世情”[145]，“庄生欲借西江水，鲁氏曾资太尉粮。近日趋炎新世界，不堪往事与评量”[146]。周仲姬笔下所写的贫寒节妇更是如此——《陈节妇》[147]：

> 节妇适赵氏，余表母行也。二十早寡，抚一子，既长游吴，旋夭折。赤贫如洗，媳挈幼孙别适以活，节妇依形吊影，哀感成疾。闻者心伤。余母怜而居之。节妇善视余，婉娩之教，保护之恩，笔墨难罄。嗟夫冰雪之操，在不乏人，有能如节妇所遭辛苦备尝，之死靡他如是乎？余愧女流弗克扬其徽，于其殁也，诗以悼之。

---

139 （清）黄淑畹：《儿子昂霄入泮，书以志喜》，《绮窗余事》，黄任等撰，《黄任集》（外四种），陈名实，黄曦点校，第370页。

140 （清）黄淑畹：《素心甥女归自粤东，尝道与采斋夫人篇章酬和，余不胜羡慕。聚晤间，素心便有今昔之感，余屡慰之。适余婿松根又复北上，聊作数篇，寄采斋也·其四》，《绮窗余事》，《黄任集》（外四种），陈名实，黄曦点校，第371页。

141 （清）廖淑筹：《贫甚遣儿子东游诗·其二》，（清）梁章钜：《闽川闺秀诗话》卷3，见《续修四库全书》第1705册，第633页。

142 （清）卢蕴真：《附家书后》，《紫霞轩诗钞》，见《北京师范大学图书馆藏稀见清人别集丛刊》，第456页。

143 （清）廖淑筹：《贫甚遣儿子东游诗·其一》，（清）梁章钜：《闽川闺秀诗话》卷3，见《续修四库全书》第1705册，第633页。

144 （清）卢蕴真：《附家书后·其一》，《紫霞轩诗钞》，见《北京师范大学图书馆藏稀见清人别集丛刊》，第459页。

145 （清）卢蕴真：《庚寅九月寄外》，《紫霞轩诗钞》，见《北京师范大学图书馆藏稀见清人别集丛刊》，第452页。

146 （清）卢蕴真：《嗟世态》，《紫霞轩诗钞》，见《北京师范大学图书馆藏稀见清人别集丛刊》，第459页。

147 （清）周仲姬：《二如居诗集》，清乾隆五年刻本，10b-12a页，福建省图书馆藏。

其一

久耐空囊脱珥簪，仅留呱泣慰冰心。飞飞桐叶饱晨爨，淅淅芦花暖夕衾。解缆莫怜孀母望，倚门惊报哭儿音。白杨青冢悲风起，惨淡乌栖叫满林。

其二

身是未亡贫可为，无家那信又能支。七旬老妇二旬寡，生别幼孙死别儿。替我缝裳皆溅泪，挽他强饭只含悲。幽光莫道揄扬少，寒食何人酹滴醨。

此诗以女性特有的细腻和同情写贫寒之境，朴素感人。从诗序及诗中可以看到，陈节妇忍受生活拮据和家破人亡的两重折磨，不得不寄人篱下，痛苦备尝。其中的细节如替人缝裳、寄食他人，读来倍生苦涩之感，加之景物描写如白杨青冢、啼乌满林等更展悲凉心境。道德的压力，情感的缺失，生活的局促，使得贫寒交加的节妇不得已以死了断生不如死的生活，如“建阳王权氏黄氏，权素儒而贫，为父行役，舟溺死。黄遗腹不育，遂自刎。启梳匣，有诗云‘常说死同穴，于今问水滨。团圆难负约，憾向剑头伸’”[148]，“龙溪蔡氏，少能诗。适邑子陈里。里有女兄溥娘，亦能诗，氏多唱和。里卒家贫，氏依姑以生。姑卒，终丧，投缳死。溥娘亦以节终”[149]。

二、清贫与人格高境

而面对如此清贫之境，闺秀诗人如何从现实和内心中加以超越？其一自现实层面，自给自足、节俭营家；二自伦理道德层面，以安贫乐道的儒家思想超越之，并将清贫艺术化、审美化。当然，随着明清以来世俗观念的渗透，闺秀诗作的清贫叙述的声部也变得复杂起来，呈现出安贫乐道与富贵热望共同交织的心态。

闺秀诗人清贫表达的第一种变调，是闺秀诗人们普遍认识到经济支撑是养老育幼、维持家庭的基础，身体力行治生，实现物质生活的自足与儒家伦理并不两立，恰好是其补充。如李若琛所言：“家贫无计可承欢”，婆婆生病

148 （清）丁芸：《闽川闺秀诗话续编》卷4，见王英志主编：《清代闺秀诗话丛刊》第1册，第324页。

149 （清）丁芸：《闽川闺秀诗话续编》卷4，见王英志主编：《清代闺秀诗话丛刊》第1册，第318页。

喜好的饮食，都需从邻家讨要："姑病慕羊羹，丐于邻，得羊腥少许，撤草荐熟之"[150]，这是非常尴尬的境地。因此她们普遍具有务实通达的观念，而非株守君子固穷的戒律，如何玉瑛称："儒者治生原急务"[151]，林瑱亦称："自入君门，窃见食指浩大，生事艰难，时时隐讽曰：'贫者，士之常，曾何足戚。'但堂上翁姑，春秋将迈，君为冢嗣，宜思有成，事双亲以孝，抚弟妹以和。丈夫处世，惟立志为上耳。幸而春风得意，仕路可期，固分内事也。设或文星不见，秃颖无灵，即易业改途，效陶计治生术亦可助阿翁一臂力。"[152]

负责家政内务的女性，如果丈夫去世，往往勉力抚养孩子、赡养老人，成为家庭的经济支柱。她们主要的谋生手段即女子擅长的纺织刺绣，李若琛"自愧荆钗拙女红，漫承奖饰媿高风。敢期虎气腾终上，却信熊丸望未空。启蛰争言龙角耸，将雏有待凤毛翀。何当再作竿头进，少慰寒机十载衷？"[153]有研究观点认为"寒机"成了宗法社会母亲独自辛苦持家、课子读书的典型形象[154]。此外还有鬻卖自己的书画以及担任塾师者，当然这两类需要较高的文化素养。如沈彀"归吾闽曾茂才颐吉。茂才游幕江南，寄孥吴下，采石卖诗画自给"[155]，此外就是担任塾师，关于闺塾师有较多研究成果，但闺塾师的地位和心态各有不同，有的闺秀诗人较有名望，属主宾相得的知遇式，如清代福建名士郑方坤六女郑咏谢，与曾任福州太守的苏泰（按：苏泰，江阴人，贡生，清代福州知府，就职于乾隆四十四年（1779 年））的母亲、妻子有着较深的交往，诗题中称"岁庚子，三山郡守以伴读女弟见招，余因恍然知太守政成道洽，盖欲效乎葛覃卷耳之化起宫闱也。故虽荒陋不文，率而应召，遂得侍太夫人，时蒙教益，盖朝夕周旋，情亲母子"[156]。此外，在《挽女徒沈筠田》的序中称"筠田乃苏郡守爱姬，聪颖秀丽，酷好吟咏，庚子秋，邀予至三山郡署，强以讲席，相属师徒，情意甚浃洽焉"[157]，

150（清）梁章钜：《闽川闺秀诗话》卷 2，见《续修四库全书》第 1705 册，第 639 页。

151（清）何玉瑛：《寄远·其二》，《疏影轩遗草》（卷下），清嘉庆十七年，6b，福建省图书馆藏。

152（清）林瑱：《哭夫文》，《自芳偶存》卷末附，清嘉庆十九年刻本，3b-4b 页，福建省图书馆藏。

153（清）梁章钜：《闽川闺秀诗话》卷 2，见《续修四库全书》第 1705 册，第 639 页。

154 徐雁平：《课读图与文学传承中的母教》，《古典文献研究》2008 年第 11 辑。

155（清）梁章钜：《闽川闺秀诗话》卷 4，见《续修四库全书》第 1705 册，第 660 页。

156（清）郑咏谢：《簪花轩诗钞》，清拾穗山房抄本，福建省图书馆藏。

157（清）郑咏谢：《簪花轩诗钞》，清拾穗山房抄本，福建省图书馆藏。

表达了主宾、师徒相得之惑。而有的人则更多是出于无奈，有着寄人篱下之感，如道光年间的朱芳徽："归姜兰雨，早寡，无子，仅遗一女，年十九，未嫁，卒。贫困无依，受聘为闺塾师"，因此，"少小耽吟咏，都将寝食忘。岂知垂老景，翻作御贫方"，诗中可见无奈酸楚之情，在这样的生活中，女诗人内心情感十分复杂："我年逾半百，险巇世途履。忧患挟艰辛，口不能摹拟。所遇必殊人，吟诗必泣鬼。郁郁卅六秋，尽瘁死而已。讵复遭三丧，人亡家亦毁。谋生一寒毡，依人亦可耻。寄食苜蓿盘，孤凄类迁徙。兀坐俨如尸，拘缚不少驰。家门同天涯，三径荒且圮。一棺停在堂，尘封尺有咫。一棺厝西郊，麦饭鲜一匕。更有一稚孙，衣食计谁委？薄俸复几何，舌耕胡足恃！生既不能生，死又不容死。进退维谷间，毕竟何者是……"[158]深刻表现了家破人亡和生计艰辛的痛苦体验，但是不管是前者还是后者，塾师身份都不甚高。

此外也有婚后母家情况特殊，同时兼顾两家者，如何玉瑛只有一位长兄，且不善经济，"我兄伉爽不经营，姊妹亲朋内外盈。支绌为欢求养志，艰难到死少资生。家余健妇无黄口，我愧连枝哭紫荆。草草奉亲明发去，满腔急泪水吞声"[159]，"我兄鲜兄弟，荆树苗一枝。姊妹有四人，阃内徒伏雌。慈母劬劳苦，食息望孤儿。伤哉未抱孙，健妇支门楣"[160]，后来其兄远地为官，及至病故，因此更增加其负担。

在宗法社会中，士大夫的道德修养是重要的政治保证，控制自己的物质欲望，克己利他，形成道德感召力，以安抚百姓、治理地方。从诗歌层面来讲，体现出安贫乐道、贫而能廉，以贫证廉的精神追求。在闺秀诗人的诗歌中，有出身儒家的自豪，同时也很自然地把儒家身份与清寒的生活状况划上等号，以此取得贫寒境遇中的心理自适，此类叙述比比皆是，如廖淑筹"清时弦诵重，廉吏子孙贫"[161]，黄淑畹"依家儒素本清贫"[162]、"名门淡泊旧家声，裙布荆

158（清）丁芸：《闽川闺秀诗话续编》卷2，见王英志主编：《清代闺秀诗话丛刊》第1册，第292页。

159（清）何玉瑛《与蘩汀姊话别感怀并呈诸姊妹·其二》，《疏影轩遗草》卷下，清嘉庆十七年刻本，5b页，福建省图书馆藏。

160（清）何玉瑛：《亡兄嗣子既立感而赋此·其一》，《疏影轩遗草》卷上，清嘉庆十七年刻本，2a页，福建省图书馆藏。

161（清）廖淑筹：《课子孙读书》，（清）梁章钜：《闽川闺秀诗话》卷3，第633页。

162（清）黄淑畹：《寄远（时在心庵二弟高安署内）》，《绮窗余事》，《黄任集》（外四种），陈名实，黄曦点校，第366页。

钗亦称情。应运随缘何不乐，此生欢怨莫分明”[163]、“力学年方富，多文家未贫”[164]、林琼玉“辛苦持家无一业，须知儒素本清贫”[165]，卢蕴真“儒者家风不谓贫”[166]、“菜根循分且安贫，昔日曾传范甑尘”[167]、“好教消抑郁，随遇且安贫”[168]、张氏（林寿图母）：“学到能贫殊不易，士无自贱乃为高”[169]，都是儒家安贫乐道精神的体现。

此外，“清白”这个词语在中国传统文化语境中也与少贪欲、没有道德缺陷、安贫乐道相通，因此这个词语也常出现在此类安贫叙述中，正如黄淑庭：“四海衣冠荣有自，万家性命虑须周。丁宁儿辈无他语，清白无贻祖父羞”[170]，这也是官宦家族女性们的普遍共识，正如梁章钜的侄女，梁泽卿的女儿梁兰芳所言：“抛梭怕学翻新样，赋剑须争不朽名。此日出山为小草，好将清白继家声”[171]。

对于女性来讲，辅佐丈夫、教育后代都朝着这个目标，正如梁章钜对于堂妹梁符瑞（紫瑛）的叙述：“天门有循声，而紫瑛尤能以勤俭佐之，故中年以后，不暇兼涉吟事”[172]，可见不畏贫寒、辛苦营家是传统女性很高的道德水准。黄淑窕对于自己儿媳赞曰“俭勤不怠称佳妇”[173]，可见“俭勤”是可称佳妇的品性保证。这一品行在女性文化系统及价值认同中是等同于男性士

163（清）黄淑畹：《素心甥女归自粤东，尝道与采斋夫人篇章酬和，余不胜羡慕。聚晤间，素心便有今昔之感，余屡慰之。适余婿松根又复北上，聊作数篇，寄采斋也》，《绮窗余事》，《黄任集》（外四种），陈名实，黄曦点校，第 371 页。

164（清）黄淑畹：《儿子昂霄入泮，书以志喜·其五》，《绮窗余事》，《黄任集》（外四种），陈名实，黄曦点校，第 370 页。

165（清）林琼玉：《偶成二首·其一》，《林琼玉诗》，《黄任集》（外四种），陈名实，黄曦点校，第 387 页。

166（清）卢蕴真：《和二妹于归后见寄》，《紫霞轩诗钞》，见《北京师范大学图书馆藏稀见清人别集丛刊》，第 452 页。

167（清）卢蕴真：《夜坐自遣》，《紫霞轩诗钞》，见《北京师范大学图书馆藏稀见清人别集丛刊》，第 457 页。

168（清）卢蕴真：《次小姑归宁有忧时艰色作此慰之》，《紫霞轩诗钞》，见《北京师范大学图书馆藏稀见清人别集丛刊》，第 469 页。

169（清）丁芸：《闽川闺秀诗话续编》卷 1，见王英志主编：《清代闺秀诗话丛刊》第 1 册，第 281 页。

170（清）梁章钜：《闽川闺秀诗话》卷 2，见《续修四库全书》第 1705 册，第 638 页。

171（清）梁章钜：《闽川闺秀诗话》卷 3，见《续修四库全书》第 1705 册，第 650 页。

172（清）梁章钜：《闽川闺秀诗话》卷 3，见《续修四库全书》第 1705 册，第 644 页。

173（清）黄淑窕：《病笃口占示翁氏媳》，《墨庵楼试草》，《黄任集》（外四种），陈名实，黄曦点校，第 349 页。

人的恪尽职守、忠心报国的，郑咏谢对于沈筠田的赞扬为：“为能专报国，因有佐持家”[174]在传统文化价值体现，二者等量齐观，特别是贫寒砥砺品格，形成勤俭美德，是宗法社会女性具有感召力的品格，成为子孙后辈的人格榜样，正如《女四书》中明仁孝文皇后《内训·勤励章》：“淡泊可以明志，俭约可以修身。夫惟俭故嗜欲寡，必能安贫处约，以佐君子成德。”[175]因此可用来激励后代，教育他们不慕富贵，养成正直端方的人格，正如周仲姬：“欲以文章立尔身，必须无愧读书人。焚膏永夜长怜瘁，脱颖今朝似有神。万寿逢时舞彩线，一阳动处戴花新。不图温饱缘何事，自着儒冠合苦辛”[176]，林寿图的母亲张氏早年生活艰苦，“公时年十二，孤贫，无所为计，饥则拾野田弃蔬以食，寒则乞穀皮爇以取暖”，“公续娶张夫人。张，潼关贵家女，未习闽俗。春秋伏腊，太夫人教之治祭具，必告以先人所嗜，张夫人恭听而敬志之”，林寿图继妻虽出身潼关贵族，但是对林寿图母恭敬顺从，一方面由于自身家教，另外也由于林寿图母的道德人格的感召力。此外，历经贫穷，看到更多世态人情，往往更有见识，“陕甘大饥，公督赈，太夫人曰：‘昔福州饥，里胥索费，吾家虽极贫而不得米，时尔年十二矣。而今必宽额，必躬亲，乃无弊’”[177]。此外，还有前文所提到的廖淑筹也被后辈加以敬慕和称颂：“卓哉吾家有女师，能写寒梅兼瘦竹”[178]。

对待贫穷的另外一种态度是将贫穷审美化，这是将贫而乐道这一伦理观念的艺术化表达。从《论语》中的颜回开始，就以自我德性的圆满来淡化贫困对人的困扰，成为儒家文化中应对现实的一种策略，“一箪食，一瓢饮，在陋巷，人不堪其忧，回也不改其乐”[179]。孔颜乐处，成为士人崇高人格的写照，再加上诗歌史的积淀，清贫或清寒形成了一种具有特定审美内涵的人格，即贫

174 （清）郑咏谢：《寿筠田女弟》，《簪花轩诗钞》，清拾穗山房抄本，福建省图书馆藏。

175 转引自曹大为：《中国古代女子教育》，北京师范大学出版社，1996 年版，第 95 页。

176 （清）周仲姬：《前儿入泮书以勗之》，《二如居诗集》，清乾隆五年刻本，12b 页，福建省图书馆藏。

177 （清）丁芸：《闽川闺秀诗话续编》卷 1，见王英志主编：《清代闺秀诗话丛刊》第 1 册，第 282 页。

178 （清）许琛：《和寿竹叔祖母题梅竹图元韵》，清道光十四年刻本，21a 页，福建省图书馆藏。

179 《论语·雍也》，（清）阮元校刻：《十三经注疏》，中华书局，2009 年版，第 5383 页。

而有节，贫而淡然，贫而能雅，如陶潜等，此类艺术化了人格也产生了对闺秀诗人自我表达的影响。因此，她们的诗歌多表达超越贫困的艺术化生活，以诗书为伴、书画怡情、泰然自若，淡然处之，因此多有“耐贫”“不厌贫”之表述。此类表达在许琛的诗篇中较多：“矮矮柴门自耐贫，布裙椎髻称闲身”[180]、“腹有诗书不厌贫，由来才士眼俱新”[181]、“年来贫病此身赊，数卷残书还自嘉。砚田底事勤力作，更缘无地种桑麻。伤心姑舅归黄土，嫠妇曾为反哺鸦。余生不计贫如水，乞得诗篇贫即奢”[182]，郑翰莼：“几有残书堪课读，家无长物不知贫”[183]，卢蕴真：“菜根循分且安贫，昔日曾传范甑贫[184]，甚至许琛贫中作乐，“贫家无酒复无花，花不能栽酒不赊。索寞襟怀秋水淡，楼西修竹数竿斜”[185]、“寒将竹叶织成衣，饥嚼梅花当玉粟。从兹不复有饥寒，消受余生几清福”[186]，何玉瑛的“秀骨仍含艳，残英尚疗饥”[187]也颇潇洒清秀。此外，有知交同好共享诗书之乐，取得心灵共鸣则更是极高的精神享受，“不叹清厨与索居，喜君同看数行书”[188]。此外，有的以谐趣来消解贫困窘境，更是具有生活智慧和生活趣味的人：“风雨潇潇至，编篱曲沼东。漫言寒士苦，喜得古人风。隐逸天然趣，襟怀孰与同。朱门画戟者，笑指草庐中。”[189]认为贫寒是

180 （清）许琛：《和石林一叔秋日田园遣意》，《疏影楼稿》，道光十四年刻本，8b 页，福建省图书馆藏。

181 （清）许琛：《予初度，冯婿为诗以祝。兹婿悬弧佳辰兼行期在迩，黯然惜别，因和原韵（婿号西园）·其二》，《疏影楼稿》，清道光十四年刻本，28b 页，福建省图书馆藏。

182 （清）许琛：《冬日寄芷斋汪夫人》，《疏影楼稿》，清道光十四年刻本，44a 页，福建省图书馆藏。

183 （清）梁章钜：《闽川闺秀诗话》卷 2，见《续修四库全书》第 1705 册，第 635 页。

184 （清）卢蕴真：《夜坐自遣》，《紫霞轩诗钞》，见《北京师范大学图书馆藏稀见清人别集丛刊》，第 457 页。

185 （清）许琛：《李筠心夫人惠佳酿菊花因写离披数枝以谢》，《疏影楼稿》，清道光十四年刻本，32a 页，福建省图书馆藏。

186 （清）许琛：《辛丑冬画梅竹成吟以自遣》，《疏影楼稿》，清道光十四年刻本，41b 页，福建省图书馆藏。

187 （清）何玉瑛：《月下残菊》，《疏影轩遗草》卷上，清嘉庆十七年刻本，7b，福建省图书馆藏。

188 （清）许琛：《冬夜喜松斋大姊相过》，《疏影楼稿》，清道光十四年刻本，27a 页，福建省图书馆藏。

189 （清）黄淑窕：《编篱次夫子韵》，《墨庵楼试草》，《黄任集》（外四种），陈名实，黄曦点校，第 347 页。

古人之风的象征，可见女诗人的豁达与开朗。

当然，不少闺秀诗人作品中存在着乐守清贫与富贵热望相互交织这样一种复杂的伦理景观，她们把希望寄托在丈夫和儿子身上，盼望他们通过读书中举改变贫困的生活。朱芳徽写给丈夫的诗："留心经济须传世，有志功名始读书"，甚至生病了都不愿让丈夫得知，唯恐其读书分心："讳病不教夫婿识，恐妨分却读书心"[190]、卢蕴真更是频频表达对于儿子的期望："聊以辛勤安故我，每将特达望诸雏"[191]、"汝弟力学尚稚年，家食膏油半籍汝"[192]、"桂兰能挺秀，富贵不嫌迟"[193]、"阅历升沉世，诸途生计艰。尤如一枝笔，富贵在其间"[194]，对于读书中举的期待不可谓不强烈。当然，如果对比诗歌中的此类期待和现实中有的儿子早逝的悲惨境况，则令人由衷感到沉重。其他闺秀诗人此类表达也较多，何玉瑛"读书期嗣子，回暖待春风"[195]，此外郑氏的"菜莫和油煮，留儿照读书"[196]，表现了贫寒家庭中母亲独有的期待和温情。在宗法社会中，读书做官成了贫寒之家的华山一条路，因此读书之路异常艰辛，有的闺秀诗人表现出比较复杂的心情，"到底诗书不负贫，莫教虚度过良辰。几回欲效和丸事，又恐娇儿太苦辛"[197]，一方面急待儿子有进，同时也对儿子读书的辛苦倍加怜惜，把一个母亲的心态表达得更复杂真实。

三、清贫叙述的文化语境

清贫叙述形成的原因比较复杂，其中较为直接的是儒家家训文化的影响，

190 （清）朱芳徽：《呈兰雨》，《闽川闺秀诗话续编》卷2，见王英志主编：《清代闺秀诗话丛刊》第1册，第291页。

191 （清）卢蕴真：《夜感》，《紫霞轩诗钞》，见《北京师范大学图书馆藏稀见清人别集丛刊》，第449页。

192 （清）卢蕴真：《附夫子书寄润儿》，《紫霞轩诗钞》，见《北京师范大学图书馆藏稀见清人别集丛刊》，第468页。

193 （清）卢蕴真：《自叙二十韵》，《紫霞轩诗钞》，见《北京师范大学图书馆藏稀见清人别集丛刊》，第448页。

194 （清）卢蕴真：《责次子渤》，《紫霞轩诗钞》，见《北京师范大学图书馆藏稀见清人别集丛刊》，第453页。

195 （清）何玉瑛：《还家省母与嫂氏诸姊夜话》，《疏影轩遗草》卷上，清嘉庆十七年刻本，10a页，福建省图书馆藏。

196 （清）丁芸：《闽川闺秀诗话续编》卷3，见王英志主编：《清代闺秀诗话丛刊》第1册，第306页。

197 （清）王秋英：《勉子》，《闽川闺秀诗话续编》卷3，见王英志主编：《清代闺秀诗话丛刊》第1册，第297页。

以及传统通俗文艺如戏曲小说中相关女性形象的道德训诫。

首先，清贫叙述受到家训文化的影响。一般来讲，家训是家族长辈如祖父母或父母对于后代的训诫，是宗法社会中儒家伦理教育在家族层面的影响和贯彻，由于施教者和受教者的血缘关系和密切情感，家训往往有直接的影响和效力。家训已逐渐成为当下的研究热点，并且从不同朝代、地域及具体文本逐渐深化[198]。从现有的研究成果可以看出，家训肇源自先秦两汉，六朝时期渐为丰富，其中《颜氏家训》被称为“家训之祖”。到了明清，家训文化更为繁荣，很多家训并非简单说教和伦理宣扬，多寓独到人生经验。

关于理家和财货观念方面，普遍的理念是提倡节俭和安贫乐道，警惕对富贵败德的可能性，生活奢华带来弊端很多，不利于积累财富、不利于心性的养成及人际关系的处理。古训所谓“俭以养德”是长期以来传统农业社会的智慧结晶。刘向《诫子歆书》称：“受福则骄奢，骄奢则祸至”[199]，孙奇逢《孝友堂家训》称：“士大夫教诫子弟是第一要紧事，子弟不成人，富贵适以益其恶；子弟能自立，贫贱益以固其节”[200]，朱柏庐《治家格言》：“居身务期质朴，训子要有义方”[201]。此种理念也较为直接地影响到了女性的诗歌，如卢蕴真的《题乞丐图》对这种戒除奢华，倡俭安贫的理念就表达地十分鲜明：“赋性生来不识苦，千金一掷买歌舞。繁华转眼即成空，置身直与齐人伍。华居台榭变蒿莱，曩日燕朋安在哉。父师良训恒逆耳，一败逐尔成死灰。沿门托钵如索债，媚语司阍频下拜。路人太息少年贫，那知当日为贵介。修眉广颡七尺身，谁怜困顿委风尘。鹑衣百结恒萧瑟，俛首羞逢故旧人。不耕不

---

198 张静：《先秦两汉家训研究》，郑州大学 2013 年硕士学位论文；付元琼：《汉代家训研究》，广西师范大学 2005 年硕士学位论文；柏艳：《魏晋南北朝家训研究》，湖南师范大学 2010 年硕士学位论文；陈志勇：《唐代家训研究》，福建师范大学 2004 年硕士学位论文；张洁：《明清家训研究》，陕西师范大学 2013 年硕士学位论文；王莉：《明清苏州家训研究》，苏州大学 2014 年硕士学位论文；蒋明宏、曾佳佳：《清代苏南家训及其特色初探》，《社会科学战线》2010 年第 4 期；胥文玲：《明清闽北家训的教育思想及现代启示》，《东南学术》2014 年第 5 期；马泓波：《〈放翁家训〉成书时间、真伪、校勘价值考辨》，《史学月刊》2011 年第 11 期。

199 （汉）刘向：《诫子歆书》，《全上古三代秦汉三国六朝文》，中华书局，1958 年版，第 660 页。

200 （清）孙奇逢：《夏峰先生集补遗》卷下，见《清代诗文集汇编》第 4 册，第 680 页。

201 （清）朱柏庐，（清）陈弘谋撰，苏丽娟点校：《五种遗规》，凤凰出版社，2016 年版，第 34 页。

读好游手，朱门饿殍由来久。英雄未遇古谁无，但闻得如韩信否”，[202]此诗将乞丐早年挥金如土和之后的落魄困顿相对比，反差强烈，其提倡节俭的用意表达地十分鲜明。

女教则是在家训中专门关于女子的教育，普遍提倡能够受得贫贱、节俭营家。《女论语》：“俭则家富，奢则家贫”；《内训·节俭章》“敦廉俭之风，绝奢丽之质，天下从化，是以海内殷富闾足给焉”；《昏前翼·节俭》：“女德尚俭，盖丈夫经营家计，女子不能生财，能知撙节，少使俭用，爱惜薪水，念及米盐，不暴殄天物，是谓俭德”[203]。此类观念是女性忠贞观念在经济方面的体现，也逐渐形成了中国传统女性的美德。

其次，明清戏曲和小说道德教化意味浓厚，有两类典型的女性形象从正反两方面规训着女性的物欲观念和伦理选择，一类为苦守贫寒者，如独守寒窑的王宝钏和《琵琶记》中的赵五娘，（此类形象系列还包括李三娘，即《白兔记》刘知远母亲），共同特点都是丈夫外出多年（或从军，或应举），辛苦持家，终于等到丈夫富贵回来，自己亦得回报。另一类因贫反目者，则以朱买臣休妻的故事为代表形成反面惩戒。这个故事从《汉书·朱买臣传》脱化而来，从元杂剧到明清传奇，流传甚广，佚名《朱买臣休妻》、庾天锡《会稽山买臣负薪》、阙名《朱太守风雪渔樵记》、顾谨《佩印记》、单本《露绶记》，佚名《烂柯山》、《渔樵记》。尽管各个作品在细节方面有差异，但总体线索和理念差别不大，即朱买臣妻子崔氏难耐贫寒，离开丈夫，改嫁他人，但后来丈夫飞黄腾达，崔氏悔恨已晚。这两类女性形象凝结了中国民间朴素的道义感和婚姻观，不过从伦理教化的角度，抓住了人们内心趋利避害的共有情结，从正反两方面予以强化。这个故事在《闽川闺秀诗话》中闺秀诗人笔下亦有体现，如毛秀玉诗：“莫笑今生薄命人，与君白首共清贫。挑灯漫读朱公传，谁道诗书负买臣”[204]，诗虽称是读朱买臣传记，其实在民间，戏曲的影响更大，朱买臣休妻的故事对于女性造成的心理压力不言而喻，女性忍受贫贱一方面存在着不易贫贱婚姻的道义感，另一方面也不无一朝腾达的希望。

从中国女性诗歌创作史的角度看，清贫叙述表现了明清女性诗歌创作平

202（清）卢蕴真《题乞丐图》，《紫霞轩诗钞》，见《北京师范大学图书馆藏稀见清人别集丛刊》，第451页。
203 转引自曹大为：《中国古代女子教育》，第95页。
204（清）毛秀玉：《妾薄命》，（清）梁章钜《闽川闺秀诗话》卷1，见《续修四库全书》第1705册，第627页。

民化的发展趋势，可以看出清代女性诗歌创作群体从早期以宫廷、贵族女性为主，转而以经历了中下层苦难生活的闺秀诗人为主，这样一种创作体验的变化。此外，清贫叙述这一话语模式也表现了明清女性诗歌创作的伦理化特征日趋鲜明的特色，在对待贫困的态度上，并存在着安贫乐道与希冀富贵腾达两种态度，也是女教传统与世俗思潮在闺秀诗人创作心态中相碰撞的体现。

第四节　节烈妇之闺秀身份与情感表达

在《闽川闺秀诗话》记述的闺秀诗人群中，节烈妇占有较大的比重。在清代中后期，这一群体首先是因为其节烈妇的身份为地方志、闺秀诗人的诗歌选集、总集等文献文本所看重。在阐扬道德教化的文化语境中，有关节烈妇诗人的身世、生平、节孝传奇等方面的事迹总是受到人们的强烈关注。闺秀诗人在情感的表达及书写方式上，也深受节烈妇这一身份的制约。这一闺秀群体人生经历较为坎坷，由于生活境遇的巨大变化，极大地影响并改变了她们的诗歌风格。

一、诗话对节烈妇闺秀身份的关注

在宗法社会要求的女性的品德中，对于婚姻的忠诚和专一是被绝对化的强调的，此类品格最重要的代表即为节烈妇（女）。烈妇及烈女一般指的是丈夫或未婚夫去世后自杀殉夫者。而节妇则是在丈夫去世后，守节终身者。烈妇或烈女留下的作品不多，多带有绝笔的性质。而守节多年者且有创作能力的女性往往会留下较多的作品，代表如许琛、郑咏谢，她们以节妇加才女的身份在地方知名，形成很好的声望和口碑，其诗作也有着很高的艺术水平。《闽川闺秀诗话》中记录的节烈妇在全书中占有较大的比例，据统计有 21 位，占全书总人数 103 人的 20%，其封建女德表彰之意是很鲜明的：

表二十二：《闽川闺秀诗话》所涉节烈妇身份表

	姓　名	身份	生平简述	来　源	卷数
1	方琬	节妇	早寡，抚孤守节以终。		卷一
2	权氏	节妇	王德威妻权氏，未行，夫得喑疾，兼患瘫痪，使辞婚，氏曰："事夫，妇职也，焉有贰？"乃归，别居治药饵。三年而夫亡，矢志抚嗣子。	《长乐县志》	

3	王巧姐	烈女	许嫁陈氏子，未归，以烈终	《福建通志》	
4	陈氏	节妇	早寡，以节终	《福建通志》	
5	阮氏	节妇	以节终	《福建通志》	
6	郑氏	节妇	以节终；抚孤克有成立	《福建通志》	
7	石氏	节妇	夫亡抚孤	《漳州通志》	
8	严氏	烈妇	及于归，夫有恶疾，氏安之。夫亡无子，乃以烈终。		
9	林琼玉	节妇	早寡，以节终	另有陈秋坪所作传记	
10	郑孟姬	节妇	以节孝受旌表	另有朱仕琇所作传记	
11	庄九畹	节妇	未婚而寡，以节终		
12	许琛	节妇	早寡，以节终		
13	林瑱	节妇	早寡，以节孝受旌		卷二
14	郑翰莼	节妇	早寡，自课其二子		
15	郑镜蓉	节妇	为文安令衣德子妇。早寡以节终，得旌表。		
16	郑咏谢	节妇	早寡。“比归榕城，妹婿端卿和鸣雅奏之音，化为别鹄离鸾之曲”	郑大锦：《簪花轩闺吟研耕诗存》序	
17	吴素馨	节妇	许字某氏，未嫁而寡，守节于母家		
18	廖氏	烈妇	归连江余枢元，早寡……枢元左卒，以身殉		
19	梁兰省	节妇	未几孀居，乃专心课子，不暇以吟咏为工		卷三
20	陈若苏	节妇	佩香死，守节抚孤，备极哀苦		卷四
21	齐祥棣	烈女	许字同邑陈兆熊，未于归，而兆熊卒。		

这种伦理价值取向也影响到了《闽川闺秀诗话续编》，以下为《续编》中的节烈妇诗人情况统计：

表二十三：《闽川闺秀诗话续编》中节烈妇身份表

	姓　名	身份	诗话中的记叙	来源	卷数
1	卢蕴真	节妇			卷一
2	林氏	烈女	夫卒，氏闻讣，殉之。	《福建通志》	

3	徐氏	烈女	未行而夫病笃，氏闻潜祷于大士，未几殁。父母隐之，仍择配陈族以泯其迹，期有日矣。女觉，乘间投缳而死。	《福建通志》	
4	汪氏	烈妇	夫卒，氏作绝命诗，不食死。	《福建通志》	
5	郑氏	烈妇	妻，立嗣，毕，恸哭投缳	《福建通志》	
6	潘守素		年二十二寡，遗腹，及曾孙德树生，氏始卒，年七十五	《福建通志》	
7	朱芳徽	节妇	早寡，无子。孺人年八十，完节终。	丁芸按语	卷二
8	金贞玉	节妇	岱岩公侧室，早卒，家道中落……卒年八十九	《陔南山馆诗话》	
9	王贞仙	烈女	九岁字于儒士郑瀛洲……未嫁，郑遭母丧，七月五日以毁卒。女闻之，誓以身殉。初七日，谓其母曰：“今夕，天孙渡河期也，穿线光阴，茶瓜如梦。”遂入室沐浴，更衣毕，投缳卒。时年二十一	《福建通志》	
10	杨秀珠	节妇	其夫延祺早逝	《筠青阁吟草》序	
11	曾如兰	烈妇	同邑林邦基室，寓家仁和。姑殁，夫以毁卒，许夫以殉，……越三年，翁殁，遂绝粒不食，出所镕金丸吞之。	《杭郡诗续辑》	卷三
12	李氏	烈女	闻夫疾笃，日夜忧之。已而舅姑病亡，讣至，氏误以为夫死也，作《十可怜》诗，赴水死	《福建通志》	
13	张氏	烈女	夫亡，氏作绝命诗而逝	《福建通志》	
14	郑徽音	节妇	奉迈姑，抚嗣子，苦节十二年殁。	《长乐县志》	
15	林氏	节妇	夫卒孀守	《长乐县志》	
16	陈氏	节妇	年廿五，夫故，守节不渝	《长乐县志》	
17	郑氏	节妇	夫卒，孝以奉姑，勤于课子	《长乐县志》	
18	陈氏	节妇	夫卒	《长乐县志》	
19	林氏	节妇	夫病笃……后抚三孤，皆成立。	《长乐县志》	
20	林氏	节妇	夫故子幼	《长乐县志》	
21	陈氏	烈妇	早寡，无子	《福建通志》	
22	林清璘	节妇	未婚，闻夫病革……其姑趋至止之，乃缟素归夫门	《福建通志》	
23	陈齐宋	烈妇	归叶一年，夫死，服丧三年……遂自经	《福建通志》	
24	翁永官	烈妇	夫死。逾夕，取夫魂帛，自经柩侧，为婢救苏；……逾月，遂悬而绝	《福建通志》	

25	郑美宋	烈妇	年十七，归薛，五载夫卒。自治丧具，投缳死。	《福建通志》	
26	吴氏	节妇	年二十寡。足不逾域者二十余载。	《福建通志》	
27	翁佳宋	烈妇	夫卒。作哀词四章。投缳以殉。	《福建通志》	
28	林吴祉	烈妇	夫卒，期以身殉	《福建通志》	
29	袁贞姿	节妇	夫死，氏年十九，子甫三岁……苦节二十余年，卒。	《福建通志》	
30	黄氏	烈妇	夫殁持丧，逾年，作绝命诗自缢	《福建通志》	
31	余焕	郭月波未婚妻		《闽诗录》	
32	张氏	烈妇	夫亡，逾三月，作七言绝自决，投缳死。	《福建通志》	
33	黄氏	烈妇	溺死，黄遗腹不育，遂自刎	《福建通志》	卷四
34	侯氏	节妇	年十九，夫死，痛不欲生。遗腹生子，抚之五载，又殇。氏悲痛，入房赋《十叹》诗，以酒奠夫灵，投缳死。	《福建通志》	
35	王氏	烈妇	年二十四，夫死，止遗一子，逾年亦丧……设酒醴姑及夫，端坐自缢。	《福建通志》	
36	李闺容	节妇	适高某，早卒，无子。茹荼饮蘖数十年。	《昭阳风雅》	
37	黄氏	节妇	年二十三，夫亡，冰霜自矢，课子读书有成	《福建通志》	
38	吕氏	烈妇	年二十四，夫亡，无出，遗孕一女又夭……至大祥日哭奠毕，挂绢于壁，投缳其下。	《福建通志》	
39	黄昙	节妇	归陈日贯，早寡，以贞寿得旌表		

以上节妇都有着不同数量的诗歌创作：根据《闽川闺秀诗话》及《国朝闺秀诗柳絮集》以及相关别集整理，可知节烈妇闺秀诗人的创作情况：

表二十四：《闽川闺秀诗话》所涉节烈妇闺秀诗人创作情况表

姓　名	诗	句	诗集
方琬	4	1	《断钗集》
权氏	1		
王巧姐	1		
陈氏	1		
阮氏	1		

郑氏	1		
石氏		1	
严氏		1	
林琼玉	11		
郑孟姬	2		
庄九畹	1		
许琛	210		《疏影楼稿》
林瑱	59		《自芳偶存》
郑翰莼	3	1	《舟中吟草》
郑镜蓉	4		
郑咏谢	230		《簪花轩诗钞》
吴素馨	1		
廖氏	1		
梁兰省	13		《梦笔山房诗稿》
何玉瑛	174		《疏影轩遗草》
陈若苏	2		
齐祥棣			《玉尺山堂遗稿》

这些节妇分为两种情况：一种记载极为简略，与其说是因为其诗作被留在了地方志中，还不如说是因为她们节烈妇的身份而受到了关注。换句话说，相对于她们的诗歌创作，其节烈妇身份受到更多的关注，她们的只言片语正是因为节烈妇身份而得到瞩目。这些女性大多身处中下层社会，占大多数，留下的诗歌资料极少。第二种是出身诗书世家，本身具有很高的诗歌创作成就，她们是以诗人和节妇的双重身份而受到关注。这类女性一般早年生活安宁幸福，遭遇夫亡之后，备受打击，生活境遇发生了很大改变，她们的诗歌创作也因这一变故而发生很大的转变，最典型的就是郑咏谢和许琛。这两位都是出身于诗书世家，在未出嫁的时候受过了很好的诗学训练，出嫁后过了一段相对平静的生活，遭遇变故之后，诗歌风格变化很大。如郑咏谢，我们从其堂兄的描述中，可以看出，郑咏谢早年生活相当幸福。父亲郑方坤是福建著名学者、诗人，历任邯郸知县，兖州知府等职。母亲黄昙生亦是出身名门，能诗。伯兄郑天锦也是进士出身，以诗著名，其姐妹九人都善诗。和郑咏谢感情非常深的伯兄郑天锦回忆其早年生活时，是这样描述郑咏谢早年的生活："当余居东省时，吾妹方赋于归留膝下，触目无非乐境。凡所题咏，皆怡悦之音。比归榕城，妹婿端

卿好客，恒觞我环碧轩中，酒中辄出妹诗相示，忽忽若昨日事。今重过其处，园林如故，风景顿殊，遂令和鸣雅奏之音，化为别鹄离鸾之曲矣。”[205]其中也记录了郑咏谢丧夫的生活变故。郑咏谢所留诗集《簪花轩诗钞》共三卷，第一卷《簪花轩诗钞》是其生活和悦幸福的反映，基本上咏物诗和游记诗，鲜有凄苦悲凉之音，多为悠游生活的闲愁，即郑天锦所言的“和鸣雅奏之音”。二卷《断鸿编》、三卷《砚耕偶存》中闲适的咏物诗极少，多为凄苦之音，多记生离死别，和作闺塾师的生活记录。（郑咏谢诗歌的文本分析详见第四章）同样的情况也反映在许琛身上。许氏家族是福建明清时期著名的诗书世家，其家族代有诗人。许琛和郑咏谢有同样的经历，只不过许琛的境遇更为悲惨，周围的亲人都去世，孑然一人，靠书画和别人接济生活。而其诗书画也因生活的变故，从题材到风格都发生了很大变化，“先时节妇画工花鸟草虫，至是乃专写梅竹，及寒菊数枝，具苍辣疏古之致。诗亦直摅胸臆，不藻饰规抚以为工。其素心之号，亦自是始著也”[206]，可以看出许琛诗歌因其身份和生活境遇的改变而发生了根本性的转变。

二、节烈妇闺秀诗人的情感表达

在宗法社会中，夫为妻纲，婚姻家庭是她们人生的全部价值，因此，夫亡意味着正常生活的破灭，自然，她们的诗歌中表现出极大的悲愤苦怨之情。她们本希望有着夫妻和乐，举案齐眉的生活，但命运的残酷终究是不能敌的。特别是明清之际，世俗思想在逐渐兴盛，特别是东南沿海一带，人们向往和享受世俗生活。女性也未尝不是如此，她们通过诗歌表达她们的相思情爱。正如《闽川闺秀诗话》有黄幼藻《明妃曲》：“天外边风掩面沙，举头何处是中华？早知身被丹青误，但嫁巫山百姓家”[207]，借昭君来抒发个人的情爱观念，一方面是对于幸福生活的期待，一方面是伦理道德制约下的人性束缚。一些节妇叙写了早年的美好生活，如著名的节妇许琛称：“自承巾栉四年来，闺中庑下庄梁案。一片蛮香烧夜月，数声白雪挥霜翰。君读韦编为君辑，君抚瑶琴妾操缦。樱桃

205（清）梁章钜：《闽川闺秀诗话》卷 3，见《续修四库全书》第 1705 册，第 636 页。
206（清）梁章钜：《闽川闺秀诗话》卷 1，见《续修四库全书》第 1705 册，第 631 页。
207（清）梁章钜：《闽川闺秀诗话》卷 3，见《续修四库全书》第 1705 册，第 629 页。

花发绣帘前，凤凰台上吹箫伴”[208]；“儿夫闽海携轻棹，官阁和鸣赋凤凰。鸿案相随吟二南，不谙纫组每相惭。听君读史添金鸭，露湿花梢更已三”[209]；程氏“记得当年明月夜，妆台唱和有双声”[210]，表达了对于美好夫妇生活的怀念。一些烈女或烈妇临终的绝笔诗则可见出她们内心的痛苦，如“王巧姐，闽县人，许嫁陈氏子，未归，以烈终”，有绝笔云“数载深愁血泪输，早知形影逐时枯。伤心未识陈郎面，难画人间举案图”[211]，女诗人在想象中与未来的夫婿举案齐眉，然而夫亡使得这一切都成为了泡影。在女性道德训诫的年代里，世俗潮流强化了她们的生命痛感，如“权氏，长乐人，归王德威，以节终，有《闺中草》，临终云：‘结发为夫妇，三年失所天。五旬犹处子，且订后生缘。’”[212]

烈妇的自杀，被包装成了道德的楷模，殉节的榜样。但是否是女性内心的真实声音，未尽然，正如曾如兰“镜里菱花冷，三年泪未干。已终姑舅老，复咽雪霜寒。我自归家去，人休作烈看。西陵松柏下，夫妇共盘桓”[213]。“人休作烈看”的呼喊，女诗人透过诗歌撕掉贴在身上的道德楷模标签，她怀念着往昔的温馨生活，希望在另外一个世界与丈夫共盘桓。许琛守节多年，地方上有着良好的声望，但诗中不乏对世俗家庭生活的怀念：“三十年来独掩扉，寒梅瘦竹共相依。虽将斑管生涯日，终逊邻家织女机。”[214]

烈女齐祥棣也是如此，她是梁章钜朋友河南知府齐鲲的女儿，梦槐老人许福祉的孙女[215]，在她少女时期充满了对于生活的热爱，喜爱精心的梳妆打扮，“闲拈金剪出朱栏，要拣名花髻上安。桃萼太红梨太白，选香选色称心难”[216]；调弄鹦鹉亦妙趣横生，“画架翩翩巧弄音，有人隔槛最关心。怕他

208 （清）许琛：《哭夫子》，《疏影楼稿》，清道光十四年刻本，4b-5a页，福建省图书馆藏。

209 （清）许琛：《记事珠歌》，《疏影楼稿》，清道光十四年刻本，15b页，福建省图书馆藏。

210 （清）丁芸：《闽川闺秀诗话续编》卷1，见王英志主编：《清代闺秀诗话丛刊》第1册，第284页。

211 （清）梁章钜：《闽川闺秀诗话》卷1，见《续修四库全书》第1705册，第626页。

212 （清）梁章钜：《闽川闺秀诗话》卷1，见《续修四库全书》第1705册，第626页。

213 （清）丁芸：《闽川闺秀诗话续编》卷3，见王英志主编：《清代闺秀诗话丛刊》第1册，第303页。

214 （清）许琛：《魁将军画册并题一绝》，《疏影楼稿》，清道光十四年刻本，44b页，福建省图书馆藏。

215 （清）梁章钜：《闽川闺秀诗话》卷4，见《续修四库全书》第1705册，第659页。

216 （清）齐祥棣：《簪花》，《玉尺山楼遗稿》，中国科学院图书馆藏。

解语偏饶舌，学得侬诗宛转吟”[217]，并且以七夕或以箫史的典故含蓄表达自己的爱情愿望：“仙子吹箫娇引凤，侍儿捧砚小垂鸦”[218]，“云卷天街夜漏迟，年年此夕指为期。笑他儿女空言恨，修到神仙亦怨离。”[219]但命运未能如人意，后来“许字同邑儒士陈兆熊，未于归，而兆熊卒，家人秘之弗使知。有他姓来求婚者，女始觉，潜易素服，投莲池中。时陈氏宅中忽起异香，人皆骇异。后乃知其为贞女之魂归来也。贞女初生时，其母梦人授以白莲花，故贞女十余岁时有《咏白莲花》七律云：‘佳人玉立水中央，浣尽铅华作素妆。琼佩月明遗远浦，缟衣露冷渡横塘。娇能解语应增媚，淡欲无言只送香。秋气满湖凉似洗，扶持清梦到鸳鸯。’人以为诗谶。后陈家迎其柩归合葬，其墓正对莲花峰云”[220]，未归而夫亡，女子认为殉夫其实是到另一个世界去寻找和陪伴自己的伴侣，梁蓉函在悼念她的诗歌中也写道：“闻道螺江是婿乡，摽梅尚未赋倾筐。罡风忽折琼瑶树，闺里闻知心暗伤。藏钩花径遗诸婢，掷雉萱堂伺阿娘。案上忙收旧诗草，灯前潜着素衣裳。取义成仁心已决，岂惜花残与月缺。芳池秋水净如霜，为涤尘缘沁玉骨。魂归陈宅谁能识，却有香风送消息。优昙暂现世间身，琴瑟终成天上匹。佳识曾吟诗一章，果然清梦叶鸳鸯。”传奇性事件的叙述为悲惨的殉夫增加了浪漫色彩，同时又通过这种传奇性强化道德训诫。

不过，更多女性不得不接受以理节情的悲苦人生。她们宁静心志，不恋尘俗，“不逐金钗逐翠陌，不数花晨与月夕。布裙椎髻颇自如，灵府清虚似白璧。”[221]。特别值得注意的是，在诗歌中，以松竹梅等这些象征士人志节的意象来进行自我砥砺：“陈氏《题画松》云：‘爱此后凋节，森森不改柯。凌霜还耐雪，几度岁寒过。”“郑氏，古田人，归余升标，以节终……《题画梅诗》云：‘残雪古墙阴，山空夕照沉。无粮偏有鹤，相对守寒林”[222]其中，

217（清）齐祥棣：《鹦鹉》，《玉尺山楼遗稿》，中国科学院图书馆藏。
218（清）齐祥棣：《中秋忆少菊二姊四叠前韵奉呈》，《玉尺山楼遗稿》，中国科学院图书馆藏。
219（清）齐祥棣：《七夕》，《玉尺山楼遗稿》，中国科学院图书馆藏。
220（清）梁章钜：《闽川闺秀诗话》卷 4，见《续修四库全书》第 1705 册，第 659-660 页。
221（清）许琛：《记事珠歌》，《疏影楼稿》，清道光十四年刻本，15b 页，福建省图书馆藏。
222（清）梁章钜：《闽川闺秀诗话》卷 1，见《续修四库全书》第 1705 册，第 627 页。

许琛的表达尤是代表，梅花和菊花等都成了她的精神寄托，或栽种，或以诗歌书写，或托画图描绘："庭植梅竹，自匾其楼曰'疏影'。日焚香观书，间展纸作画，自题小诗其上。先时节妇画工花鸟草虫，至是乃专写梅竹及寒菊数枝，具苍辣疏古之致。诗亦直摅胸臆，不藻饰规抚以为工。其'素心'之号，亦自是始著也。"[223]在她的诗歌里尤以梅菊为多，有的是以梅菊写自己孤寂之态，"伤离感逝不禁悲，无赖生涯午梦迟。瘦骨迩来成老态，如梅梢冷菊离披"[224]，有的以写梅菊不畏雪霜之姿来抒发自己的情志之坚："一间纸屋比陶家，数朵秋英亦可嘉。绝好如君称晚节，有谁同汝斗霜华"[225]，或者将梅菊视为己友，"梅花耐雪菊经霜，和靖渊明趣味长。我亦清狂狂笔墨，写他傲骨伴寒香"[226]，"铁干岂能增潦倒，冰容无那自低徊。朔风休得轻相妒，应有阳和暗里催"[227]。对于梅菊的爱好是她人生的快慰，也是精神的支撑："寒梅笔力原非易，瘦菊精神更觉难。何事绿窗书画癖，泥人扶病写来看"[228]。

此外，许琛的梅菊诗中还有着名士的潇洒之感，与历史中赏梅爱菊名人的趣味共鸣："偶学林和靖，看梅过半生。暗香如解语，对我倍多情"[229]，此外，与其他闺秀交往中也有此体现，"余生相约梅花友，梅亦曾同宿好来。更取秋英香晚节，相将共向雪霜开"，"一肩旧酿一肩花，扣我桥南丁卯家。知我对花当把酒，谢君酌酒酬秋华"[230]，赏花饮酒中包含了名士的出尘之姿。

她们以梅菊为彼此的鼓励和赞美，梅兰竹菊不再仅仅是男性诗人笔下情志之体现，也成了女性，特别是节妇诗彼此砥砺情志之象征。

223（清）梁章钜：《闽川闺秀诗话》卷1，见《续修四库全书》第1705册，第631页。

224（清）许琛：《怀采姊并作梅菊图以寄》，《疏影楼稿》，清道光十四年刻本，19页，福建省图书馆藏。

225（清）许琛：《霜菊》，《疏影楼稿》，清道光十四年刻本，24a页，福建省图书馆藏。

226（清）许琛：《画梅菊作》，《疏影楼稿》，清道光十四年刻本，13a页，福建省图书馆藏。

227（清）许琛：《雪梅》，《疏影楼稿》，清道光十四年刻本，24a页，福建省图书馆藏。

228（清）许琛：《合珍妹索梅菊图并题一绝》，《疏影楼稿》，清道光十四年刻本，31a页，福建省图书馆藏。

229（清）许琛：《看梅偶作》，《疏影楼稿》，清道光十四年刻本，13b页，福建省图书馆藏。

230（清）许琛：《李筠心夫人惠佳酿因写离披数枝以谢》（其一）（其三），《疏影楼稿》，清道光十四年刻本，31b-32a页，福建省图书馆藏。

图十:《疏影楼诗集》书影

疏影樓詩集小敘
葢聞門風綺麗曹則大家品藻芳華左惟嬌女書生不櫛競誇名閥於汝南才子掃眉樂誦清芬於閨内然而栢舟致咏衛女傷心黃鵠興歌陶姬苦節從來福命大抵相妨繄惟許氏毓質儒門字曰素心鍾靈海嶠趨庭他日伏女則口授三墳毀齒童年令嫺則名高諸姊銀釭夜嘆酷慕屈宋曹劉繡閣春朋兼寫荆關董巨泊乎螢天隨宦遲爰日於珠江遂爾宮舍齊牢締同心於花縣參軍新婦喜兩美之相遭鴻案張眉普百年而偕老擘花箋兮裁句擅綵袖兮揮毫固知南國有佳人居然

有的节烈妇闺秀诗作，取法中晚唐人，多寓平淡清苦之味，如郑翰莼有《归舟次建安》二律云：“风木有余恨，音容都渺茫。绿痕缘旧壁（绿痕书屋为先君宴息处，手书扁额犹存），墨渖胜残香。遗照三年泪，虚廊五夜霜。凄凉今日返，不见出扶将”，“往事同棋局，吾生类聚萍。关山多阻隔，亲故半凋零。去棹波偏急，浇愁酒易醒。谁知别后意，哀雁落寒汀。”[231]写人世之沧桑，感伤悲凉，其中“虚廊午夜霜”炼字新警，而“关山多阻隔，亲故半凋零”用语朴素，写情深挚。再如郑孟姬的《即目》：“新竹如柳垂，弄影清池上。幽禽偶一栖，亚枝作微响。见人已高飞，焉能识所往？”颇有格调。

闺秀诗人的情感抒发与伦理教化关系密切，这也是闺秀立身行世与诗歌

231（清）梁章钜：《闽川闺秀诗话》卷 2，见《续修四库全书》第 1705 册，第 631 页。

创作受到重视的原因所在。首先从闺秀诗人在孝亲、夫妇、手足、慈幼等方面的情感表达中，可以看出闺秀诗人是如何在家族伦理网络中涵养性情；其次在闺秀诗人的母教中，可以看出闺秀诗人在家族文化传承中的重要作用，这也从另一个角度说明福建闺秀有很高的文化素养；通过对闺秀诗歌中清贫叙述的分析，呈现闺秀诗人的创作情境与生存况味，在自我观照意味强烈的诗歌书写中，可以看出闺秀诗人精神深处的操守与品格；最后就闺秀诗人群中的节烈妇群体展开分析，分析节烈妇身份对这一闺秀群体的情感表达及艺术风格所产生的影响。

第八章　戏曲教化与方志书写中的福建女性

明清是戏曲繁荣的时代，可以说无论在官宦家庭、诗书之家还是社会民间都有着戏曲的上演和欣赏。而明清女性也多有观戏行为，有学者称："明清女性主要通过迎神赛会、曲会、文人士大家宴等三种方式观戏；由于戏曲演出方式、观看方式的不同，明清女性戏曲观众形成'雅观'和'俗观'两种不同趣味、风格、形态的观戏形态，这一雅俗分观特征打上了戏曲发展过程中的"文人化"与"民间化"的烙印。"[1]

如果说中国诗歌的教化作用源远流长，那么利用戏曲同样是教化的重要工具。至于戏曲教化功能形成的时间，有学者认为在元末明初："中国古代戏曲道德教化观与儒学传统及其文艺思想有着密切的内在联系，但这两条发展线索在元代出现了脱节。到了元代中期至后期，入主中原的元蒙统治者开始恢复科举考试，程朱理学逐渐受到社会的推崇，并一直延续到明代。元末明初时期，程朱理学广泛渗入到戏曲创作之中，中国古代戏曲道德教化观在此时得以正式形成。"[2]

戏曲作家对于自己的作品的教化功能也有强调，有"南戏之祖"之称的《琵琶记》的作者高明曾说过，"不关风化体，纵好也徒然"[3]。除此之外，还有不少戏曲中表达对于"风化"的关注。如"聘则为妻。奔则为妾。……你今私自赶

1　蒋小平：《明清女性观戏述论》，《戏剧艺术》2011 年第 6 期。
2　杨茜：《中国古代戏曲道德教化观形成时间考论》，《河北学刊》2017 年第 3 期。
3　（明）毛晋编：《六十种曲》，中华书局，2007 版，第 1 页。

来。有玷风化。”[4]“自古来整齐风化。必须自男女帏房。但只看关睢为首。”[5]“今世里父贤子不孝。子孝父不达。这的是父不父子不子伤了风化。”[6]

戏曲通过文学方面的曲词感人，再加上音乐方面的以婉转曲折之曲调，达到化人之深的作用。戏曲对于民间妇女尤有作用，“透过戏剧影响力，民间妇女有许些知识吸收渠道来自剧本，长期身处父权语境的女性，不自觉地，对此种加诸于妇女的道德、责任要求视为理所当然。习惯成自然地，把来自于外部的话语，在心理内化成为社会认知的一部分。毫无疑问的扮演起社会为她指派的角色。”[7]也就是说女性们受到戏曲的熏陶之后，其行为会受到极大的影响。

如果说方志的叙写也是一种书写形式和叙述方式，我们可以看到不同文本的深层的联系，也就是说，方式中记录和赞颂的节妇、贤媛与烈女与戏曲中记录的有典型儒家美德的女性的行为是一致的，从文本叙述方面具有非常强的同构性。

福建是戏剧大省，有莆仙戏、闽剧、梨园戏、高甲戏、芗剧等。以莆仙戏即为例。莆仙戏源于唐、成于宋、盛于明清，流行于古称兴化的莆田、仙游二县及闽中、闽南的兴化方言地区。其中的教化思想，余宁宁《莆仙戏教化思想及其创作初探》认为“这些观念既根植于儒家传统，又带有强烈的地域文化色彩，深受莆仙历史文化、宗教信仰、社会生活等因素的影响，展现了莆仙民间对于精英阶层文化的接受与改造，富含民间感性的色彩。莆仙戏面向观众，寓教于乐、寓教于情，擅于通过观众喜闻乐见的方式传递教化内涵，把握戏曲教化的节奏。”[8]另外，芗剧也多有反映教化内容的：“芗剧手抄本内容多以反映以才子佳人、除暴安良、王侯将相等题材为主，其情节内容也是以围绕反映封建道德体系来展开，目的是宣扬传统的社会伦理道德。”[9]

而受到包括戏曲在内的妇德教育影响的女性们，她们中的典型行为往往又被记录在地方志列女传中，因此形成了戏曲文本叙述和地方志列女传中文本书写的趋同性，而这正是本章要讨论的重要问题。下面两节，我们分别以《琵

4 （明）臧懋循编：《元曲选·迷青琐倩女离魂》，中华书局，1958 年版，第 711 页。

5 （明）臧懋循编：《元曲选·江州司马青衫泪》，第 898 页。

6 隋树森编：《元曲选外编·晋文公火烧介子推》，中华书局，1958 年版，第 401 页。

7 陈瑛珣：《清代民间妇女生活史料的发掘与运用》，天津古籍出版社，2010 年版，第 81 页。

8 余宁宁：《莆仙戏教化思想及其创作初探》，山东大学 2021 年硕士学位论文。

9 张伟博：《芗剧手抄本剧目研究》，《戏剧之家》2020 年第 5 期。

琶记》《白兔记》为例，通过对比戏曲文本和方志文本所记录的女性行为，来呈现不同文本中女性形象的同构现象。

第一节　《琵琶记》与方志中孝妇形象的书写之比较

元代高明的《琵琶记》中讲述了赵五娘丈夫进京赶考，而赵五娘独自持家，后经一系列家庭变故，与已经考中状元并且另取新妇的丈夫重聚。戏曲作为叙事文学，通过情节来呈现人物形象，赵五娘的贤妇形象则是通过一系列有代表性情节表现出来的，如糟糠自厌、剪发卖葬等，真切感人的情节充分把赵五娘的贤妇形象表达出来，起到陶染人心的作用。

而明清福建戏曲中如梨园戏（上路）传统剧目也有关于赵五娘的故事，称作《赵真女》，亦称《蔡伯喈》，基本梗概与南戏《琵琶记》类似，据《中国戏曲志·福建卷》："越州陈留人蔡邕（字伯喈）赴京赶考，久无音讯。其双亲相继亡故。妻赵真女携所描公婆真容，怀抱琵琶沿路弹唱，上京寻夫。及抵京，真女在弥陀寺内求长老做功德追荐公婆亡魂，恰蔡来，真女惊避之，忘拿'真容'，为蔡所得。始知蔡已中状元，并入赘牛府。小姐牛丽华曾差人接公婆来京，杳无信息。真女乃扮成道姑入牛府，见牛小姐贤达知礼，遂告以实情，并在蔡书房所挂'真容'上题诗。蔡见诗问及牛氏，三人团聚。剧中生扮蔡伯喈，大旦扮赵真女，二架旦扮牛小姐，丑扮院子，净扮长老，末扮院翁。现存老艺人何淑敏、李茗钳口述记录本。"[10]

另外，据《中国戏曲志·福建卷》称："此剧还是莆仙戏传统剧目，称《蔡伯喈》。有两种演出本：一为单出戏，写蔡伯喈荣贵负心，赵贞女到京寻夫，蔡伯喈意不肯认，纵马伤害赵贞女，玉帝派雷公电母击毙蔡伯喈。二十世纪二十年代，熙春台班曾演出。由生仔煌扮演蔡伯喈，旦仔兴扮演赵贞女。生仔煌演'马踏贞女（五娘）'时，残暴凶狠，令人痛恨。莆仙民间流行有'马踏赵五娘，雷打蔡伯喈'等谚语。一为本戏，演蔡伯喈中状元后，入赘牛相府，妻赵五娘在家侍奉翁姑。大旱年，五娘自己吃野菜、咽米糠，而以白米饭孝敬二老。里正抢去她家中赈米，二老饥亡，贫不能葬，五娘以裙衣捧土为坟。不久，五娘迫于生活，抱琵琶求乞上京寻夫，得牛宰相之女帮助，引伯喈相见，夫妻

10 中国戏曲志编纂委员会：《中国戏曲志·福建卷》，文化艺术出版社，1993年版，第143页。

团圆。”[11]第二种，即是与南戏《琵琶记》一致的故事。

另外，1955 年春夏之间，文化部副部长、文学史家郑振铎经过莆田时，搜求到一册清同治三年《蔡伯喈》折戏抄本，认为是研究南戏的珍贵资料，后来该抄本不知下落。莆田县编剧小组收藏有《蔡伯喈》折戏和全本戏的剧本，可惜“文化大革命”中被付之一炬。[12]

可见，赵贞女故事流传之久，既然流传这么久，可以说，一方面符合人们的心理需求，同时也影响着女性们的作为。

一、生活中的孝顺

“孝”在传统中国伦理中具有重要地位，所谓“百善孝为先”，即“孝”在各种善德中居于首位。对于女性而言，出嫁前后孝顺的对象有所转移，由对父母的孝则变为对公婆的孝。对于公婆的孝顺在《琵琶记》中有非常具体典型的表现，特别是“糟糠自厌”一出：

> 【山坡羊】〔旦上〕乱荒荒不丰稔的年岁，远迢迢不回来的夫婿。急煎煎不耐烦的二亲，软怯怯不济事的孤身己。衣尽典，寸丝不挂体。几番拼死了奴身己，争奈没主公婆教谁看取？〔合〕思之，虚飘飘命怎期？难捱，实丕丕灾共危。
>
> 【前腔】滴溜溜难穷尽的珠泪，乱纷纷难宽解的愁绪。骨崖崖难扶持的病身，战钦钦难捱过的时和岁。这糠，我待不吃你呵，教奴怎忍饥？我待吃呵，教奴怎生吃？思量起来不如奴先死，图得不知他亲死时。〔白〕奴家早上安排些饭与公婆吃，岂不欲买些鲑菜，争奈无钱可买。不想婆婆抵死埋冤，只道奴家背地吃了甚么。不知奴家吃的是细米皮糠，吃时不敢教他知道，只得回避。便埋怨杀了，也不敢分说。苦！真实这糠秕怎的吃得。〔吃介〕【孝顺歌】呕得我肝肠痛，珠泪垂，喉咙尚兀自牢嗄住。糠！遭砻被舂杵，筛你簸扬你，吃尽控持。悄似奴家身狼狈，千辛万苦皆经历。苦人吃着苦味，两苦相逢，可知道欲吞不去。〔吃吐介〕〔唱〕【前腔】糠和米，本是相依倚，谁人簸扬你作两处飞？一贱与一贵，好似奴家与夫婿，终无见期。丈夫，你便是米么，米在他方没寻处。奴家便是糠么，

---

11 中国戏曲志编纂委员会：《中国戏曲志·福建卷》，第 160 页。

12 中国戏曲志编纂委员会：《中国戏曲志·福建卷》，第 161 页。

怎的把糠救得人饥馁？好似儿夫出去，怎的教奴，供膳得公婆甘旨？〔不吃放碗介〕〔唱〕思量我生无益，死又值甚的！不如忍饥为怨鬼。公婆年纪老，靠着奴家相依倚，只得苟活片时。片时苟活虽容易，到底日久也难相聚。谩把糠来相比，这糠尚兀自有人吃，奴家骨头，知他埋在何处？[13]

此段曲词写在赵五娘在灾荒之年将食物让给公婆吃，而自食糟糠的情景。其中赵五娘痛苦的心情表现得十分动人之极，她隐忍克己、孝顺利他的精神通过曲词表现得十分充分。

而如果我们对比明清时期福建地方志的书写，此类女性形象很多，跟赵五娘的戏曲中的表达方式十分相似，如：

林氏，诸生陈必奋妻，夫亡，屡投缳被救，勤十指，抚三孤，奉舅姑必以甘旨，而自食秕糠野菜，二老殁，拮据营葬。[14]

严氏，蔡克明妻，寡，时孤生甫七月，家贫，自减餐而以甘旨奉姑，殁执丧尽礼。[15]

周仲宋，松潭人，归儒士刘崇益，夫卒，无子，夫弟方四岁，家贫，年荒，氏勤作易米供翁姑与夫弟，自己只食麦麸。[16]

陈氏，名品官，幼聪慧，不好嬉戏……氏粗衣粝饭必谋甘旨以奉堂上。[17]

刘燕徵，归太学何梅林，静默寡言笑，事阿翁孝谨，家既贫，时脱簪珥供堂上甘旨，以粗粝饱儿辈，自进饩粥而已。[18]

以上所引方志中关于女性的描述都有个共同的细节，即女性们把好的食物供给公婆而自己吃的差，其孝心通过这一点表达得十分鲜明。从这一点上看，人物形象和相关情节与《琵琶记》十分相似。

另外，有的女性在丈夫去世后，就用自己的女红技能来供给生活，十分

13 （元）高明著，钱南扬校注：《元本琵琶记校注》，中华书局，2009 年版，第 121 页。
14 民国《闽侯县志》卷 98，民国二十二年刊本。
15 民国《闽侯县志》卷 98，民国二十二年刊本。
16 乾隆《福清县志》卷 18，光绪二十年刻本。
17 民国《闽清县志》，民国十年铅印本。
18 民国《永泰县志》，民国十一年铅印本。

的艰辛：

郑氏，吴文标妻，夫亡，……强奉亲抚孤，竭力女红以供甘旨。[19]

西隅里林高贤妻黄氏，名乳用，年二十三寡，家贫孀守，姑寿百岁，甘旨之供皆氏十指中出，卒年九十三，邑令，刘详请旌奖，赠匾额曰："节著松筠"。[20]

另外，《琵琶记》中赵五娘不仅糟糠自厌，而且隐瞒此事，不让公婆知道，以免其伤心，可见传统女性之善良以及隐忍克己。在方志中也颇有此种特征的女性形象：

刘夫人，漳浦人。少端静肃敏。年十八，归宗伯世远。蔡氏先世贵仕，然门风清素。夫人入室，躬操作，姑不忍，每分其任。嗣是，夫人有事，常不敢令姑知。翁休官，家居病肺，夫人和滫瀡柔滑以进。姑晚得末疾，抑搔扶持，膳饮随所欲，夜偕诸姒更迭奉侍者，四年不懈。夫人未尝读书，而明于大义，与世远相庄不失色。[21]

其中，材料中提及这位"刘夫人"对于生活中的艰难"不敢令姑知"，很能看到《琵琶记》中赵五娘的影子。再有：

甘氏，海澄贡生许彦诏妻，宫保良彬冢妇。彦诏以力学赍志殁，氏年二十七，翁在粤。姑哭子惫甚，氏抑心收悲，惟恐戚其姑。妯娌十人，躬承顺以倡九人者，皆仪之。翁既贵，历随宦署，虽盛暑隆冬，午夜时闻杼轴声。年已老，犹主中馈事，不轻委诸妇及婢仆。[22]

甘氏的丈夫去世，自己不敢过度伤心悲泣，也是恐其姑更加伤心。这些都表现了女性所独有的心思细腻以及善良。

此类女性在生活中照顾公婆的事例在方志中的记叙还有很多：

黄氏海澄吴亨周妻。年二十寡。奉侍翁姑极孝谨，姑病八年，汤药不离侧。孀苦三十三年。乾隆二十六年旌。[23]

林氏壹娘，龙溪王公城妻。二十岁寡，遗腹生女，以夫侄为继

19 民国《闽侯县志》卷 98，民国二十二年刊本。
20 道光新修《罗源县志》卷 22，清道光十一年刻本
21 （清）沈定均修，（清）吴联熏增纂，陈正统整理：《漳州府志》，中华书局，2011 年版，第 1482-1483 页。
22 （清）沈定均修，（清）吴联熏增纂，陈正统整理：《漳州府志》，第 1536 页。
23 （清）沈定均修，（清）吴联熏增纂，陈正统整理：《漳州府志》，第 1538 页。

> 嗣。翁性卞急，氏独能承顺，以得其欢。翁疾，药饵必躬进，亲疏远近称孝者，无间言。当海氛时，夫从子掠于寇，氏鬻簪珥、废田宅以赎之。王家服亲咸知友爱，林氏之教也。卒年八十。乾隆二十七年旌。[24]

以上都是对于女子孝行的纪录，而且由于跟经典女德教化剧目情境的相似，我们完全可以对二者相关性进行联系。

二、艰难情境下的事死如生

传统社会的礼制讲究事死如生，而丧葬则是生活中的大事，而“孝”不仅通过生前的侍奉，同样也通过死后的丧葬表现出来。《琵琶记》中经典情节“剪发卖葬”即是描写赵五娘在十分拮据的情况下对于故去公婆的丧葬的，这也是《琵琶记》中的重要情节：

> 〔旦上唱〕【金珑璁】饥荒先自窘，那堪连丧双亲，身独自怎支分？衣衫都典尽，首饰并没分文，无计策剪香云。
>
> 〔白〕【蝶恋花】万苦千辛难摆拨，力尽心穷两泪空流血。裙布钗荆今已竭，萱花椿树连摧折。金剪盈盈明素雪，空照乌云远映愁眉月。一片孝心难尽说，一齐分付青丝发。奴家在先婆婆没了，却是张大公周济。如今公公又亡过了，无钱资送，难再去求张大公，寻思起没奈何，只得剪下青丝细发，卖几贯钱为送终之用。虽然这头发值不得甚多钱，也只把做些意儿，一似教化一般。正是：不幸丧双亲，求人不可频。聊将青鬓发，断送白头人。
>
> 〔旦唱〕【香罗带】一从鸾凤分，谁梳鬓云？妆台不临生暗尘，那更钗梳首饰典无存也，头发，是我耽阁你，度青春。如今又剪你，资送老亲。剪发伤情也，只怨着结发的薄幸人。〔剪又放介〕〔唱〕
>
> 【前腔】思量薄幸人，辜奴此身，欲剪未剪教我珠泪零。我当初早披剃入空门也，做个尼姑去，今日免艰辛。只一件，只有我的头发恁的，少什么嫁人的，珠围翠簇兰麝熏。呀！似这般光景，我的身死，骨自无埋处，说什么头发愚妇人！[25]

可见，公婆去世，赵五娘一方面忍受着亲人逝去的痛苦，另一方面忍受着

24　（清）沈定均修，（清）吴联薰增纂，陈正统整理：《漳州府志》，第1539页。
25　（元）高明著，钱南扬校注：《元本琵琶記校注》，第144页。

难以下葬的贫穷拮据之痛苦。曲词淋漓尽致，表现力极强。且看下面情节的叙写：封建社会的妇女一般不外出抛头露面，赵五娘经历了剪发之苦之后，还得经历卖发之窘：

【梅花塘】卖头发，买的休论价。念我受饥荒，囊箧无些个。丈夫出去，那更连丧了公婆，没奈何，只得卖头发，资送他。〔白〕怎的都没人问买？〔介〕〔唱〕【香柳娘】看青丝细发，剪来堪爱，如何卖也没人买？若论这饥荒死丧，怎教我女裙钗，当得这狼狈？况我连朝受馁，我的脚儿怎抬？其实难挨。

〔倒介〕〔再起唱〕【前腔】望前街后街，并无人在。我待再叫呵，咽喉气噎，无如之奈。苦！我如今便死，暴露我尸骸，谁人与遮盖？天天！我到底也只是个死。待我将头发去卖，卖了把公婆葬埋，奴便死何害？[26]

值得关注的是，在明清福建方志的女性的书写中，往往也多记录其对公婆后事的处理，特别是在生活拮据的情况之下，女性们竭尽全力凑钱以完成其公婆后事：

陈氏，国学生黄宸谟妻，夫殁，抚幼孤亮畴、惠畴，兼营翁姑葬事尽礼。[27]

俞氏，诸生陈清江妻，典鬻服饰营翁姑葬……[28]

林氏，何茂猷妻，夫卒，……翁姑相继亡，氏鬻簪珥以治二丧葬。[29]

吴氏，龙溪黄淑孚妻。幼读《内则》，已能识大义。……乱平，还故居，纺绩日继夜，以供葬费。[30]

林氏，高翘檍妻……夫殁，而太翁及姑继至，脱簪珥以营葬……[31]

王氏，陈和妻。陈和早卒，奉舅姑以孝闻，舅姑卒，家贫不能

26 （元）高明著，钱南扬校注：《元本琵琶记校注》，第 144 页。
27 民国《闽侯县志》卷 98，民国二十二年刊本。
28 民国《闽侯县志》卷 98，民国二十二年刊本。
29 民国《闽侯县志》卷 98，民国二十二年刊本。
30 沈定均修，（清）吴联熏增纂，陈正统整理：《漳州府志》，第 1483 页。
31 民国《闽侯县志》卷 98，民国二十二年刊本。

葬，氏日夜号恸，乡人义之。助举三丧。[32]

王氏，字蒙姑，二十二都曾士胤之妻，年二十四岁，士胤身故家贫，孀守，矢志抚孤，积资营葬，翁姑夫柩，年八十六卒。[33]

林氏，生员曾兴踞妻，孝廉林士秀胞妹也，氏年二十一，归于曾二十六，夫故，氏坚守抚孤，舅殁，姑疯病，卧床褥不起者一十三年，皆氏只身奉侍，毫无厌倦，尤人所难，乾隆二年，奉旨建坊旌表节孝。[34]

姚氏，名淑品，年十九，归生员，陈志锐，二十六而夫故，遗子一甫七龄，氏年尚有祖母，舅姑，两世三老待其奉养，下有孤雏，四代一脉，待其抚字，强起苦守，克成其志，乾隆四年奉旨坊表。[35]

刘氏，永春洪晚成妻，丞相正六氏女孙……及（姑）卒鬻室庐以供丧事，年四十六卒[36]

陈氏，王枢功妻，为夫存嗣，营葬翁姑及夫柩。[37]

以上都是方志中对于公婆后事周全经营，特别是在拮据生活状况下还竭力操持的女性事迹的描写，在方志中是作为典型的宗法社会贤妇形象出现的，不仅起到的宣扬封建伦理道德的作用，而且与经典戏曲中的女性形象是非常相似的，可以看到明清时期对于女性形象书写的跨文本的相通性，也体现出文艺的塑造与方志的宣扬使得女性对妇德接受的双重作用。

第二节　《白兔记》与方志中抚孤教子的女性形象

《白兔记》是四大南戏“荆刘拜杀”之一的《刘知远白兔记》，据《中国戏曲志·福建卷》，明清时期福建戏曲中也有此剧，名《赶白兔》，是闽北四平戏传统剧目，梨园戏、莆仙戏、大腔戏都有此剧，又名《刘知远》《刘知远白兔记》《白兔记》。闽北四平戏名《赶白兔》，写五代时沛县沙陀人刘高（字知远）自幼父母双亡，流浪各地，一日因赌钱、偷鸡，与庙祝争吵，李员外知刘

32 民国《闽侯县志》卷98，民国二十二年刊本。
33 民国《闽清县志》8卷，民国十年铅印本。
34 民国《闽清县志》8卷，民国十年铅印本。
35 民国《闽清县志》8卷，民国十年铅印本。
36 （道光）《晋江县志》卷61，清钞本。
37 民国《闽侯县志》卷98，民国二十二年刊本。

异日必登九五，将其带到家中，并将女儿三娘许配。婚后，夫妻恩爱。不久，李员外夫妇亡故。三娘遭兄李洪信及嫂秋奴虐待，刘被迫写下休书，后被遣往瓜园看瓜。刘在瓜园收伏瓜精，得兵书宝剑，乃告别三娘前往邠州投岳彦真部，屡立战功，被岳招为女婿。时三娘备受哥嫂折磨，在磨房产子，乳名“咬脐郎”，并由窦公送往邠州交刘抚养，取名刘承祐。承祐长大后，一日打猎赶白兔，在井边遇母，遂回家禀告其父。刘赶到磨房与三娘相会，三娘吐诉苦衷，承祐怒绑恶舅，三娘说情得免，一家团圆。[38]

另外，大腔戏顺治年间抄本《白兔记》在1981年在调查剧种历史时，于永安市青水乡丰田村发现。抄本为土制账簿式毛边纸，共五十四页。页长二十七厘米。每面直书十四行，每行二十二字不等，用行楷体毛笔字抄写。全本二十二出，每出标有“出名”。字里行间标有插科打诨、唱词翻高、滑音、道白等符号。全本封页左上方书“白兔记全本”字样。封页背面右上方书“白兔记全本桥套出数用具”，右下方书“顺治甲申年正月”，封页背后自左到右书演出场次先后，出场脚色及当时脚色的扮演者。全本背后书“[红绣鞋]完，终矣”。抄本现由永安市青水乡丰田村大腔戏艺人熊德钦收藏。丰田村业余剧团据古抄本尚能演出。[39]

一、《白兔记》体现出的女性心态

其一是表现女性在出嫁后对于夫家的认可和对于娘家的疏离，这体现在《白兔记》中三娘在刘知远走后在娘家备受煎熬，从情节的角度来讲，是兄嫂对其刁难，因为兄妹都在娘家就形成了对家产的争夺。从这里我们就可以看到，从社会伦理意识层面，从四大南戏存在的年代，女性的对于夫家的认可和对娘家的疏离就已经开始逐渐强化了。这在戏文里面表现得很具体真切。

【庆青春】（旦上）冷清清，闷怀戚戚伤情，好梦难成。明月穿窗，偏照奴独守孤另。一种黄连分两下，那边受苦这边愁。自从丈夫去后，被兄嫂凌逼。儿夫杳无音信回来，好苦。

【集贤宾】当初指望谐老年，和你厮守百年。谁想我哥哥心改变，把骨肉顿成抛闪。凝望眼穿，空自把栏杆倚遍。儿夫去远，悄没个音书回转，常思念。何日里再得团圆？

38 中国戏曲志编纂委员会：《中国戏曲志·福建卷》，第582页。
39 中国戏曲志编纂委员会：《中国戏曲志·福建卷》，第582页。

（丑上）长江后浪催前浪，世上新人趱后人。姑娘为何啼哭？（旦）嫂嫂，奴家丈夫不在，腹中有孕，因此愁闷。（丑）姑娘，你哥哥说道，刘郎去后，杳无音信回来，未知死活存亡。不如嫁个门当户对的，也是了当。

【搅群羊】（旦）嫂嫂话难听，激得我心儿闷。一马一鞍，再嫁傍人论。夫去投军，谁敢为媒证？那有休书，谁敢来询问？你如何交奴交奴再嫁人？

【前腔】（丑）姑姑你试听，日夜里成孤另。寻个良媒，嫁个多聪俊。虚度青春，白发来侵鬓。你如何如何不改嫁人？

姑姑嫁得好，多住几日。嫁得不好的，就回来也不难。（旦）说那里话？（净上）恨小非君子，无毒不丈夫。娘子，着你去叫妹子嫁人，如何？（丑）他千不肯，万不肯。（净）他是这般说。叫他过来。（丑）姑娘，你哥哥叫你。（旦）哥哥有何说话？（净）嫂嫂着你嫁人，如何不肯？

……

【前腔】〔丑〕一世为人只要勤。那得闲衣闲饭养闲人。〔旦〕爹娘产业都有分。何故苦乐不均平。〔丑〕丈夫言语须当听。有眼何曾识好人。〔合前〕【前腔】〔旦〕好笑哥哥人不仁。不念同胞兄妹情。刘郎去了无音信。何故改嫁别人。况兼奴有身怀孕。再嫁傍人作话文。〔合〕奴情愿挨磨到四更。挑水到黄昏。【尾声】哥哥嫂嫂没前程。苦逼奴家再嫁人。日间挑水三百担。夜间挨磨到天明。[40]

由以上可见，刘知远走后，三娘备受煎熬，甚至兄嫂逼迫她再嫁，这在女性贞洁观逐渐强化的时代成为羞耻之事，但又无其他出路，只能寄人篱下，而将希望寄托在送走的孩子上。但是这是戏曲，具有传奇性，多年后再见的孩子给三娘以解救，但是记录现实生活的方志只能是另外一种女性的生活状态的描写。

二、方志中的类型化行为

以上是通过戏曲的形式表达出封建社会妇女出嫁后在娘家的尴尬。这些我们都能联想到方志之中女性哪怕未尝结婚，只是订婚，但是听闻未婚夫去世，也要坚执去往夫家，或殉夫、或立嗣。如：

40　（明）毛晋编：《六十种曲·白兔记》，中华书局，2007 年版，第 50 页。

林氏，儒士，冯椿芳未婚妻，夫殁，登门守节，断荤茹素，家贫，力事女红，奉翁姑，抚嗣子。[41]

常氏，诸生陈国勋妻，康熙时人，未婚，国勋得罪，长流山左，徒步过门，事老姑何氏，七载，家徒四壁，备历苦辛。[42]

可见这些即便是没有真正结婚的未婚妻也要前去夫家生活，也就是说女性的母家终究不是女性的最终归宿，而其丈夫的家，哪怕是未婚夫的家，才是女性的最终归宿。

女性在新家中，其重要的职责是繁衍并且教育子嗣，这是她们生活的重心。她们希望后代长成之后有所成就，支撑家族，在本质上，这些子嗣与《白兔记》中“咬脐郎”之于三娘具有同样的意义，只不过，叙事文学具有一定的传奇性和虚构性，三娘与其子是多年之后重新相认，而现实生活中的女子们则要经历生活中艰辛点点滴滴才能得到回报。因此，方志叙写往往强调其“抚孤成立”：

林氏，谢克聚妻，夫早夭，矢志抚孤。[43]

林品官，张继及妻，夫夭，矢志抚孤有成。[44]

齐氏，张建成妻，事贫抚孤成立。[45]

曾氏，王瑾甫妻，抚三孤，长腾卿，次尔雅，季驯卿，俱克成立。[46]

蔡氏，廪生王鸿烈妻，家贫，舅姑已老，矢志抚孤绍基。[47]

张氏，王德运妻，生子四月而夫亡，……与妇黄氏抚孤长成。[48]

张氏，陈士俊妻，抚孤礼珪，又殁，媳张氏亦矢志奉姑，课子成立。[49]

其中遗腹生子对于一个女性而言则更为艰辛：

41 民国《闽侯县志》卷98，民国二十二年刊本。
42 民国《闽侯县志》卷97，民国二十二年刊本。
43 民国《闽侯县志》卷98，民国二十二年刊本。
44 民国《闽侯县志》卷98，民国二十二年刊本。
45 民国《闽侯县志》卷98，民国二十二年刊本。
46 民国《闽侯县志》卷98，民国二十二年刊本。
47 民国《闽侯县志》卷98，民国二十二年刊本。
48 民国《闽侯县志》卷98，民国二十二年刊本。
49 民国《闽侯县志》卷98，民国二十二年刊本。

阮氏，陈长庚妻，遗腹孪生，养老姑，抚孤。……[50]

陈碧芝，罗正楷妻，夫殁，矢志事翁姑抚遗腹孤儿。[51]

林氏女为上海徐兆洙妻，期而寡，遗腹子泰，泰从林受孝经，既长好文章。[52]

张氏，陈贤妻，夫溺死，氏产遗腹子，家贫，舅姑老，氏日则授女徒，夜则辛勤纺绩焉。[53]

林氏，陈绍惠妻，夫死子宽方周岁，昼夜勤生理，以抚孤，宽又卒，抚诸孙。[54]

黄氏，陈时起妻，举人陈尧若母，夫殁，矢志存孤，奉翁姑甘旨不衰。[55]

林氏，监生何丽中妻，幼事父母惟谨，夫以兄鹏程殁，一恸呕血而卒。氏长孤仅周岁，次尚孕，忍死抚育。[56]

陈氏，举人李烜妻，夫顺儿夫会试场屋火死焉。舅姑老，子宾四岁，家贫甚，氏拮据营葬，养遗孤。[57]

林氏，太学生吴镫妻，夫殁，抚遗腹孤，课督成立。[58]

可以说养孤、育孤对于延续种姓具有重大的意义，而能将此任务完成，才意味着女性人生的圆满。

不过，戏曲中儿子长成往往救母亲于难中，而方志描写的侧重点则强调其取得功名，有的则使得母亲得到了封诰，这是两者的区别。

张氏，诸生郑洛妻，子燿，万历举人。[59]

刘淑馨，李岳妻，寡时男六岁，……艰难备尝，后儿孙同领乡

50 民国《闽侯县志》卷98，民国二十二年刊本。
51 民国《闽侯县志》卷98，民国二十二年刊本。
52 民国《闽侯县志》卷97，民国二十二年刊本。
53 民国《闽侯县志》卷98，民国二十二年刊本。
54 民国《闽侯县志》卷98，民国二十二年刊本。
55 民国《闽侯县志》卷98，民国二十二年刊本。
56 民国《闽侯县志》卷98，民国二十二年刊本。
57 民国《闽侯县志》卷98，民国二十二年刊本。
58 民国《闽侯县志》卷98，民国二十二年刊本。
59 民国《闽侯县志》卷98，民国二十二年刊本。

荐，次孙廷美登甲地。[60]

林氏，高明妻，子圭，天顺举人。[61]

黄氏，林濬妻，子宏纲弘治岁贡生。[62]

氏，举人林炘妻，子文赞弘治进士。[63]

陈氏，知府孟圮继妻，子暠，弘治举人。[64]

邹氏，庄宏绅妻，子严嘉靖举人。[65]

曾氏，学正罗惟远妻，夫卒，前妻子一鹭氏抚之如己出，……嘉靖间以子贵封恭人。[66]

林氏，方山黄某妻，夫亡，子智在乳，抚智成立，为延平训导。[67]

潘氏，谢瓛妻，夫殁，舅姑老而贫，未几，舅死，姑又盲，朝夕扶持，既卒，奉柩合葬，蚕绩给孤，其后子镛为霑化训导。[68]

李氏，王尔光妻出，十指力供菽水，抚三孤，孙景贤举人。[69]

刘氏，诸生陈士琳妻，以义方，抚三孤后皆游庠。[70]

谢氏，陈道泉妻，子琼宴举人。[71]

余氏，诸生陈廷燮妻，嫡子庚元嘉庆戊辰进士。[72]

林氏，陈必贵妻，子起凤，台湾千总。[73]

林氏，何肇城妻，夫殁，事孀姑尽孝，抚夫弟成立，子名言名

60 民国《闽侯县志》卷98，民国二十二年刊本。
61 民国《闽侯县志》卷98，民国二十二年刊本。
62 民国《闽侯县志》卷98，民国二十二年刊本。
63 民国《闽侯县志》卷98，民国二十二年刊本。
64 民国《闽侯县志》卷98，民国二十二年刊本。
65 民国《闽侯县志》卷98，民国二十二年刊本。
66 民国《闽侯县志》卷98，民国二十二年刊本。
67 民国《闽侯县志》卷98，民国二十二年刊本。
68 民国《闽侯县志》卷98，民国二十二年刊本。
69 民国《闽侯县志》卷98，民国二十二年刊本。
70 民国《闽侯县志》卷98，民国二十二年刊本。
71 民国《闽侯县志》卷98，民国二十二年刊本。
72 民国《闽侯县志》卷98，民国二十二年刊本。
73 民国《闽侯县志》卷98，民国二十二年刊本。

魁俱游庠[74]

陈朗馨，梁道敷妻，道敷早世，遗孤始晬，氏投缳者屡，后从翁姑抚孤之命，……孙其光乙酉亚魁。[75]

何氏，薛廷佐妻，廷佐病瘵亡，不欲生，以遗孤在腹，勉从族劝。继而生男，家计萧条，上奉二老，下抚遗孤，翁姑终，丧葬皆从十指出，玄孙朝标进士。[76]

蔡氏，诸生郭文芳妻，夫卒，方孕数月，哀毁不欲生，姑慰谕之，乃止，竭力奉养，遗孤成立，未及，孤卒，复抚孙有成。[77]

郭氏，曾孙蹼妻，……夫殁，辛劬抚孤以至有成，子思谦占魁俱国学生。[78]

廉氏，吴航大沚人，山门林榔配也，卒于金坛。氏夫二子，曰泾、曰渭，冰檗五十七年，见孙五人，曾孙十有五人，宗裔，蕃衍，氏之功业。[79]

通过这些叙写，意味着对于女性而言，其付出的艰辛是会得到回报的，这也是在宗法社会中女性价值的体现。

除此之外，在方志中，有的则强调含辛茹苦的女性获得的回报是被后代孝敬，如：

郑兰宋，上郑郑廷焯女，归诸生夏舟山，长男栻，夫卒，氏年二十，孀守，抚遗孤春开，比成立，事节母孝敬尽诚。[80]

有的甚至是孙辈、曾孙辈都有成就：

许氏，林络妻，孙堪，嘉靖举人，曾孙材，万历进士。

有的是受到了地方上的旌表：

陈氏，翁务妻，年二十九而寡，抚孤子坦，卒年七十四。……士大夫扁其堂曰“重贞”。[81]

74 民国《闽侯县志》卷98，民国二十二年刊本。
75 民国《闽侯县志》卷98，民国二十二年刊本。
76 民国《闽侯县志》卷98，民国二十二年刊本。
77 民国《闽侯县志》卷98，民国二十二年刊本。
78 民国《闽侯县志》卷98，民国二十二年刊本。
79 乾隆《福清县志》，卷18，清光绪二十四年刻本。
80 乾隆《福清县志》，卷18，清光绪二十四年刻本。
81 乾隆《福清县志》，卷18，清光绪二十四年刻本。

林一理妻叶氏，名连，贡士起阳母也。励节抚孤，持家有法，天启四年，邑令唐体允详旌。[82]

临济里郑盛美妻姚氏，年二十寡，遗腹一子，卒年五十六，学师伍思伋匾曰："遗腹孀守"。[83]

有的是本人得以长寿而终：

俞奇宋，里美俞虞卿女，适永宾里岱石张守岩，夫卒，氏年二十有六，遗腹，越九日，生男，抚养成立，年八十有四而终。[84]

陈嘉使，玉涧贡士陈起纶女，适宦街贡士林国炜，子日琇，夫卒，氏年二十有六，遗孤，枝兰方三岁，抚养成立，为邑学生，年八十有八而终。[85]

这也就构成了一种在方志中的叙述方式：女性含辛茹苦教子，最后终究是会获得回报的。

除了《白兔记》，还有其他的戏剧也是强调儿子长成，挽救母亲，再如沉香的故事。沉香的故事最早见于失传的元明杂剧《沉香太子劈华山》《劈华山救母》，宋、元戏文亦有《刘锡沉香太子》，明嘉靖三十二年（1553 年）的南戏《刘锡沉香太子》[86]

而福建戏曲的沉香主题故事方面，据《中国戏曲志 · 福建卷》：

《沉香破洞》，闽北四平戏传统剧目。又名《赠宝带》。写扬州府高田县书生刘锡，别母上京应试。途经华山，入庙参拜，见三娘神像貌美，在红帘上题诗戏曰："华岳山上一尊神，内是黄泥外是金，娘子若有思凡意，与我刘锡结成亲。"三娘大怒，命雷公电母追击，月老出面劝阻，告知三娘与刘有七夜夫妻之缘。于是命小鬼变为茅房，撮合成亲。七日之后，夫妻离别，三娘以宝带相赠。刘携宝带上街被执，以盗窃三圣母宝物罪，绑赴法场处斩。三娘前来营救，并命监斩官何汉将宝带呈献朝廷，封刘锡为进宝状元。二郎神在蟠桃会上闻讯大怒，赶回华山将三娘囚于黑云洞。三娘在洞里生子名

82 道光《新修罗源县志》，卷 21，清道光十一年刻本。

83 道光《新修罗源县志》，卷 21，清道光十一年刻本

84 乾隆《福清县志》，卷 18，清光绪二十四年刻本。

85 乾隆《福清县志》，卷 18，清光绪二十四年刻本。

86 马建华：《南戏〈刘锡沉香太子〉在福建遗传的新发现》，《中国四平腔研讨会论文集》，中国戏剧出版社，2006 年版。

> 沉香，并以血书一纸托土地公送往扬州交刘抚养。沉香长大后，学法于鬼谷子，并拜李铁拐为师，前往华山战败二郎神和孙行者，打破金、银、铜、铁、纸五重门，救出三娘，一家团圆。全剧共二十二出。福建省戏曲研究所存有清同治四年生本、旦本、丑本，以及1962年屏南县老艺人陈官企、陈官瓦、陈官捧口述本。屏南县熙岭龙潭业余剧团仍有演出。[87]

此类主题的还有《孩儿井》。《孩儿井》是福建词明戏传统剧目，原名《双番钿》，又名《卖线女》。1960年由郑如秋、欧天海整理。写福州少女樊兰羽，母早逝，父外出经商，独自搧挡丝线店。书生许佳仁悦之，每入辄购三文，日久情深，恹恹成病，及病笃，乃冒风雪，敲兰羽门，竟死于兰羽床上。邻妇三婶闻知，立将店内地板撬开，悄悄埋葬。未几，兰羽在井旁生下男婴，取名樊天开，托古田姑妈抚养。数年后其父从泉州归，发现尸首，将兰羽送官。后樊出仕，任福州知府，复审此案，深知有冤，但不知即系亲娘。适许枝文来拜会，见其貌酷肖其子佳仁，且手上所带之钿相似，心觉有异。然樊因上司催迫，仍处兰羽极刑。即将问斩，姑妈从古田县至，备述原委。[88]

此类儿大救母的主题很明显是强调了对于后代的期盼，以及强化了对于后代的抚育和教养，同时也对女性强化宣扬了抚养后代会得到回报这一观念。

87 中国戏曲志编纂委员会：《中国戏曲志·福建卷》，第130-131页。
88 中国戏曲编纂委员会：《中国戏曲志·福建卷》，第138页。

第九章　战乱中的明清福建女性

在这章中，我们对战乱中的福建女性加以观照。由于特殊的地理位置，以及明清之际的历史原因，福建特别是其沿海地区受战乱影响相当大。在战争中，受苦最深的当属下层人民，包括下层女性。在史料中，我们可以看到女性所受到的种种遭遇十分惨烈，甚至不忍卒读。在《闽川闺秀诗话》系列中，《闽川闺秀诗话续编》和《历代闽川闺秀诗话》对于罹遭战乱的女性的资料有较多收录，这可能因为作者更接近底层，了解其疾苦所致。相关文献如下：

> 林云心，被耿逆某校所夺；凄风落叶共酸辛，何事哀蛩更扰人。独倚横吹双泪落，一声肠断《大郎神》。[1]

> 邵（其夫，笔者注。）本闽县人，居尤溪之吉花里，偕氏避乱山中。邵为贼执捆，不堪，割掉其左耳。氏窥见，出绐贼曰："幸释夫，愿以身从。"贼释邵，挟氏以行。氏见夫去，骂贼投崖下，贼杀之。[2]

> 莘七娘，五代时人，从夫征讨，夫没于明溪乡，七娘葬焉而居于明溪。七娘死，合夫葬。明溪者，延汀接境要道，是有巡简司驿，驿左，七娘葬处。一夕，客假馆驿，中夜闻吟诗声，甚悲。客惊异，使反之，再诵，琅然其词曰："妾身本是良家女，幼习女工及书史。笄年父母常爱怜，遂使良人作鸳侣。五季乱离多寇盗，良人被命事征讨。

1　（清）丁芸：《闽川闺秀诗话续编》卷3，见王英志主编：《清代闺秀诗话丛刊》第1册，第277页。

2　（清）丁芸：《闽川闺秀诗话续编》卷3，见王英志主编：《清代闺秀诗话丛刊》第1册，第311页。

因随奔逐道途间，忽染山气命丧夭。军令严肃行紧急，良人命没难收拾。独将骸骨葬明溪，数尺孤坟空寂寂。屈指经今二百年，四时绝祀长萧然。未能超脱红尘路，妾心积恨生云烟。”达旦，客语邻，并书其词壁间去。自是，乡人构室墓前祀之，祷祈响应。宋嘉定中，敕封惠利夫人，复加福顺夫人。宋文天祥题庙诗曰：“百万貔貅扫犬羊，家山万里受封疆。男儿若不平妖虏，死愧明溪莘七娘”。[3]

徐彩鸾字叔和。浦城人。适邑士李文景。每诵文天祥六歌为感泣也。元末青田贼寇浦，彩鸾从父嗣源逃山谷间。贼欲害之，彩鸾前曰，宁杀我。遂得释。彩鸾语嗣源曰，儿死之，父必速去。贼拘彩鸾至桂林桥，拾炭题壁间曰：“惟有桥下水，照见妾心清。”遂骂贼投桥下。贼竟出之，既乘间复投水没。[4]

以上女性，有的被盗贼掳掠、有的被杀害，有的由于丈夫从军从而失去保护而亡等，境遇都十分凄惨，《闽川闺秀诗话》所引述的她们所作诗歌，或哀怨、或坚贞，表现了在生死之间女性的声音。这类材料给我们展现了战乱之中女性悲惨的生活境遇。在这部分女性中，除去一小部分女性有创作能力能够将自己的悲惨遭遇和痛苦心声表达出来，更多女性并没有诗歌作品流传下来的，但是这部分女性在史籍中，特别是方志中也占有不小的数量，我们也应对这部分女性的境遇和行为予以关注。只有这样，对于明清福建女性群体的关注才是相对完整而全面的。

《闽川闺秀诗话》系列中身涉战乱女性，有的处五代时期，有的处宋元交替之际，而在这章我们把目光集中在明清时期战乱中的女性。明清时期福建多有战乱，其中有代表性的有在明代嘉靖年间的倭寇之乱，在清初有耿精忠之乱。另外，不同时期还有流寇。这些战乱对于社会稳定和民众生活都造成了极大的影响，而女性由于出于社会和生理的弱势，在战乱中往往更遭戕害。

第一节　明代倭乱和清初耿精忠叛乱对福建的影响

明清是中国历史上两个大一统王朝，但某些特定时候也有战乱之扰。其中

3 （清）丁芸：《历代闽川闺秀诗话》，民国二十九年（1940 年）刻本，中国国家图书馆藏。

4 （清）丁芸：《历代闽川闺秀诗话》，民国二十九年（1940 年）刻本，中国国家图书馆藏。

有代表性的是明嘉靖年间东南沿海的倭寇之乱和清初福建一带的耿精忠叛乱，而在其中，福建也是其主要的发生地区。

一、明代嘉靖倭乱对于福建的影响

关于“倭寇”一词，刘晓东《“倭寇”与明代的东亚秩序》一书称：[5]

> 所谓“倭寇”，字面而言是指日本海盗。但16世纪前后“倭寇”的内涵却并非如此简单。就其实质而言，主要是由一部分明朝、日本及朝鲜人组成的海上劫掠与走私群体。正如嘉靖年间的南京湖广道御史屠仲律所云：“夫海贼称乱，起于缘海奸民通番互市，夷人十一，流人十二，宁绍十五，漳泉福人十九。虽概称倭夷，其实多编户之齐民也。”[6]

明朝倭寇横行，嘉靖年间倭乱更甚。最初，倭寇活动地带主要是在浙江、江苏，但后来福建也是受倭乱严重的地方。《福建海防史》第四章《明代的海防》（中）记叙了嘉靖期间倭乱的发展：[7]

> 从1540年（嘉靖十九年）至于1552年（嘉靖卅一年）是嘉靖时期福建倭寇之患的初期阶段：起自闽贼李光头、歙贼许栋引倭聚（浙江）双屿港为巢，勾引倭人，开始在海上剽掠。并且在其党王直、徐惟学、叶宗满、谢和、方廷助等，出没诸番，分棕剽掠，而海上始多事矣，后来逐渐至晋江、白沙等地，起先是进行贸易，后来转转为掠夺。
>
> 1547年（嘉靖廿六年），海贼引来倭寇巨舶数十艘，驻泊漳泉海区，袭掠过往航船。
>
> 1548 年（嘉靖廿七年），盘据在浙江双屿的倭寇被朱纨等击溃后，由许栋引领，逃至浯屿为巢，袭扰过往航船。四月，海贼与倭寇合综攻掠，都指挥使卢镗回师闽南，在闽副使魏一恭等协同下，“大败贼于浯屿”。六月“贼冲大担、外屿者再，柯乔御之严，贼遁去”。
>
> 1553年（嘉靖卅二年）三月，自浙江败逃的倭寇入窜闽北沿海，

5　刘晓东：《“倭寇”与明代的东亚秩序》，中华书局，2019年版，第11页。

6　《明世宗实录》卷422，嘉靖三十四年五月壬寅，台北：“中央研究院”历史语言研究所，1962年校勘本，第7310页。

7　驻闽海军军事编纂室：《福建海防史》，厦门大学出版社，1990年版。

四月，攻破秦屿所，大掠福宁州沿海。十月，倭船流劫南日旧寨，袭掠深沪、石井。

1555年（嘉靖卅四年）起，闽地倭警频繁，日趋严重。这一年，倭从浙江来，蹂躏福宁州，侵扰泉州，而受害最烈的，是福清县海口。

1556年（嘉靖卅五年）十月，"有倭由漳浦登岸，所过焚掠无计，漳自此岁岁苦倭"；……次年三月，倭攻福宁州，袭小埕水寨；四月，倭兵数千围省城，在"四郊放火，火光照耀城中，南台、洪塘都化为灰烬"之际，新任巡抚阮鄂不许军民出战，并将主战的参将黎鹏举的妻儿拘押；六月，倭焚月港、掳杀千余家；十月，寇袭连江、长乐村镇；十二月，倭船再度驻泊浯屿，分掠同安、惠安、南安诸县。

1558年（嘉靖卅七年），新倭大至，福建成为全国倭祸的重灾区。二月，众倭又犯福州，阮鄂竟行贿乞和。据《福建通志》载："阮鄂惧寇甚，赂以罗绮、金花及库银数万两，又遣巨舰六，俾载以去。"

1559年（嘉靖卅八年），闽海全线告警。包括漳州、泉州、兴化、福州等地。

之后，福建各沿海地区包括泉州界、兴化界、福州界等均有侵扰：

1563年（嘉靖四十二年）春，倭寇千余，复屯于宁德县莒州，散劫村民；十月，倭寇万余，攻掠仙游50余日；次年正月，倭犯泉境，攻安平，被当地军民击退。自此，福建倭患渐趋平息。然而，过去那惨烈的倭祸，使福建"十年之内，破卫者一，破所者二，破府者一，破县者六，破城者不下二十余处。屠城则百里无烟，焚舍而穷年烽火"。

以上可见嘉靖倭乱中福建被扰之烈。

二、耿精忠之乱对于福建的影响

福建在明清时期另一战乱集中的时期是清初的耿精忠之乱。

清代康熙十二年（1673年），清廷下诏撤"三藩"，耿精忠造反，自称总统兵马大将军，蓄发恢复衣冠，与吴三桂合兵入江西，后被清军镇压，遂降，康熙二十一年（1682 年）正月，三藩之乱彻底平息，康熙帝诏耿精忠凌迟处死。“耿精忠，耿继茂子。康熙十年五月袭。镇福建。十三年三月，叛。”[8]

据记载，“十二年癸丑，耿精忠据福建，执总督范承谟以叛，八闽镇将皆附于精忠。”五月，精忠调海澄总兵赵得胜兵，得胜不从，来奉经，经以得胜为伪兴明伯、左都督。时经偷安日久，兵甲钝敝，精忠易之。经遣人于精忠，借漳、泉二府，精忠不许，耿、郑交恶。经遣冯锡范取同安，精忠伪守将张学尧降。精忠惧，使王进守泉州。王进者，“老虎”也，时降于耿。至泉未几，为王锡范所逐。先是，经伪平北将军王进功入奏，精忠羁之福州。至是，进功子锡范诱杀泉州守将赖玉，遂逐进而附经，经以锡范为伪指挥使。七月，王师围潮州，精忠不能救，伪总兵刘进忠纳欵于经，经遣伪援剿左镇金汉臣率舟师援之，全军俱没。九月，精忠命漳浦降总兵刘炎与王进为犄角，取泉州。十月，刘国轩败进于涂岭。十一月，赵得胜、王锡范攻漳浦，刘炎降于经，遂援潮州，与王师战于北冈，潮州围解。[9]

当时的耿精忠叛乱的主战场在福建一带。正如细谷良夫等的《三藩之乱〈平定诏〉颁布之后——耿精忠与尚之信》：

> 对于起兵反清之耿精忠，康熙帝在同年四月剥夺耿精忠的靖南王位的同时，宣谕靖南统治下的福建军民对耿精忠加以征讨，另一方面，对耿精忠宣谕，望其悔罪投降，采用软硬两手加以处理。进而监禁耿精忠的弟弟耿昭忠和耿聚忠，对两人的监禁的解除是在一年多之后的康熙十四年七月，并令解除监禁的耿昭忠和耿聚忠往福建宣谕耿精忠来归顺。耿精忠并未理睬归顺的宣谕，而是以福建为中心的沿海地方，担当吴三桂军的一翼，继续进行侵入平南藩广东等地的战斗。其结果，在以《三逆方略》为代表的通说中记载为：作为尚可喜根据地的广州也陷入反清军队的包围，危机重重，以至于康熙十五年二月二十一日尚之信也换上明朝的衣装投降了。[10]

以福建为主战场的耿精忠之乱给当地带来了极大的灾难，正如魏宪《哀城东》一诗则表达了当时战后福州的状况：

8　（清）赵尔巽等撰，中华书局编辑部点校：《清史稿》，中华书局，1977 年版，第 5349 页。

9　（清）杨陆荣撰，吴翊如点校：《三藩纪事本末》，中华书局，2015 年版，第 86 页。

10　细谷良夫等：《三藩之乱〈平定诏〉颁布之后——耿精忠与尚之信》，《清史研究》2017 年第 1 期。

哀城东，驱车独向榕城东，俯仰乾坤百感空。新蒲细柳春风里，紫燕黄鹂落照中。忆昔城东雄甲第，衣冠文雅皆名裔。诗书屋里欲充梁，车马前途何迢递。莺花不绣三月天，笙管时纷中秋霁。编户机丝织杼声，半入云中半天际。倏忽沧桑有变更，桓桓纠纠阶之厉。坏垣破壁亦无存，万瓦鳞鳞何须计。百族流离自昔无，男为奴仆女为隶。笳声夜半响乌乌，砧杼秋深听细细。八闽山水古称奇，五虎全龙竞相制。三山藏现隐列星，旗鼓控江双莫丽。第一楼前跨马过，海天如涌金鸡闭。而今极目总凄然，感起城东伤全势。英雄何处不归来，桑梓功业徒泄泄。魏生落拓事多悲，纵有长裾不肯曳。手披杜甫哀江头，江水江花昏戍楼。（按：诗纪耿精忠乱后福州情况。）[11]

此诗先叙福州为诗书衣冠之乡，本来城市兴旺繁荣，但是，在战乱之后，颓墙断壁，一片荒芜，诗人表达了对此情景的无比哀伤之情。

而在耿乱之中，不少人被杀、被执、被羁。如：

梁堳（？-1675 年）清上元人。志仁从子。顺治八年（1651 年）举人。官仙游知县。死于耿精忠之乱。[12]

毛留邺初名章斐，……清武进人。诸生。受业于无锡马文忠，与吴门、会稽名士结为仁社、国仪社，被推为首领。至福建省亲，逢耿精忠之变，被押两年，清军灭耿后始得释。[13]

嵇永仁（1637-1676 年）字留山，别号抱犊山农。清江宁，徙居无锡。少好从士大夫游。顺治八年（1651 年）读书淮安，旁及宋元人词曲小说。工诗词。康熙十二年（1673 年）入闽浙总督范承谟幕。次年为耿精忠拘禁，于狱中作《续离骚》杂剧 4 种。十五年在狱中自杀。四十七年追赠国子监助教。[14]

国乱见猛士，在耿乱中，也有良将与之奋战，如吴英“字为高，号媿能，世居福建泉州之黄陵，从徙大浯塘。曾祖曰宾吾，祖曰振泉，父曰登，并以公

11 钱仲联主编：《清诗纪事》，凤凰出版社，2004 年版，第 265 页。

12 江庆柏主编，周忠、杨云海增订：《江苏艺文志》，凤凰出版社，2019 年版，第 587 页。

13 江庆柏主编，周忠、杨云海增订：《江苏艺文志》，第 287-288 页。

14 江庆柏主编，周忠、杨云海增订：《江苏艺文志》，第 610-611 页。

贵，累赠荣禄大夫。妣，皆赠一品夫人。公早孤，值海滨抢攘，用将才起家，随大师克平金、厦功，授都司佥书，隶浙江提督。岁甲寅，三孽并兴，耿精忠遣伪帅出仙霞关，犯金华、衢州，旁入江西；海寇响应，东南震动。官兵进剿，公在行间，或间公闽人，不可信，提督塞公独深契之，授公左营游击。公奋励，甫视事三日，退宁海、梅坑贼，进兵双门，解台州围。复破水贼张拱垣于三门港，歼伪帅朱飞熊于毛头洋，军气大振。既，镶蓝旗贝子富公至浙江视师，提督首荐公，即命为前锋。公引兵扬言修毛坪路，阴袭凉棚，取之，斩贼帅刘安仁，遂复黄岩。贝子奇之，寻令复太平、乐清等县。抵上塘，遇贼兵二万众，奋击之，斩数千级。贼将许奇保残卒据绿帐，隔河而阵。公下令人负草一束，夜乘潮填河而济，大破之，遂由猴孙岭夺其堡，引大兵直至青田。伪帅连登云以十万众围处州踰二载，闻青田破，饷道阻绝，遂夜遁。”[15]

可见吴英在平乱之中的骁勇。这里吴英即是梁章钜《闽川闺秀诗话》提到的吴丝之父。[16]

另，还有福建平和人黄芳度：

> 康熙十三年，耿精忠与郑经为乱，时芳度守漳州，密疏所以破贼状凡七上，皆阻于贼不得达。最后得芳度蜡丸书，乃言守死间贼，誓不背国事。上嘉奖之。明年，郑经并力围漳州，芳度倾家资募兵与之相抗，分督将士守四门，屡以间出奇兵邀击之，斩获无算。久之，贼攻益力，芳度使其从父兄芳泰与赖升突围出，求援于粤，而誓将士以必死。乃积火药埋宅中，告其人曰：“郑氏仇我家切骨，我以死力抗之，城陷我义不为贼辱矣。汝等亟举火，无使贼生得我一人也。”芳度守城凡六月，贼日夜攻不得下。其从父兄芳世以中路总兵自粤来援，未至二百里。会其下吴淑叛，十月六日天初明，芳度登城巡北门，淑等潜开城东门出迎贼，直入芳度家，绝其药绳，火不得发。芳度闻变走开元寺，仰天呼曰：“反奴负臣，臣死不敢负国。”遂投井死，贼出脔其尸。妻李氏自缢死，其家人及诸将士皆骂不屈，

15　（清）钱仪吉纂，靳斯校点：《碑传集·威略将军福建水师提督吴公英墓志铭》，中华书局，1993 年版，第 435 页。

16　吴丝，字黄绢，莆田人。《闺秀正始集》云：吴丝威略将军英女，钦牧室。将军幼为海寇掠，投诚后，以功累迁至水师提督。赐作万人敌匾，加号威略将军。性喜吟。黄绢其爱女也，亲课之诗，有《过莺湖》绝句云：“风光淡淡晚凉天，遥望渔家夕照边。傍岸绿阴藏钓艇，一竿秋水半湖烟。”将军为倩人写作便面。

贼尽杀之，加惨酷焉。[17]

可见黄芳度拼死抗贼之勇毅以及视死如妇的气节。

武将为国战死，而文臣同样讲求气节。而且，可以看到，随着时间的推移，文臣已经淡化了对于前明的气节，而转向了新的王朝。如果说林云铭还是顺治朝取得的功名："林云铭字西仲，福建闽县人。顺治十五年戊戌进士，官徽州府推官。《四库全书总目》：'耿精忠之叛，云铭方家居，抗不从贼。被囚十八月。会王师破闽，始得释，其志操有足多者。'"[18]那么刘嘉猷本是前明所取得的举人功名：

刘嘉猷，字宪明，江西金溪人。由明举人顺治初署兴国、新建教谕。……秩满，改福建侯官县知县，为闽浙总督范承谟所赏。撤藩命下，嘉猷度平南王耿精忠必应吴三桂叛，谓家人以既宰兹土，义不污贼。康熙十三年三月，精忠绐文武赴藩府计事，嘉猷从承谟后。见锋刃交戟胁承谟降，不屈，缚以去。嘉猷历阶而上，厉声叱精忠，福州府知府王之仪、建宁府同知喻三畏同发愤骂贼。精忠喝武士杀三人，众股栗。嘉猷戟手作搏击势，芒刃亟下，与之仪、三畏同时被害。城守千总廖有功见逆杀三人，发愤大呼，亦死之。"[19]

诗人彭鹏则通过诗歌《日哭三君子行》对其行为加以赞颂，认为是他们是杀身成仁的君子：

福州守王之仪、建宁同知俞三畏、侯官令刘嘉猷嗟乎！天地黯淡白日黩，为鸱为鼠何反复？三月有客过江言，月望榕城人集木。出者仰天皆屏息，入者和尘保走肉。传闻男子得三人，伏尸流血耻臣仆。泣曰三人者为谁？客云以耳不以目。将疑将信听客云，迟之七日果来复。督臣不挠被幽囚，生死存亡握粟卜。屈指三山王邦伯，骂贼睢阳身为戮。碧水丹山司马公，含笑就刃无颦蹙。忠烈同时孰后先，刚锋交下血喷漉。上有猛兽正负嵎，下有豺狼心久蓄。张牙开齿狞人前，眈眈视之欲逐逐。堂堂尽见七尺躯，下风稽颡惟俯伏。悬河谈天舌槁然，肝胆冰寒形神觫。三公浩气归山河，杀身成仁彼

17 （清）钱仪吉纂，靳斯校点：《碑传集·海澄公赠王爵忠勇黄公芳度传》，中华书局，1993 年版，第 3441 页。

18 钱仲联主编：《清诗纪事》，凤凰出版社，2004 年版，第 530 页。

19 （清）赵尔巽等撰，中华书局编辑部点校：《清史稿》，第 13479-13480 页。

所独。如是我闻闭紫桑，虚空掩口吞声哭。吁嗟乎！仳仳彼有屋，蔌蔌方有谷，哀今之人谁非食君禄！[20]

彼时在战乱中的男性的作为是具有家国情怀的体现，但是女性则有所差异。

第二节　嘉靖倭乱和耿乱中的福建女性的境遇与行为

由于女性先天生理较男性为弱，在战乱中，尤其易被掳掠，在耿乱中，有这样的记叙：

> 时吴三桂、耿精忠为逆，信州迩闽，信之妇女多为闽寇所掠，闽民之避乱山中者，其妻女亦多为信营所获。平闽之后，两地居民觅妻寻母者，日以千百计。时军令例不许赎。高使各具供状，开列姓名、籍贯及其妻母形貌、被掳之地址、现在之旗份，不数日而满三大柜，持赴军门，语将军曰："此号泣而来者，皆不从贼之良民也。今其妻女咸在军中，色且少者，坚不许赎，老且陋者，故勒高价。当死亡之余，家业凌替，仅存一身耳，顾安所得金钱耶？今数千百失业之民日夜环城而泣，势必至相聚为盗，将军不速为之计，吾地方官也，法不敢隐，即据此报亲王矣。"将军挥手曰："止，止，吾即从汝！"趣下令，军中有留妇女一人者立斩。[21]

此段材料侧重写高额楚将军在战后释放被掳掠妇女，但同时也从此可以看到战时民间妇女被掳之惨，且其家人哭告寻找之状。而下面我们来看战乱明清福建女性的种种状况：

一、主动殉难

关于嘉靖倭乱和清初耿乱中的女性，有的身处忠臣烈士家庭，往往与丈夫共同舍生取义：

> 张冠妻朱氏，嘉靖季倭寇攻埔尾城，冠期登城御贼，被伤，死。朱立缢殉。[22]

可见丈夫登城御敌身亡，而妻子亦殉节。

有的女性则被倭寇杀死：

---

20 钱仲联主编：《清诗纪事》，凤凰出版社，第 546 页。

21 徐珂编撰：《清稗类钞》，中华书局，2010 年版，第 3016 页。

22 康熙《漳浦县志》卷 16，民国十七年翻印本。

张英宋，福清人，……，倭寇犯境，被逼不屈，骂不绝口而死。[23]

郑氏，张进德妻，嘉靖戊午倭寇掠其乡，氏被执，骂贼求死，义不受辱。倭怒杀之。[24]

吴氏玉莲，陈九叙妻，生员季备女，柔惠静专，嘉靖己未为倭寇所掳，迫之行，骂不绝口，延颈受刃，贼遍斫其肤而去，扶归数月卒，时年二十五。[25]

有的甚至十分惨烈：

张英宋，张德然女。许字林氏，年十八，倭寇犯境。被遇，力拒不屈。倭腰斩之，掷田中。倭去，乡人归，女以手拍水，呼曰："吾张某女，为告吾父，速收葬我先人墓旁。"众惊叹为烈魂不死云。[26]

有的女性携带孩子，也一并被杀，十分凄惨：

张氏，寿宁吴自修妻，嘉靖中，倭寇寿宁。张年十九，负幼儿匿岩内，贼搜出，以刃挑起儿欲挟之行，张向前夺，贼曰："不行，先杀汝子"，张曰："愿杀我，勿伤儿"，贼怒，遂并杀之。[27]

南安诸生苏希益妻陈氏，晋江人，嘉靖甲子为倭寇所俘，义不受辱，乘闲投水，寇以矛钊之，骂不绝口，与幼男俱被害。[28]

有的主动投水死：

黄氏，诸生林一鸣妻，嘉靖末，倭变，遇贼于斗门桥，氏虑为所污，自经死。[29]

无名氏女，不知何方人。嘉靖倭乱被掳，至大宏三图，倭去，氏衣氏死不受污。倭刀刺之，体无完肤，血溅地不灭。[30]

方氏赵天麟妻，嘉靖间，倭入长湾，夫出御。举家浮江。贼突

23 乾隆《福建通志》卷 78，清文渊阁四库全书本。
24 乾隆《福州府志》卷 70，清乾隆十九年刻本。
25 民国《长乐县志》卷 29 下，民国六年铅印本。
26 乾隆《福州府志》卷 70，清乾隆十九年刻本。
27 乾隆《福建通志》卷 59，清文渊阁四库全书本。
28 乾隆《泉州府志》卷 70，清光绪八年补刻本。
29 民国《长乐县志》卷 29 下，民国六年铅印本。
30 民国《闽侯县志》卷 98，民国二十二年刊本。

至，舟驱天麟，父母入水，氏与天麟妹坤淑同时投水死。[31]

何氏，宁德人，林文奎妻。倭寇至，与群妇俱出逃匿，贼追至江边，度不能免，谓诸妇曰："与其受辱，孰若死之为洁乎？"遂赴水死。[32]

有的已做好必死的准备：

石女采高，舜渔女，参政壁孙女也。幼静淑，不妄笑语。嘉靖己未倭寇至，女随母入山，系刃衣带中，母怪问之，曰："急即死耳"，母泣曰："何至是"。逾旬，寇继至，复随母循海塘而窜，为寇所及，赴海适陷，入泥淖，寇牵其衣即自刺，洒血仆地，寇随斫之，碎身而去，越三日，收殓，面如生时，年十八。[33]

甚至有的女性在面临贼寇杀害时其义举感动了贼寇：

王琼妹王汝安女，许字莆田陈商，未娶，商卒。女告其母奔陈持丧。嘉靖间，倭寇其乡，琼妹被执，不辱，拾刀自杀，贼义而殓之，并释诸同虏者。[34]

但是这种毕竟属于少数。战乱毕竟是极其残酷的，战乱中，往往人的善与恶都得到了最大程度上的放大。

二、奋力护人

传统女性极具献身性，在生死之际，有的挺身就戮，保护亲人，如下：

吴氏，沙京许鉴妻，嘉靖己未，夫妇俱为倭寇所掠，拥至五十四都沟浒，贼挟刃至睨夫，氏持夫号恸，延颈请代。贼怒，截其左右手，投沟而死，夫翌日得释，归舁尸葬焉，时年二十二。[35]

沈棠妻俞，莆田人。年十八，美。耿精忠兵至，执俞，并及棠。俞计脱棠，乃抗贼。贼威以刃，就刃；迫以火，赴火；幽之，遂自缢，贼磔其尸。

以上事件可见，都是女性舍己护夫。有的则在舍身护夫就死中维护了传统的贞洁观：

31 民国《闽侯县志》卷98，民国二十二年刊本。
32 乾隆《福建通志》卷59，清文渊阁四库全书本。
33 民国《长乐县志》卷29民国六年铅印本。
34 乾隆《福州府志》卷70，清乾隆十九年刻本
35 民国《长乐县志》卷29下，民国六年铅印本。

> 廉氏，林师学妻，嘉靖庚申夷寇突至，夫妇俱为所掠，拥迫登舟，氏谓夫曰：“汝可潜归，吾死矣。不汝辱也。”遂投海死，知县戴时望，扁其门曰“贞烈”[36]

有的由于家中丈夫外出，独剩自己与老人，往往她们多保护长辈而不顾自身安危：

> 林氏，处士杰女，蒋水部妻，幼时从母刘避倭，为贼所及，贼欲兵刘，林氏挽衣号泣，身翼蔽母，贼哀而舍之。[37]

> 生员朱铎妻戴氏，扶姑避贼，遇贼欲系之，骂曰：“吾颈可断，不可系”贼怒斫之，并欲杀姑。戴负重伤，翼蔽姑曰：“宁杀我”贼义并释之。出城复遇倭寇，不屈如初，遂见杀。后五日，家人收其尸，色如生。[38]

> 吴氏，许鉴妻，嘉靖中，倭寇县，鉴夫妇俱见执，贼挟刃睨鉴，氏抱而哭，请代死，贼遂杀之。鉴得释。[39]

> 林氏，明训导林之女，十都东园张朒之妻，事姑最孝，会倭寇猝至，举乡皆逃窜，适姑病不能起，朒从学远游，林氏独守姑不去，寇至以身覆被杀，气将绝犹泣饶姑命，寇感悟，释其姑，姑念其孝，命贮柩于堂，俟与己同窆后合葬于村之墓前山林。[40]

以上都是保护母亲或者婆婆，其献身之举舍己感人。

三、丈夫在战乱中死去的女性

战乱中有的女性因丈夫去世而为其殉节，如“何玉真，福清林珽妻也。嘉靖间倭寇县，珽父子被执。珽罄一身资藏与贼，求免父。父还。何见翁还，而夫不在。欲自杀以殉。举家谕之曰：‘且少待’，既而有自贼回者，言廷死状，何为夫招魂毕，遂经死”。[41]

另外还有“胡守谦妻黄，闽人。守谦武举。当耿精忠叛，守谦投书城外，言贼必败，状为守者所收，送郊外杀之。黄请代，不许。乃求得守谦首，缀于

---

36 民国《长乐县志》卷 29 下，民国六年铅印本。
37 民国《闽侯县志》卷 96，民国二十二年刊本。
38 康熙《漳浦县志》卷 16，民国十七年翻印本
39 乾隆《福州府志》卷 66，清乾隆十九年刻本
40 民国《同安县志》卷 38，民国十八年铅印本。
41 乾隆《福建通志》卷 54，清文渊阁四库全书本。

尸。葬毕，自具棺衾，饮药死。”[42]

她们的死具有殉节和殉国的双重意义。

有的情况更复杂：“江氏，海澄人，适张思濂，濂死，江年十八，无子，而舅姑老，忍死事之。值倭寇之乱，舅□焉。江罄赀赎舅，舅面。家益贫。矢志弥坚。抚五岁侄为夫后。舅姑终，竭力营葬。又营夫冢，与己同穴，守节三十七年卒。”[43]

这本就是一个丈夫去世，由女性勉力支撑的家庭，更何况值倭乱，江氏倭乱中赎回被执的公公，江氏又没有自己的孩了，过继侄子作为后代，后舅姑去世，竭力营葬，漫长守节，可谓含辛茹苦。

有的则在战乱中持守家事、为家中坚，如林云铭的女儿林英佩：“耿精忠变时，父云铭下狱，瑛佩匿其弟于深山中，藏利刃衣袖间以自防，日煮粥饷父于狱中。母以惊悸成疾，瑛佩刲股疗之，身任家务，免父于难。”[44]

此类情况还有：

> 陈氏天娘，漳浦刘克廉妻。年十八于归，又九年而寡。子伯爵方龆龀，继姑在堂，谨事之。当是时，耿逆肆乱，贼氛昼夜间作。氏护姑挈子女遁逃山谷中，携蒸饼数枚以饲姑及子女，而己忍饿饥，数日不再食以为常。[45]

可见，在倭寇降临，保护家人的过程中，不惜自己忍饥挨饿，动荡之中更见其品德。

情况类似的还有：

> 节妇陈氏，福建福清县庠生峻生女，年十七，适本里林其默。逾年，其默病，氏日夜侍汤药，不解衣交睫者数月。既而大渐，氏泣谓其默曰：“君即有不讳，妾惟相从地下耳。”其默曰：“固知若能为此，顾我上有祖父暨两尊人，且无后嗣，若其可竟死乎？”氏号泣承命。其默卒，氏才十九，强存活，冀以践遗命，俄而夫翁逝，又值耿逆变乱，流离奔窜，与祖姑刘氏、姑陈氏相依为命，幸而获全。[46]

42（清）赵尔巽等撰，中华书局编辑部点校：《清史稿》，第14117-14118页。
43 清乾隆《福建通志》卷57，清文渊阁四库全书本。
44（清）梁章钜：《闽川闺秀诗话》，见《续修四库全书》第1705册，第199页。
45（清）沈定均修，（清）吴联熏增纂，陈正统整理：《漳州府志》，中华书局，2011年版，第1488页。
46（清）俞樾著，宗天水点校：《荟蕞编》，浙江古籍出版社，2017年版，第353页。

应该说，战乱改变了日常化的生活，使得女性们由原来较为封闭的家庭生活暴露在一种紧张、混乱、动荡、充满着紧张感和不可知因素的局面，而贞洁观念原本是与本来就封闭的家庭生活相适应的，而在战乱生活中，她们将贞洁观念与她们的所处情境加以切合。正如危氏“洪塘人，与小姑避倭于牛鼻山，寇迫至山，邻人指越溪可避，水深需人负，可济，危谓小姑曰，与其辱于人，宁死于此，遂相抱哭，小姑裂衾自缢，氏引锥刺喉，不绝，以手击之，喉绝而死，小姑年才十四。”[47]

通过这段材料，我们可以看到，危氏和小姑之死并非直接来自于倭寇，而是暴露在一个与日常生活不同的场景。因为女性在正常的家庭生活中，都有一套完整的相处法则，包括与男性相处以及保持适当距离的方式。但是逃难时候，需要渡过溪水，她们无法自己渡水，需要别人背负，而这种情况是与她们平时所形成的妇德观念是抵触的，认为与不熟识的异性接触即为羞辱，因此二人都双双自杀。

正由于此，不少女性被加以旌表：

> 吴氏，福清林世蓁妻，嘉靖中，倭寇里中。氏被虏，不屈，遂遇害，御史陈子贞奏旌。[48]

> 张氏，涉县令游铨妻，嘉靖壬戌倭寇攻陷寿宁，张虑莫测数诲其女曰：万一遇变惟溺与刃，谨识之。无何，贼攻城，铨巡城未归贼，已盈衢巷，张度不能脱，与女俱赴井死，时松邑黄润闻之作双烈传。[49]

> 雍正六年六月，礼部议覆福建总督高其倬疏，言“原任山西道御史萧震，于康熙十三年，遭耿逆之变，与原任邵武府知府张瑞午等合谋讨贼，事泄身殉，妻妾媳婢同时死节。查张瑞午等俱经予恤，萧震亦应照品级致祭一次，入功臣庙，其妻林氏、妾张氏、媳郑氏，俱应准其旌表，给银建坊，入祠致祭。其婢曾氏，限于名分，停止入祠”。疏上从之。按此事传闻异词。[50]

以上可以看到，在不同的文本之间，对于女性的书写具有深层的一致性，

47 民国《闽侯县志》卷99，民国二十二年刊本。
48 乾隆《福清县志》卷17，清光绪二十四年刻本。
49 民国《政和县志》卷32，民国八年铅印本。
50 （清）梁章钜撰，于亦时点校：《归田琐記》，中华书局，1981年版，第68页。

其背后的原因都是来源于传统社会对于女性的教化。当然，由于戏曲是文学作品，有其自身的特点，而方志属于传统史学文献，由于其各自文本特点的差异，具体在表达方式和撰述特点上还是会有不同。

参考文献

一、古籍类

1. （明）邓原岳：《闽中正声》，万历刊本。
2. （明）徐𤊹：《晋安风雅》，万历可闲堂刊本。
3. （明）袁表、马荧：《闽中风雅集》（不分卷），光绪十二年（1886年）侯官沁泉山馆刊本。
4. （明）吴讷：《文章辨体》，人民文学出版社，1962年。
5. （清）陈玉瑛：《兰居吟草》一卷，抄本，国家图书馆藏。
6. （清）陈芸：《小黛轩论诗诗》，宣统（1914年）三年刻本。
7. （清）丁芸：《历代闽川闺秀诗话》，侯官丁氏民国二十九年（1940年）。
8. （清）顾祖禹：《读史方舆纪要》，贺次君，施和金点校，中华书局，2005年。
9. （清）杭世骏：《榕城诗话》，林朝霞点校，福建人民出版社，2012年。
10. （清）何玉瑛：《疏影轩遗草》二卷，嘉庆十七年（1812年）郑氏睫巢书屋福州刻本。
11. （清）黄任等：《黄任集》（外四种），方志出版社，2011年。
12. （清）黄淑窕：《墨庵楼试草》，春檗斋抄本。
13. （清）黄淑畹：《绮窗余事》（《香草笺外集》），嘉庆十四年（1809年）刻。
14. （清）梁章钜、朱智《枢垣记略》，何英芳点校，中华书局，1984年。
15. （清）梁章钜：《沧浪亭志》，道光八年（1828年）苏州刻本。
16. （清）梁章钜：《归田琐记》，于亦时点校，中华书局，1981年。

17.（清）梁章钜：《江田梁氏诗存》，道光十四年（1834 年）刻本。
18.（清）梁章钜：《浪迹丛谈、续谈、三谈》，陈铁民点校，中华书局，1981 年。
19.（清）梁章钜：《闽川闺秀诗话》，道光二十九年（1849 年）瓯郡梅姓师古斋镌本。
20.（清）梁章钜：《退庵诗存》，道光十七年（1836 年）刻本。
21.（清）梁章钜：《退庵居士自订年谱》，道光二十九（1849 年）年温州刻本。
22.（清）梁章钜：《文选旁证》，穆克宏点校，福建人民出版社，2000 年。
23.（清）梁章钜：《宣南赠言》，道光十六年（1836 年）长乐梁氏。
24.（清）梁章钜：《雁荡诗话》，道光二十八年（1848 年）温州刻本。
25.（清）梁章钜：《南浦诗话》，光绪三十一年（1905 年）浦城祝氏铅排印本。
26.（清）林蕙：《让竹亭诗编》（不分卷），康熙刻本。
27.（清）林琼玉：《林琼玉诗》，民国十九年（1930 年）排印《绮窗余事》本附。
28.（清）林瑱：《自芳偶存》不分卷，嘉庆十九年（1814 年）刻本。
29.（清）卢蕴真：《紫霞轩诗抄》，《北京师范大学图书馆藏稀见清人别集丛刊》。
30.（清）闵尔昌，《碑传集补》，明文书局印行。
31.（清）齐祥棣：《玉尺山楼遗稿》不分卷，光绪九年（1883 年）排印本。
32.（清）沈瑴：《画理斋诗稿》一卷，道光二十五年（1845 年）刻本。
33.（清）苏之琨：《明诗话》，林朝霞点校，福建人民出版社，2012 年。
34.（清）完颜恽珠：《国朝闺秀正始集》，道光十一年（1831 年）红香馆刻本。
35.（清）吴荔娘：《兰陂剩稿》一卷，嘉庆七年（1802 年），序旌邑汤氏刻陈氏联珠集 · 梅缘诗草附。
36.（清）徐祚水：《闽游诗话》，林朝霞点校，福建人民出版社，2012 年。
37.（清）许琛：《疏影楼稿》不分卷，钞本。
38.（清）杨渼皋：《榕风楼诗存》二卷，光绪十年（1884 年）福州梁氏刻本。
39.（清）恽珠：《国朝闺秀正始集》，道光十一年（1820 年）刻本。

40.（清）郑方坤：《全闽诗话》，耕礼堂藏版。
41.（清）郑翰莼：《舟中吟草》不分卷，抄本。
42.（清）郑杰等辑录：《全闽诗录》（全五册），福建人民出版社，2011 年。
43.（清）郑王臣：《莆风清籁集》，乾隆三十七年（1772 年）刻光绪二十六年印本。
44.（清）郑咏谢：《簪花轩诗钞》一卷，拾穗山房抄本，福建省图书馆藏。
45.（清）周仲姬：《二如居诗集》（不分卷），乾隆五年（1740 年）刻本（周正思序）。

二、论著文集类

1. 胡晓明、彭国忠主编：《江南女性别集》（全十二册），黄山书社，2010 年。
2. 李雷主编：《清代闺阁诗集萃编》（全十册），中华书局，2015 年。
3. 王英志主编：《清代闺秀诗话丛刊》（全三册），凤凰出版传媒集团，2010 年。
4. 蔡镇楚：《中国诗话史》，湖南文艺出版社，1988 年。
5. 曹大为：《中国古代女子教育》，北京师范大学出版社，1996 年。
6. 陈东原：《中国妇女生活史》，商务印书馆，1937 年。
7. 陈顾远编：《中国婚姻史》（民国丛书），上海书店，1992 年。
8. 陈庆元：《福建文学发展史》，福建教育出版社，1996 年。
9. 陈顺馨、戴锦华编：《妇女、民族与女性主义》，中央编译出版社，2004 年。
10. 杜芳琴选编：《社会性别研究选译》，生活 · 读书 · 新知三联书店，1998 年。
11. 费孝通：《乡土中国生育制度》，北京大学出版社，1998 年。
12. 胡文楷：《历代妇女著作考》（增订本），上海古籍出版社，2008 年。
13. 江庆柏：《清代人物生卒年表》，人民文学出版社，2005 年。
14. 蒋寅：《清代文学论稿》，凤凰出版传媒集团，2009 年。
15. 蒋寅：《清诗话考》，中华书局，2007 年。
16. 柯愈春：《清人诗文集总目提要》，北京古籍出版社，2001 年。
17. 康正果：《女权主义与文学》，中国社会科学出版社，1994 年。
18. 刘世南：《清诗流派史》，人民文学出版社，2004 年。
19. 李玲：《中国现代文学的性别意识》，人民文学出版社，2002 年。

20. 李小江等：《文学、艺术与性别》，江苏人民出版社，2002 年。
21. 刘巨才：《中国近代妇女运动史》，中国妇女出版社，1989 年。
22. 刘思谦、屈雅君等：《性别研究：理论背景与文学文化阐释》，南开大学出版社，2010 年。
23. 吕美颐：《中国妇女运动》(1840-1920)，河南人民出版社，1993 年。
24. 潘光旦：《中国之家庭问题》(民国丛书第二编)，上海书店，1989 年（据新月书店 1929 年版影印）。
25. 乔以钢：《多彩的旋律——中国女性文学主题研究》，南开大学出版社，2003 年。
26. 陶毅、明欣：《中国婚姻制度家庭制度史》，东方出版社，1994 年。
27. 汪涌豪：《中国文学批评范畴及体系》，复旦大学出版社，2007 年。
28. 王政，陈雁主编：《百年中国女权思潮研究》，复旦大学出版社，2005 年。
29. 夏晓虹：《晚清女性与近代中国》，北京大学出版社，2004 年。
30. 丁淑梅：《中国古代禁毁戏剧史论》，中国社会科学出版社 2008 年。
31. 姚玳玫：《想象女性》，中国社会科学出版社，2004 年。
32. 叶舒宪主编：《性别诗学》，社会科学文献出版社，1999 年。
33. 章义和、陈春雷着：《贞节史》，上海文艺出版社，1999 年。
34. 郑宝谦主编：《福建省旧方志综录》，福建人民出版社，2010 年。
35. （法）西蒙娜·德·波伏娃：《第二性》，湖南人民出版社，1989 年。
36. （美）高彦颐：《闺塾师——明末清初江南的才女文化》，李志生译，江苏人民出版社，2005 年。
37. （美）季家珍：《历史宝筏：过去、西方与中国妇女问题》，杨可译，江苏人民出版社，2011 年。
38. （美）凯特·米莉特：《性的·政治》，社会科学文献出版社，1999 年。
39. （美）理安·艾斯勒：《神圣的欢爱——性、神话与女性肉体的政治学》，黄觉等译，社会科学文献出版社，2004 年。
40. （美）伊沛霞：《内闱——宋代妇女的婚姻和生活》，胡志宏译，江苏人民出版社，2006 年。
41. （日）川合康三：《中国的自传文学》，蔡毅译，中央编译出版社，1999 年。
42. （日）小野合子：《中国女性史》，四川大学出版社，1987 年。

三、期刊论文类

1. 蔡莹涓:《觞吟往来重风雅——梁章钜诗事探析》,《龙岩学院学报》2009年第6期。
2. 蔡莹涓:《我诗纪事飘云烟——梁章钜诗歌分期初探》,《福州大学学报》(哲学社会科学版)2008年第6期。
3. 丁淑梅:《谶言瑞应·太乐雅音·俗乐杂爨——凤凰衔书伎摭议》,《民族艺术研究》2013年第3期。
4. 丁淑梅:《江南才女之殇——张丽贞之情事自悔与本事演绎》,《第二届江南文化论坛——江南都市与中国文学》,2013年10月。
5. 丁淑梅:《性别话语的历史印记与女性意识的当下尴尬》,《中华女子学院山东分院学报》2005年第1期。
6. 冯尔康:《略述清代人"家谱犹国史"说——释放出"民间有史书"的信息》,南开学报(哲学社会科学版)2009年第7期。
7. 何泽棠:《翁方纲〈苏诗补注〉的文献价值与注释成就》,《图书与情报》2002年第2期。
8. 花宏艳:《乱世中的田园想象——晚清女诗人薛绍徽及其隐逸诗词》,《古典文学知识》2012年第5期。
9. 蒋凡:《关于编纂梁章钜诗话著作全编之设想》,《中国文学研究》(辑刊)2002年第1期。
10. 蒋明宏、曾佳佳:《清代苏南家训及其特色初探》,《社会科学战线》2010年第4期。
11. 蒋寅:《闺秀诗话十二种叙录》,《文献》2004年第3期。
12. 蒋寅:《清代郡邑诗话叙录》,《古典文献研究》,1993-1994年合刊,1995年。
13. 蒋寅:《清代诗学与地域文学传统的建构》,《中国社会科学》2003年第5期。
14. 来新夏:《清代笔记作家梁章钜》,《福建论坛》2004年第9期。
15. 李正春、路海洋:《论清代吴地文化家族的家集编纂》,《苏州大学学报》(哲学社会科学版)2010年第1期。
16. 欧阳少鸣:《梁章钜〈雁荡诗话〉、〈闽川闺秀诗话〉探论》,《长江大学学报》(社会科学版)2012年第10期。

17. 欧阳少鸣：《梁章钜经世思想初探——以〈退庵随笔〉为例》，《西南农业大学学报》（社会科学版）2012 年 11 期。
18. 欧阳少鸣：《梁章钜诗话浅论》，《集美大学学报》2010 年第 1 期。
19. 宋清秀：《清代女性文学群体及其地域性特征分析》，《文学评论》2013 年第 5 期。
20. 王力坚：《〈名媛诗话〉与经世实学》，《苏州大学学报》（哲学社会科学版）2006 年第 3 期。
21. 王萌：《明清女性创作群体的地理分布及其成因》，《中州学刊》2005 年第 6 期。
22. 吴承学：《论谣谶与诗谶》，《文学评论》1996 年第 3 期。
23. 徐雁平：《清代家集的编刊、家族文学的叙说与地方文学传统的建构》，《古典文献研究》2009 年第 7 期。
24. 张丽华《梁章钜〈闽川闺秀诗话〉》，苏州大学学报（哲学社会科学版）2009 年第 2 期。
25. 郑珊珊：《“记取愁人闽海边”——清代女诗人许琛论》，《南昌大学学报》（人文社会科学版）2016 年第 4 期。
26. 郑珊珊：《许琛年谱》，《湖南科技学院学报》（哲学社会科学版）2016 年第 4 期。
27. 周兴陆：《女性批评与批评女性——清代闺秀的诗论》，《学术月刊》2011 年第 6 期。
28. 朱则杰：《毕沅“苏文忠公生日设祀”集会唱和考论》，《江南大学学报》人文社会科学版 2014 年第 3 期。

四、硕博论文

1. 蔡莹涓：《梁章钜研究》，福建师范大学 2019 年博士学位论文。
2. 陈宏：《福建清代女诗人薛绍徽章思想与诗词创作研究》，福建师范大学 2009 年硕士学位论文。
3. 成洪飞：《苕溪生〈闺秀诗话〉研究》，淮北师范大学 2014 年硕士学位论文。
4. 段继红：《清代女诗人研究》，苏州大学 2005 年博士学位论文。
5. 郭权：《台湾内渡士绅施士洁研究》，福建师范大学 2013 年博士学位论文。

6. 郭云：《黄任研究》，福建师范大学 2010 年硕士学位论文。
7. 姜瑜《施淑仪〈清代闺阁诗人征略〉研究》，湖南师范大学 2011 年硕士学位论文。
8. 李清华：《清代地域诗话研究》，上海大学 2016 年博士学位论文。
9. 刘蔓：《沈善宝〈名媛诗话〉研究》，浙江大学 2009 年硕士学位论文。
10. 王晓燕：《清代闺秀诗话研究》，陕西师范大学 2014 年硕士学位论文。
11. 温佩琪：《家族、地域与女性选集——梁章钜〈闽川闺秀诗话〉研究》，台湾暨南大学 2010 年硕士学位论文。
12. 吴可文:《明清福州文学地图——以三坊七巷为中心》,福建师范大学 2013 年博士学位论文。
13. 张洁：《明清家训研究》，陕西师范大学 2013 年硕士学位论文。
14. 郑珊珊：《明清侯官许氏家族文学研究》，福建师范大学 2010 年博士学位论文。
15. 郑永：《郑方坤研究》，福建师范大学 2007 年硕士学位论文。